Kanou Ryouichi

香納諒一

川崎警察 下流域

徳間書店

目次

装幀　泉沢光雄

一章

1

人がひしめき合っていた。海も川も汚水臭く、空はあたりまえの青さや高さが感じられず、たとえ快晴でもスモッグでどんよりと濁(にご)っていた。人間同士の距離が近く、それ故にこそ、残忍さも優しさも激しかった。感情が濃く、男も女も人間臭かった。これは、そんな時代の物語である。

その日の早朝、多摩川河口に広がるヘドロの中に、人のものらしい体が埋もれていた。それを見つけたのは、この河口に暮らし、そこに生息するアサリを毎朝獲(と)ることを日課にしている老人だった。

国の基準を遥(はる)かに上回る有害物質が蓄積しているため、この多摩川の下流域のみならず、広く東京湾のほとんどのエリアに生息する貝類は食べることが禁じられていた。魚類よりも貝類のほうが、汚染による化学物質を取り込む割合が高いのだ。

だが、老人は収獲したアサリをよく水洗いし、少し余分に時間をかけて砂抜きをすることで、そうした汚染物質を取り除けると信じていた。

現に多摩川河口で暮らし始めて以来、主に段ボールとブルーシートでできた自宅から目と鼻の先の干潟で獲れるアサリを貴重な食材として大量に食べて来たが、別段、体に異変をきたすようなことはなかった。

普通、老人のように屋外で暮らし、硬いコンクリートや冷たい地面に体を横たえて眠る暮らしをした場合、肝臓がやられてしまって二年ほどで命を落とすのが常だった。だが、この老人は、もう十年以上にもわたってこうした暮らしをつづけていた。毎晩、酒盛りを楽しむぐらいに肝臓もぴんぴんしている。

この日も――。

昨夜、親しい仲間が集って呑んだ影響でいくらか宿酔いぎみの老人は、愛用の籠を持って川原に降りた。

早朝にもかかわらず、辺りは既に蒸し始めていた。焼けた鉄板みたいな太陽が、臨海工業地帯に連なる化学コンビナートや製鉄所を照らし出し、それが汽水域から立ち上る湯気でゆらゆらしていた。羽田を飛び立った重たい銀色の翼がひとつ、ジェット音を轟かせながら空へと昇って行くのが見えた。

麦わら帽子から漏れる陽射しが、老人の顔に網目模様を描いていた。半ズボンから出た両脚は細く、肉の落ちた太腿は、毛をむしられたあとの鶏のモモを思わせた。膝の皿についたヘドロは、すぐに干からびて白くなった。

ヘドロに沈んだ空き缶や瓶(びん)の破片(はへん)などで足を切る危険があるので、老人はゴム草履(ぞうり)を履(は)いていた。岸辺から少し離れると屈み込み、異臭を放つヘドロに手を入れた。

指先の感触が頼りなので、熊手等の道具は使わない。始めた当初は両手から腕にかけて小さな発疹(ほっしん)が出て難儀をしたものだが、今ではそういったこともなくなった。

しばらくそんなふうにしてヘドロの中を探っていた老人は、やがて小さな貝を見つけ出し、腰につけた籠に入れた。

そして、腰を伸ばして顔を上げ、視線を手元から干潟の先へと向けたときだった。老人は、ヘドロから突き出している腕ぐらいの太さの木片を目にしたのだ。

戦争の頃の記憶がちらっとよぎったのは、いま眼前にあるものが何かを明確に意識はしなくても、そこに死の匂(にお)いを嗅(か)ぎつけたからかもしれなかった。

南方の戦場で戦う間には、命を失った体の一部を目にすることが数多(あまた)あった。それはもげた腕であったり、脚であったり、ときには皮膚を破って飛び出した骨やはらわたであったりした。

それらはみな五体満足の人間からは想像のつかない形をしているが、なぜだか体のどこか一部であることを感じさせる。たとえ闇夜に近い暗がりであっても、雲間からわずかに月が顔を出せば、かなり離れた場所に横たわるものが人の残骸(ざんがい)であることに気づいてしまうのが常だった。

初めそれは、死人の魂に呼ばれたためだという気がしたが、ただ単に自然界にあるものとは異なる形が違和感を生み、目を引くだけの話なのかもしれない。

　あれから三十年近い時間が流れ、すっかり忘れかけていたあの感覚が、老人の中でよみがえった。

　ヘドロから突き出しているあれは、腕ぐらいの太さの木片じゃなく、腕そのものであることを老人は感じ取った。

　かといって、それが自分にいったいどんな関わりがあるというのか。

　兵隊だった頃には、救わねばならない仲間がいたが、今ではそういった感覚はすっかり錆(さ)びついてしまっていた。

　老人は習慣的な動きでアサリ採りに戻ろうとしたが、やはり良心がそれを許さなかった。億劫(おっくう)だが、人として最低限の責任を果たさなければならない。それが、いわゆる人間らしさを保つためには不可欠の心構えであると思われた。

　川岸に上がった老人は、ゴム草履の底をぺたぺた言わせながらアスファルト道を歩き、土手沿いにあるたばこ屋を目指した。

　しかし、そのたばこ屋が見えると気が変わった。ここの店番は高慢な女で、たばこを買いに行く老人たちをいつでも邪険に扱った。これから人としてやるべきことをやろうとしているときに、そういう女と関わりたくなかった。

　だから、既にかなり熱くなっているアスファルト道をさらにあと何十メートルか歩き、そこにある電話ボックスに入った。

老人はこのときになって初めて、自分が小銭を持っていないことに気がついた。無論のこと、まったくの無一文で暮らしているはずはなかったが、アサリ採りに川へ入るときには、万が一落としてはならないので、小銭をポケットに入れることはなかった。

しかし、公衆電話機の奥の壁に、赤い小さな電話機がもうひとつ設置してあった。「緊急呼出器」というやつだ。非常ベルほどの大きさで、110番と119番のふたつのダイヤルだけがついている。

老人は電話機本体の受話器を持ち上げ、この「緊急呼出器」のほうで110番を回した。これを実際に使うのは、生まれて初めてのことだった。こんな場合だというのに、老人は少しだけわくわくした。

「はい、こちら110番です。事故ですか、事件ですか?」

女の冷静な声が聞こえて来て、すっかりあわててしまった老人は、しどろもどろに受け答えを始めた。

2

遺体はなかなか見つからなかった。河口付近は、東京湾の潮の干満の影響を受ける。ルンペンの老人が110番通報をしてからわずかな間に潮が満ちはじめ、ヘドロから出ていた腕が消えてしまっていた。ただ水面下へ没しただけかもしれないが、押し流された可能性もある。あるいは、老人のただの錯覚だったことも。

胴長を用意したが、遺体があるとされた場所は深すぎてゴムボートが必要だった。急遽用意できたゴムボートは四人乗り一艘だけで、川崎署の刑事課から捜査員がふたりと鑑識課の職員ひとりが乗り込んだ。残りのスペースは、いうまでもなく、ホトケさんのためのものだ。ヘドロに埋まっているのが腕だけなのか、それとも老人の見つけた腕が死体の一部なのか、どちらともまだわかっていなかった。

刑事課から乗り込んだ片方は、ザキ山こと山嵜昭一。この苗字は「山崎」と書くのが一般的だが、この男は「山嵜」だった。まるでそのことが自分の大事なアイデンティティーであるかのように、何かにつけては「ザキは特殊なザキです」と言って書き方を説明するか実際に書いて見せる。それが煩いと思われて、いつしか「ザキ山」と呼ばれるようになった。

もうひとりは、普段からザキ山とコンビを組んで動くことが多い渋井実が乗っていた。この男は警察官の安月給で、妻と三人の子供たちを養っている。そのために月々の小遣いが限られており、昼食は大概弁当で済ませ、同僚同士の飲み会は、目上の人間がいる場合を選んで出るようにしていた。警察は古い体質の職場なので、飲み会は割り勘ではなく目上の人間が下に奢るか、最低でもかなり多く払う慣習が生きているのだ。

そのために、いつかしら誰が呼ぶでもなく「渋チン」という呼び名が定着したが、こういった経緯のために決して本人は喜んではいなかった。

ヴェテラン捜査員の丸山昇が通報者のルンペンにつき添い、腕を見たとされる場所を繰り返し確認し、ボートの山嵜たちに指示を出している。それを、少し離れたところから、デカ長の車谷一人(くるまだにひとり)が見守っていた。

係長の大仏(おさらぎ)庄吉は、今朝は引き継ぎで署内にとどまっていた。たとえそうではない場合でも、係長は最初の現場検証には立ち合いこそすれ、その後はデカ部屋に陣取って司令塔となるのが普通だ。現場で、捜査員たちを手足の如(ごと)く使って捜査を進めるのはデカ長の仕事である。

丸山が、車谷に近づいて来た。

「単なる見間違えってこともありますね。どう思います、チョウさん？」

「確かに。しかし、腕を見たとははっきり証言してますからね。それが気になるんですよ」

「ああ、なるほど。具体的ですな」

自信のない目撃者は「人のようなものを見た」とか「死体らしきものを見た」と言うのが普通だ。「腕」と特定している点が、デカ長の勘に引っかかっていた。

「丸さんの印象はどうです？」

「しっかりした男ですよ。死体が見つからなくても焦った様子はないし……」

小声でそういったやりとりをするふたりのことを、老人はどこか胡散(うさん)臭そうに窺(うかが)い見ていた。自分が疑われていることに気づいているのだろう。

「ま、もう少し様子を見てみますか」

車谷が、そうささやいたときのことだった。ゴムボートに動きがあり、

「あったぞ、あった！　チョウさん、死体です」

物干し竿でヘドロの中を漁っていた山嵜が、その竿を胸の横で上下に動かしながら声を上げた。

すぐ隣に陣取った渋井が、ボートの縁から身を乗り出すようにして水中に竿を突っ込んでいる。

「慎重にやれよ」

車谷はそう声をかけた。どれだけ長いこと水に浸かっていたホトケさんかわからない。そうでなくとも、水中にあった死体の場合は、ちょっとした刺激で外皮等に傷がつきやすい。

物干し竿には、先っちょに鉤がついていた。

その鉤で死体の衣服をひっかけ、水面へと持ち上げた。

手元へ引きずり、そのままゴムボートへ乗せようとしたらしい。

だが、一緒に乗っている鑑識課の職員の助言を受け、仏を水中にとどめたままで、岸のほうへと移動を始めた。

胴長を穿いて待機している鑑識課員たちがヘドロの中へと歩み入り、ゴムボートが浅瀬まで引きずって来た遺体を、数人がかりで岸辺へと引き上げた。巧みな連携で遺体をできるだけ傷めないように気をつけつつそっとひっくり返し、ブルーシートを敷いた地面の上へと仰向けに横たえる。

車谷と丸山のふたりは、それを一歩引いたところから眺めていた。死体の扱いにかけては、彼らに任せておいたほうがいいのだ。死体から手がかりを割り出すのは、基本的には鑑識の仕事だ。下手に手を出せば、気の荒い鑑識課員がいた場合には頭から怒鳴りつけられる。

一見して、遺体の損傷がかなり激しいことが見て取れた。

そして、膨張している。

これは死体が海水の中か、少なくとも淡水と海水の混じった汽水域を数日間にわたって漂っていたことを意味していた。

人間の体よりも塩分濃度が高い海水は、浸透圧によって体内に浸透する。細胞内に海水が入り、死体が膨れ上がるのだ。

この場合、一定の時間が経過すると細胞が内側から破壊され、死体はほとんど原型をとどめなくなる。それに加えて、死体は魚等のエサになる。特に蛸（たこ）は悪食といわれ、ホトケの体を食い荒らす。このため昔から、土左衛門（どざえもん）が上がった傍（そば）で獲れた蛸は、漁師はしばらく食べないようにしていると言われるほどだった。蛸の体内から、死体の頭髪がそのまま出て来るからだ。

ここは多摩川河口から二キロほどしか離れておらず、潮の干満の影響をもろに受けるエリアだった。

東京湾の海水は、満潮時には河口からさらに二十キロほども上流に当たる丸子橋付近まで上昇して、淡水と混じり合うと言われていた。そのため、多摩川で亡くなった水死体がこの河口付近で見つかることは、過去にも充分例がある。

対岸には、五十間鼻と呼ばれる石積みの沈床があった。増水時の河川の浸食を防ぐために、およそ五十間（約九〇メートル）に渡って水中に石を敷き詰めたものだが、満潮時には完全に水面下へと没する。関東大震災や川崎空襲のとき、この五十間鼻付近には、多数の死体が流れ着いたとされる。

車谷は死体を一瞥したあと、無言で目を閉じ、手を合わせた。他の警官たちも全員、それに合わせてホトケに祈りをささげた。

その後、車谷は、改めて死体を見回した。今度は、細かい点を決して見逃すまいとするデカの目になっていた。初見の印象をとどめることが大事なのだ。それが死因の解明につながることはもちろんだが、ホトケが犯罪の被害者だった場合、その無念を心に焼きつけることで、犯人追及の大きな原動力になる。

これだけ損傷が激しいと、外見からわかることは限られていた。損傷が激しくて、顔の様子はわからない。毛髪も、大分抜け落ちてしまっている。

水中を漂ううちに、死体の皮膚はふやけ、変形をきたすのだ。これが特に激しいのは手足の先端部で、死体が長時間水に浸かっていた場合、先端の皮膚が手袋や足袋のように脱げてしまう。この現象を漂母皮形成と呼ぶ。当然、指紋が検出できなくなる。

逆にいえば、犯罪者はそれを狙って川や海に死体を捨てるのだ。上手くすれば永遠に死体が見つからないし、たとえ見つかっても、身元特定が難しい可能性が高くなる。

この死体の場合も、五指の先端部はすでに骨が剝き出しになっており、指紋からの身元特定は不可能と思われた。

服装は、黒い無地のポロシャツを、ランニングシャツを着用せずに直接着ており、下は最近中高年でも穿くものが増えたジーパンだった。元は白と思われるスニーカーが、ヘドロで染まっている。

「お願いします」

車谷の合図を待って、鑑識課の班長である灰島が遺体の傍に屈み込んだ。すでに強烈な腐敗臭が周囲を圧し始めているが、いかなる状態の遺体に対しても、顔色ひとつ変えない男だった。

こうして河口付近で見つかった遺体の場合、身元が判明するかどうかが、今後の捜査の展開に大きく影響する。身元がわからない場合、どこで川に落下したものか、現場の特定に多くの人手を割かなければならない。

冬の渇水期とは違い、七月初旬の多摩川は、梅雨の影響で水量が豊富なため、かなり上流から流されて来たことも考えられる。捜査範囲は広大であり、しかも、多摩川の場合、対岸は東京都なので、捜査協力の依頼には煩瑣(はんさ)な手続きが要求される。河川を流れて来た死体の特徴としては「河底擦過傷」があるが、これだけ損傷が激しいと、少なくとも肉眼では見分けられなかった。

だが、身元さえ判明すれば、初動捜査の段階から、被害者の人間関係の解明に捜査員を大きく割くことができる。

それを心得ている鑑識課の灰島は、真っ先に遺体のポケットを探った。ポロシャツにジーンズ姿のため、ポケットの数は限られている。

ツキがあった。

「チョウさん、これ」

灰島は、ジーンズの尻ポケットから札入れを取り出した。合成革の黒い財布で、大量生産の安物と一目でわかるものだった。

中に入った札をざっと確かめると、五百円札が二枚だけ。

「現金は千円ちょっとか」

車谷は、カード入れになった部分にある、免許証サイズの身分証明書らしきものに目をとめた。水で濡れていて紙が分離しやすいので慎重に抜き出し、灰島に手伝って貰(もら)ってそのますぐに証拠保存用のビニール袋に納めてから、改めてじっと目を凝(こ)らした。

《東京湾南西地区漁業協同組合》

という文字が読み取れ、氏名は「矢代太一」となっていた。

小型の顔写真が貼(は)ってあり、ほぼ真っ白の五分刈り頭が目立つ。

「漁師か……」

車谷はつぶやくように言ったのち、

「いや、元漁師ってことか――」

すぐにそう言い直した。

組合員証の発行年は、もう五年前。

年齢は五十九となっているので、今年は六十四だった勘定になる。

自動車の運転免許証のように更新している可能性も考えられなくはないが、それならば新たなものを入れておくのが普通だろう。

だが、「元漁師ってことか――」と推測したのには、もっと大きな理由もあった。車谷は、河口域を見渡した。ここは製鉄所を中心にして、種々様々な工場が建ち並ぶ京浜工業地帯の中心エリアだ。湾岸沿いには製鉄所の高い煙突が並び、今日も朝から煙を吐き上げている。

製鉄所の火は途切らせることができない。いったん炉をとめたら、再び最適温まで上げるのに時間がかかるし、より多くの燃料を使わなければならない。だから、とめるのは元旦の一日だけで、あとは昼夜を問わずずっと稼働している。そして、この川崎の空を汚しつづけている。――それは、この街で育った人間ならば誰もが幼いうちに、家族や親戚、あるいは近所に暮らす誰それから必ず聞かされる話だ。

そんなところで、漁業をつづけることは不可能なのだ。

「照会しろ」

ボートを降り、傍に控えていた渋井に言って、組合員証の名前と住所を読み上げた。

財布には他に、自動二輪の免許が入っていた。それと、町医者の診察券が数枚。どれも紙が剝がれそうだし、字が滲んでしまっているものもあるので、それ以上触ることはやめにして灰島の部下の鑑識課員に託した。

身元が確認できたのだから、万々歳だ。これで、捜査が大きく短縮できる。

「チョウさん、鍵がふたつ、前ポケットにあったぞ。ほら、キーホルダーがふたつだ」

灰島が、遺体のジーパンの前ポケットを探って鍵を見つけた。どうしたことか、確かに似たようなキーホルダーがふたつある。

ふたつとも、右ポケットに入っていた。遺体が右利きだったとしたら、両方の鍵とも出し入れがしやすい右ポケットに入れていたことになる。

車谷は、右手の掌に並べて載せた。ちなみに、車谷は左利きだった。両方とも、どこかの玄関ドアの鍵と見て間違いなさそうだ。片方にはさらにもうひとつ、小ぶりの鍵がついていた。

「これはロッカーキーかな」

「いや、金庫の鍵でしょ」

車谷が半ば独り言のように言うのに対して、灰島がそう意見を述べた。鑑識官のほうが、鍵の類には精通している。

どちらのキーホルダーも形は同じで、お守りを縦にふたつに割ったぐらいの大きさだった。黒と焦げ茶の色違い。金庫のものと思しき鍵が一緒についているのは、焦げ茶のほうだった。

念のために玄関ドアの鍵のギザギザ部分を並べて照らし合わせてみるが、形が違う。別の家の鍵なのだ。

なぜ、ふたつの家の鍵を——。

車谷は、横に立っている丸山にチラッと目をやった。何か意見があれば言う男だが、ないときには何も言わずに黙っている。

「で、どうだい。何か外傷は？」

車谷は、灰島に視線を移して訊いた。

本来は監察医に確かめる質問だったが、今朝はいなかった。東京都は監察医務院を持っており、したがって事件現場に監察医が出向く割合が比較的高いが、隣接する神奈川県の場合は、一般病院に協力を求め、検視官として臨場して貰っているのが現状なのだ。臨場できる件数はおのずと限られており、今回も死体を病院に運搬した上で検死を頼むしかなかった。

「衣服に切れ目はないし、刺し傷等の外傷は見当たらないな。打撲痕については、なにしろ遺体がこの状態なので、目視では確認できないよ。検死解剖を待って貰うしかないね」

「死後どれぐらいだろう?」

「腹にまだガスが溜まってる。現在の海水温に照らして、三、四日から四、五日程度は水中を漂ってただろうね。一週間までは経っていないと思うが、どうだね」

「うむ」

車谷と灰島は、いくらか抑えた声でそんなやりとりを交わした。

監察医が臨場しない以上、こうして灰島の「経験からの判断」でとりあえずは進めるしかないのだ。だが、それが大きく外れることがないことを、車谷も灰島もわかっていた。ふたりとも、ちょっとした監察医ぐらいの数のホトケを見てきている。

これ以上の詳しい点については、解剖の結果待ちだ。一番肝心な点は、他殺か事故死かの判断だが、それについてはホトケがこの状態では、たとえ監察医が臨場をしたとしても、この場で判断するのは難しいにちがいない。

車谷は土手のほうへと目を転じた。いつの間にか、かなりの数の野次馬がそこに並んでいた。

大概の者はいくらか歩調を落とす程度で通り過ぎるが、中には足をとめる者があり、そうした者が一定数に達すると、人間心理の影響でまたひとりまたひとりと増えて行く。

そうしてできた人ごみを掻き分けるようにして、渋井が土手を駆けおりて来た。

「ホトケさんの次男と連絡が取れました。漁協の身分証明書にあった住所にはもう誰も住んでいませんでしたが、役所に転居届を出していました。転居先もこの川崎内で、旭町です。次男がそこのアパートで父親と同居してました。矢代隆太という名です」

旭町は京急大師線港町駅の近くで、中小の工場が密集した地域だ。港町駅のすぐ北側には日本コロムビアの大工場もあり、また川崎競馬場も近い。労働者用のアパートも多かった。

「本人と直接話したのか?」

「ええ。もう出勤したあとでしたが、大家が勤め先を教えてくれました。やはり旭町にある鍍金工場で働いてます。そこにかけて、直接話しましたよ。車ですぐ駆けつけるそうです」

車でならば、ここまでせいぜい十分といったところだろう。

「うん、わかった」

と応じてから、車谷は何か思いついた様子で鑑識課の灰島に向き直った。

「悪いんだが、一応、ポラで衣服の確認ができる写真を撮っておいてくれるか」

遺族に、この状態の遺体を見せるのは忍びない。ここは新兵器の活用どころだと思ったのである。

「ああ、そうですな。こういう場合に使うのもいいかもしれない」

灰島が応じ、部下に命じて折り畳み式のポラロイドカメラを持って来させた。ＳＸ55─70という優れもので、オートフォーカス機能と露出補正機能が内蔵されている。

だが、印画紙を兼ねたフィルムが高いのと、何よりも時間が経つと変色してしまうために、使用はまだ一部の範囲に限られていた。

灰島は自分で操作し、死体の悲惨な状況がなるべくわからないように衣服を写真に収めた。

「ところで、親爺は遅いですね。どうかしたんでしょうか?」

ふと思いついた様子で山嵜が訊くが、車谷が応える前に自分で答えを見つけた。

「ああ、そうか。今日は補充の新人が来る日でしたね」

山嵜だけではなく、車谷たちそこにいる捜査員はもちろん、鑑識課の灰島たちまでもが微妙な顔つきになった。

川崎署は、管轄域が広い。川崎市全域を網羅する。国鉄や京急駅前の繁華街には風俗街もあれば、暴力団の事務所も多い。臨海部には大型の工場や製鉄所が林立し、中小の工場はほぼ全域にわたって存在する。気の荒い臨時工もいれば、沖縄県人や在日の朝鮮人が多く暮らすエリアもある。

新人が一人前になるのには過酷な所轄だし、時には殉職という最悪の事態も起こり得る。まさにそれが起こってしまい、先月、若い刑事がひとり命を落とした。

今日はその補充要員として、新たな捜査員が配属されて来る初日なのだ。「親爺」こと係長の大仏庄吉が、朝一番から新人を引き連れて上層部への挨拶に回っているが、もうそれも済む頃だろう。

「そしたら、丸さん。新人を頼みます」

新人は、班の最古参である丸山に託すのがいつものやり方だった。

「ええ、わかりましたよ。そうだな……、ちょうど工場の夜勤が終わる頃ですな。そしたら、私はちょいとあれをやってみますよ。ええと、新人の名は何でしたっけ？」

「沖です。沖修平（おきしゅうへい）。修学旅行の修に平ですね」


それからおよそ十分ほどが経ち、七〇年代の今ではほとんど見ることのなくなったオート三輪が土手にとまった。安価で購入でき、軽自動車免許で運転できて税金や維持費も安いため、五〇年代に大ヒットをしたダイハツの「ミゼット」だ。

そこから転がり出た男が、足をもつれさせるようにして斜面を下り、こちらに向かって近づいて来た。あれが遺体で見つかった男の息子だろうと見当をつけ、車谷は自分のほうからも近づいた。

瘦身（そうしん）だが、頑丈そうな男だった。頭の前だけわずかに毛を刈り残し、あとは五厘（りん）程度にしたいわゆる「職人刈り」で、灰色の工場服を着ていた。年齢は、二十代の半ばぐらいだろう。

「矢代隆太さんですか？」

男が規制線を守る制服警官に話しかけようとしているところに、車谷のほうから声をかけた。

男は、即座にうなずいた。

「はい、矢代です。連絡を受けて飛んで来たんですが……。本当に父なんですか……？　会わせてください」

すがるような目を向けられて、車谷は視線をそらしたくなったが、そらさなかった。こういうときに、そうしてはならないことを知っていた。ほんの小さな視線の動きや言葉遣(づか)いが、こちらが意図しなかったような意味合いを伴って相手の記憶に焼きついてしまう可能性があるのだ。

「遺体は、この身分証明書を身に着けていました。漁業組合のものです」

静かに言い、証拠保存用の袋に入れてある身分証を見せたところ、矢代隆太はそれを一瞥するなりまたすぐにうなずいた。

「そうです。父のものです」

だが、そう答えてしまってから、自分の答えが不安になった様子で、改めて身分証に目をやった。

若者のグレーの作業着の胸にはすっかり汗がにじみ、ランニングシャツの線が浮かんで見えていた。

ここに駆けつける間に火照(ほて)った体から、一気に汗が噴き出していた。それを拭(ぬぐ)うハンカチを持ってはおらず、作業着の袖(そで)でしきりと顔の汗を拭い始めた。鍍金工場に働くせいだろう、矢代隆太は七月の暑さの下でも長袖の作業着を着ていた。危険な液体が飛び散る仕事なのだ。

「遺体を……。遺体を見せてください……。本当に父なのかどうか、この目で確かめなくては」

　やがて意を決した様子で言い、既にブルーシートを張り巡らせて周囲からは中が見えないようにしてある囲いのほうへと顔を向けた。

「御遺体は、かなり損傷が激しくて、顔はちょっとわかりません――。しかし、財布を身に着けておられまして、中にこの漁業組合の組合員証が入っていたんです」

　車谷は丁寧に説明を繰り返した。相手の様子から、手順を踏み、ある程度の時間をかけたほうがいいと判断したのだ。だが、矢代隆太の耳には、車谷の言葉が半分も届いていないように見えた。

「この財布です。見覚えがありますか？」

　そう告げて、黒い合皮の財布を差し出した。

　矢代隆太の喉仏（のどぼとけ）が、ころりと動いた。目が、落ち着き場所を求めてさまよった。

「はい……、父のものです……」

　答える声が、寒気を覚えたように震えた。矢代隆太は財布から顔を上げ、ブルーシートの囲いに再び目をやった。

「父は、あそこにいるのですね……。確かめさせてください」

「御遺体は、ひどい状態です。つまり、顔は判別できないんです。ですから着衣を御確認いただきたいと思い、衣服の部分をポラロイドで撮影しました」

　車谷が言って、ちょっと前に撮影したポラロイド写真を差し出すも、矢代隆太は首を振ってそれを拒んだ。

「大丈夫です。そんな写真じゃなく、ちゃんと直に確認します」

「衣服を御覧いただければ、充分だと思いますよ……。歯型でも確認できますし、勿論、血液鑑定も行ないます。むしろ、お父さんの血液型や、行きつけの歯医者などを思い出していただけたほうが大いに助けになります」

「父はO型でした。はっきりしてます。O型です。ええと、歯医者も、たぶんわかると思います」

ぼそぼそとそう答えるものの、相変わらず車谷の声は半分ほどしか聞こえていないように見える。

「刑事さん、俺なら大丈夫ですから。だから、ほんとに父かどうか、直接、確かめさせてください」

「わかりました。そうしたら、御確認をお願いします」

車谷はついに折れることにして、矢代隆太を伴ってブルーシートへ向かった。囲いを支えている制服警官に目配せしてシートをめくらせ、自分が先にくぐる。

「見覚えがあるお父さんの服かどうか、着衣を御覧になってください」

隣に並んで立つ矢代隆太にもう一度そう確認すると、灰島に目配せし、遺体にかぶせてあるブルーシートをゆっくりとめくらせた。

隆太が「ひ……」と小さな声を漏らした。吐いた息が、意図せずに声帯を揺らして漏れた音だった。

「もういい、戻してくれ」

灰島に告げ、

「どうです、お父さんですか？」

尋ねる車谷の前で、隆太は口を押さえて体の向きを変えた。囲いのブルーシートを押し開けて飛び出し、川原に前屈みになって胃の中のものを戻した。

「おい、誰か水筒はねえか？」

車谷は水筒を取り寄せ、しばらく待ってから矢代隆太に近づいて差し出した。

「すみません……」

「いや、気にせんでください。普通の反応です」

「父です。父の服です……。ああ、なんてことだ……。父さん、父さん……」

矢代隆太は、立っているのがやっとの状態に見えた。どこかに坐らせて話を聞きたいところだが、河川敷ではそんな場所もなかった。

「少しお話をうかがいたいのですが、大丈夫ですか？　よかったら、もう一杯飲みますか？」

「いえ、大丈夫です。ありがとうございます。何でも聞いてください。話してるほうが落ち着きます」

車谷は、とりあえず質問を始めることにした。

「それじゃあ、最後にお父さんとお会いになったのは、いつですか？」

「三日前……、いえ、もう四日になります」

「遺体が身に着けてるのは、そのときお父さんが着ていた服ですか？」

「いや……、それはわかりません。四日前の朝、俺が勤めに出るとき、父はまだ部屋で寝てました。父を見たのは、それが最後なんです――」

「そのとき、何か話は？」

「いいえ、熟睡してましたので。行って来ると声をかけましたけれど、それも聞こえていたかどうか……、父は目を開けませんでした」

「そして、あなたが仕事中にお父さんはどこかに出かけ、そのまま帰って来なかった。そういうことですか？」

「はい、そうです」

「捜索願いは出ていませんね」

「え？　何ですか――？」

「家族が行方不明になった場合、捜索願いを警察に出すことができます」

「いや……、そんなことじゃないですから……。ないと思ってましたから……。たぶん、どこかで飲んで、遊んでるんだろうと……」

「そうしたことが、今までにもあったのですか？」

「さすがに三日も四日もということはなかったので、心配し始めていたところでしたが……。でも、サウナに泊まって一泊したとか、親しい飲み仲間のうちに転がり込んで、翌日も朝からまた飲んで夜になってからやっと戻って来たとか、そういうことは何度もあったんです……。だから、たぶんどこかでそんなふうにしてるんだろうと……」

　話しているうちに、矢代隆太は何か思いついたらしかった。

「そうだ。それに、その日の夕方は、行きつけの店で飲んでたんです。京急川崎の駅前にある、《日の出》っていう飲み屋です。食事もできるし、早くから遅くまでやってるので、仲間内でみんな行ってる馴(なじ)染みなんですよ。そこの女将(おかみ)に聞きました。夕方、まだ明るいうちに飲みに来たって。だから、それからどこかへ繰り出して、調子に乗ってるんだろうとばかり……」

「《日の出》ですね、わかりました。ところで、他の御家族は？　お父さんとふたり暮らしだったのですか？」

「母は、二年前に亡くなりました。他に兄がいますが、今は千葉で漁師をやってます」

「お父さんも漁師だったのですね？」

「それはもう昔の話ですよ。父は近海でしたから、川崎の海じゃあ、どうにもなりません……。兄は父と一緒に海に出たことがありますが、僕が鮮明に覚えているのは、漁業権を放棄する補償の交渉で飛び回っていた父の姿のほうです」

「お父さんのほうは、今は仕事は何を？」

「日雇いですよ。日銭を稼ぐのには、それが一番いいと言って――」

「ところで、お父さんは何か最近、気に病んでいらしたようなことはありませんでしたか？」

「いいえ……、そんなことはありませんが……」

矢代隆太は、はっとしたらしかった。

「まさか、父が自殺をしたと思ってるんですか？」

「一応、様々な可能性を考える必要があります」

「それならば、ひとつ可能性が減りますよ。父は自殺をするような人じゃありません。そんなこと、絶対にないです」

「誰か恨みを抱いている人に心当たりは？」

「いいえ、ありませんよ」

車谷は、ふたつのキーホルダーを隆太に提示した。

「ところで、お父さんはこれらのキーホルダーをふたつ身に着けていたんです」

「なぜ、ふたつも？」

矢代隆太は、車谷が知りたいことを逆に尋ねて来た。

「わかりません。見覚えがありますか？」

「ええと、この黒いキーホルダーのほうは、たぶんうちの部屋の鍵です。でも、変だな……、もうひとつは知りません。なんで、親父は、こんな鍵を……。親父のじゃなく、誰か知り合いの鍵じゃないんでしょうか？」

「そうですね。そうかもしれません。今、あなた御自身の鍵はお持ちですか？」

「ああ、ちょっと待ってください。これです」

「ちょっと失敬」

矢代隆太がズボンのポケットから出した鍵と、黒いキーホルダーについた鍵を並べてギザギザを見比べた上で、車谷はうなずいて見せた。

「確かに同じ部屋の鍵ですね。さて、そうしたらもうひとつは、いったいどこの部屋なのか――？」

独りごちるように言うことで、矢代隆太が何か答えをひねり出すのを促してみたが、

「ううん……、わかりません……」

やはり怪訝そうに首を振るだけだった。

車谷は、ここでの聴取はいったん切り上げることにした。

「恐れ入りますが自宅に案内していただけますか。念のため、遺体の着衣が本当にお父さんのものかどうか、箪笥を確認していただきたいんです。それに、お父さんの持ち物を、念のため確かめさせて貰いたいんですが」

「わかりました」

「そうしたら、少々お待ちください」と言い置き、車谷は傍で話を聞いていた山嵜と渋井のふたりに目配せして矢代隆太のもとを離れた。

「鍵が気になりますね。やっぱり、息子にも知られずこっそり持っていたとなると、女の線が気になるところですが、そういう点は訊かなくていいんですか？」

小声で指摘する山嵜に向け、車谷は唇の片端を吊り上げて苦笑した。だが、両眼はぎろりと睨みを利かせている。

「御明察だな、ザキ山さんよ。だけど、おまえ、あの状態の息子に、親父さんにゃ外に誰か女がいたんじゃないかとここで訊くのかよ。安心しな、親父の生活ぶりについちゃ、部屋についてからゆっくりと話を聞くさ。それよりも、鍵だぜ。このふたつ目の鍵がどこのものかがわかれば、捜査が大きく進展する可能性が大だ。おまえとシブで、この鍵を当たれ。金庫の鍵のほうもだぜ」

「了解」

「女絡みにせよ何にせよ、足を運ぶ手間を考えたらせいぜいが自宅から一時間以内の場所だろう。川崎の不動産屋組合に問い合わせて矢代太一の年齢特徴を告げ、それらしい客に部屋を貸してないか調べさせるんだ」

「だけど、一時間なら、東京の西側や横浜辺りも入りますよ」

「わかってるじゃねえか。川崎で埒(らち)が明くことを祈るんだな。それと、この時間ならば夕刊に悠々(ゆうゆう)間に合うし、昼のテレビやラジオにも間に合う。親爺に言って、すぐにマスコミに情報を流して貰うさ。本名で借りてるかもしれねえし、顔を見て何か思い当たる人間が出ないとも限らねえ」

3

夜勤の労働者たちのために、川崎の東部エリア、つまり湾岸部から国鉄や京浜急行駅の周辺にかけて、朝湯をやる銭湯がいくつも存在している。

そんな一軒の入り口前で、ネクタイに背広姿の若者がうろうろしていた。

伝統的な唐破風屋根の銭湯である。

黒い屋根瓦で、七月の朝陽が跳ねている。梅雨明けが近いことを思わせる青空だった。

若者は、茫然と、それにどこか憮然ともした面持ちでその屋根を見上げた。首をひねったり、通りの左右を見回したりしていたが、ついには何か意を決したように上着を脱いでネクタイを緩めた。

それは、今日、川崎署の刑事課一係に配属されたばかりの沖修平巡査だった。

就業時間の十五分前に署に到着し、上司への挨拶を一通り済ませたところ、直接の担当上司である大仏係長から受けた命令は、銭湯へ行けというものだった。

まさか、出勤初日の最初の任務が朝風呂だとは、いったい、どういうことかわからない。

丸山昇という先輩刑事がそこにいると言われたが、いったい何をしているというのか……。

（まあ、なるようになるさ）

胸の中で自分にそう言い聞かせると、脱いだ上着を肩にかけて銭湯の入り口に向かった。磨りガラスの引き戸を開け、湿り気を帯びた空気に体を撫でられながら中に入る。

番台の中年女に石鹸と手拭いを頼んで六十円を出すと、番台のカウンターに重ねたコインの山から五円硬貨を一枚と一円硬貨を二枚摘まんでお釣りをくれた。

脱衣所は、かなりの数の男たちでごった返していた。ちょうど工場の人間たちが、夜間勤務を終えたところなのだ。多くはまだ内風呂がある場所に住めないような若い労働者たちだが、ちらほらと中年男も交じっていた。それ以上の年齢の白髪頭は、近所に暮らす隠居たちだろう。脱衣所も風呂場も二階の高さまでの吹き抜けで、その天井付近に窓があり、早朝の明るい光がそこから射している。

決して数は多くはないが、刺青を入れた男たちもいて、沖はそういった男たちに注意を払いつつ服を脱いだ。身長は百七十センチちょっとで平均的な日本人よりもいくらか高いぐらいだが、胸板が厚く、若者らしい平らな腹は筋肉で綺麗に割れていた。

沖修平は、高校時代からずっとラグビーをやっていた。交番勤務の間は、同じ班の班長に連れられ、シフトの合間に柔道場通いをつづけてきた。

裸になった修平は、アルミのいくらか建てつけの悪い引き戸を開けて洗い場に入り、ケロリンの黄色い風呂桶と椅子を持ち、空いているカランの前に陣取った。お湯と水のレバーを上手く調節し、手桶に汲んでは体を流した。

さて、どうやって丸山を見つけたらいいのだろう。

ただ銭湯へ行き、中へ入って丸山刑事に合流しろと命じられただけなのだ。一応、顔の特徴を尋ねると、四角い顔で大分髪が白くなった男だと言われたが、そういう男はごまんといる。それとも、これは、何か新人を試す試験のようなものなのか……。

きょろきょろしつつ体を流し、熱い湯に浸かってなおきょろきょろしていたら、

「おい、おまえが沖か――」

いつしか隣に来ていた男が、ぼそっと小声で話しかけて来た。

「あっ……、はい。そうですが……、丸山さんですか……？」

「ああ、丸山だ」

沖修平は、丸山の顔を改めて見つめた。確かに四角い顔をしている。それも、とりわけ四角い顔だ。

「よく私がわかりましたね」

「風呂でこんだけきょろきょろしてるやつがいれば、目立つからな」

「すみません……」

「謝ることはないさ。どうせ、親爺から、ただ銭湯へ行けぐらいしか言われなかったんだろ」

「はい……、いえ……、一応、丸山さんの特徴も聞きましたが」

「ほお、どんな特徴だ？」

丸山はそう尋ねて来たが、すぐにお湯から出した手を顔の前で振った。

「いや、言わなくていい。大仏の親爺が何を言ったかは、だいたい見当がつく。不機嫌な下駄みたいな顔をした男だと言ったんだろ」

「いえ不機嫌とは別に……」

修平はそう答えてしまってから、

「いや、その、下駄みたいと言ったわけでもなくて、ただ四角い顔と――」

「いいよ。人の顔の話はもう。俺にだって、デリカシーってやつはあるんだぜ」

丸山は不機嫌そうに言いながら両手で湯をすくい、下駄みたいに四角い顔をごしごしとやった。

「あの……。それで、どうして自分をここに？」

「どうしてって、そりゃ、風呂に入るためだよ。おまえ、浮世風呂って知ってるだろ」

「なんです……？」

「西鶴さ」

「ええと……、井原西鶴ですか……？」

「そうだ。その浮世風呂だ」

「つまり……、どういうことでしょうか――？」

「おまえ、中学校ぐらいは出てるだろ」

「馬鹿にしないでください、大卒です」

「ああ、やだやだ。また使えないやつがひとり来たか。大卒がデカになるようじゃ、世も末だな。おまえは、しばらく大人しく風呂に浸かってろ。そして、俺が出たら、そっとくっついて来るんだ。いいな」

丸山はそう言って話を勝手に切り上げると、修平を残して別の湯船へと行ってしまった。温度計が43度を示しているほうの湯船で、修平は到底入れないと敬遠していたのだが、丸山はためらいもなく浸かると気持ちよさそうに天井を仰ぎ、両手の掌でまた四角い顔を撫でた。

修平は何をしてよいやらわからないままで湯船を出て元の洗い場に戻り、小型の石鹸を手拭いに擦りつけて体を洗いはじめた。

ついでに髪の毛も石鹸で洗ってしまった。五分刈り頭には、シャンプーなんか必要ないのだ。

丸山は案外と長湯だった。間が持たないので、自分ももう一度浸かろうと修平が動きかけたときになってやっと湯船から出て来た。前を隠すこともなく、がに股で修平の横をかすめ、

「おい」と小声で合図を送って出て行った。

沖修平が脱衣所に出ると、顔を寄せてきて、

「そうそう、現場検証でヘドロ臭くなっちまったんで、ワイシャツをコインランドリーにかけてたんだ。脱水まで終わってるか確かめて、持って来てくれ。俺はすぐそこの角打ちにいる」

と告げ、脱衣所の片隅に並んだ洗濯機のひとつを指し示した。

ここ数年はコインランドリー専用のスペースを別に作る銭湯も増えて来たが、ここではまだ脱衣所に洗濯機を置くシステムを取っていた。

「角打ちで何をするんですか……?」

「おまえ、さっきから、何かふざけてるのか？　それとも、角打ちを知らんのか？」

「いや、知ってますけど……」

「それなら、一々尋ねるなよ。風呂屋なら風呂に入るし、角打ちなら風呂上がりの一杯に決まってる」

丸山はにこりともせずに答え、自分のロッカーのほうへと行ってしまった。

そして、数分後――。

丸山のワイシャツを持って角打ちへ行くと、ランニング姿の丸山が、店先でビールを飲んでいた。黄色いビールケースをふたつ重ねた上に、画板ほどの大きさの板を置いて「テーブル」として使っている。道路交通法を厳密に適用すれば、公道の不法占拠に当たる。

酒屋は間口が幅三間ぐらいで、電気をつけていない店内はいい感じの薄暗がりだ。その片側を奥に向かってカウンターが伸び、そこに男たちが数人並んでいる。

カウンターには、スティックタイプのチーズや魚肉ソーセージなどが立ち、駄菓子のスルメやコンブなどが並び、何種類かの缶詰が積み重なっていた。

冷房なんていう気の利いたものはないが、扇風機が健気(けなげ)に風を送っている。

子供時分、修平はこういう店に飲んべえの父親をよく迎えに行ったものだった。昭和三十年代の前半には、こうした店がもっとあちこちにあったのだ。

男たちの中に父の姿を発見したときのほっとした気持ちは、今でもよく覚えていた。

「ワイシャツです。乾いてました」

「おお、悪かったな。おまえも一杯やれ」

「いや、俺は……、お茶で結構です」

「下戸(げこ)なのか?」

「いえ、そうじゃないですけど……」

「なら、良い若いもんがお茶でどうする」

「はあ……、しかし……、服務規定が……」

「勤務中はアルコール類は飲めないって、あれかい？　ありゃあな、おまえ、一緒に飲みたくないやつに対して使う方便だぜ。おまえ、俺とは飲みたくねえのか？」

「いえ、そんな……」

「なら、飲めよ」

めちゃくちゃだ。

「姉さん、コップをもうひとつくれ」

「姉さん」と呼ぶにはいささか薹の立った店の女からグラスを受け取り、沖修平に握らせ、丸山は大瓶の口を傾けた。

風呂場では声をひそめているからそんな喋り方なのかと思ったが、そうじゃなく、砂でも噛んだみたいながさがさ声で、口をあまり大きく開かずにぼそぼそと小声で話す男だった。

それから修平はしばらくの間、そのがさがさ声で繰り出される質問に答え、生い立ちや家庭環境を喋らされ、父親の職業や、ついには修平自身の女の好みにまで質問が及んだ。

とはいえ、何も一方的に丸山が質問を発するわけではなく、何か尋ねると今度は丸山が自分のことを語るといった具合で、しばらく経つうちには沖修平は丸山の家族構成まで知ることになった。

どうやらそんなふうにして人間同士の距離を詰めるのが、丸山昇という男のやり方らしいのだ。

そのうちに、丸山に手で制され、修平はあわてて口を閉じた。丸山が目配せをするが、最初は意味がわからなかった。だが、じきに修平も聞き耳を立てた。

　店内に設けられているカウンターから、こんな会話が聞こえてきたのである。

「そういや、多摩川の騒動、知ってたか。あれは、太一の野郎じゃねえのかな……」

「ああ、聞いた聞いた。多摩川の河口で土左衛門が見つかった件だろ」

「俺は見たよ。仕事上がりに駅まで土手を歩いてたら、警察がたくさん出張ってるんで、いったい何事かと思ってたんだ」

「で、なんであの土左衛門が太一だってわかるんだよ」

「オート三輪で隆太が駆けつけるのが見えたのさ」

　それからしばらく、矢代隆太が駆けつけたからといって、土左衛門が父親の太一だと決まったわけじゃないといった押し問答で会話が停滞したあと、こんなふうに進み出した。

「太一って、あれだろ。前は、かみさんとふたりで、お大師さんの裏に食堂を開けてた」

「そうなのか……。そりゃあ知らなかった」

「なかなか美味(うま)い店だったぜ」

「だけど、あれじゃ自分で店の酒を全部飲んじまってた口だろ。今じゃ小土呂橋(こどろばし)のほうのなんていったかな、そうそう《アケミ》ってクラブのママだかホステスに、すっかり入れ揚げてるって聞いたぜ」

「そりゃあ、かみさんが死んでからだ。それまでは、オシドリ夫婦って言われてた」

「そうかね。じゃ、死んだかみさんの保険金で飲んでるのか?」

「いいや、違うね。やつは元漁師だぜ。補償金の残りだろうよ」

「ああ、そういうことか……」

会話がそんな話に至ったところで、丸山が動いた。

ビールとグラスを両手に持ち、沖に「来い」と目で合図をすると、噂話をしていた男たちのほうへと寄って行った。

「おまえさんがた、どうも矢代太一さんと親しかったようだね。ちょっと耳に入ったんで、その話を少し聞かせて欲しいんだがな。なあに、怪しいもんじゃねえんだ。協力してくれよ」

丸山は、ズボンのポケットから出した警察手帳を男たちに示し、愛想笑いを浮かべた。

元々不愛想な顔に浮かべた愛想笑いには、圧迫感があるのだろう、男たちがぎょっとして丸山を見る。

丸山はまだワイシャツを着ておらず、ランニング姿のままだった。両肩には、かなりの筋肉が盛り上がっている。

「いやぁ、俺たちの話なんか、サツの旦那の参考にゃなりませんよ」

ひとりがそう言いかけるが、

「おおい、姉さん。ここに大瓶を二、三本持って来てくれ。ええと、ポン酒のやつもいるな。冷やでいいかい」

早々とコップ酒を啜っている男もあることを見つけ、丸山は追加の酒を注文した。

「さあて、それじゃどんなことでもいいんだ。知ってることを聞かせてくれ。まずは、補償金ってのは何のことだね？」

4

汚物で底が見えないドブの横で、赤ん坊が母親の乳房に食らいついていた。ドブには半間ほどの幅があり、子供が落ちたら足が立たず、溺れ死ぬのではないかと大人は想像するが、当の子供たちはそんなことは露とも思わずにドブのすぐ傍を走り回っている。大人たちも、危ないからと注意することはしない。そんなことを一々していたら、そこいら中が危なくて遊べない場所になってしまうからだ。

アパートの前だけは板でドブを塞いで人が行き来できるようになっていた。その羽目板を渡り、矢代隆太は車谷をアパートへと案内した。ブロック塀の途切れたところがなんとなく門の役割をしていて、その奥に木造二階建てモルタル塗りのアパートが建っていた。

セメントの三和土の陽だまりで猫がうたた寝をしている玄関口を、車谷は矢代隆太について入った。

防腐剤に汚れが染みついて黒ずんだ屋内廊下の両側に、ベニヤのドアが一定間隔で四、五個ずつ並んでいた。昼間で天井灯は消えているし、外光が直接入る窓が突き当り付近の共同キッチンにしかないために廊下は暗く、瞳孔が開くまでの間、車谷はちょっとした洞窟に入ったような気分だった。

一階の一室、隙間にマイナスドライバーや薄い板などを差し込めば簡単に開いてしまうタイプの戸先鎌錠を鍵で開け、矢代隆太は車谷を中に招き入れた。

父子は六畳の広さもない部屋に暮らしていた。四畳半の窓辺に、わずかな幅で板の間がついている。そこには四本脚のついたテレビが置かれ、週刊誌とスポーツ新聞が積み重なっていた。片側の壁は押し入れで、対面の壁には腰の高さの戸棚があった。

部屋に父子が布団を並べて敷けば、それで一杯になってしまうぐらいの広さしかなかった。父親の物といっても、それほど多くはないだろう。

車谷は、隆太に一言断って戸棚に近づいた。戸棚の上には、ラジオの横に、写真立てがひとつ立っていた。

「御家族ですか？」と一応確かめ、写真立てを手に取った。

普通サイズの写真には、一膳飯屋の暖簾を背景にして、四人の家族が写っていた。

矢代太一の隣に、小柄な女性がいた。これが亡くなった妻だろう。ふたりをはさんで、息子がふたり。右側の矢代隆太はまだ学生服だったが、もうひとりはラフなシャツとジャケットを着ていた。

顔立ちの似た兄弟だった。そろって父親の身長を越えていた。

「お兄さんは、今は千葉のどちらに？」

「浦安ですよ。何もない漁師町ですが、兄には今の川崎よりもそういうところのほうがよかったんです」

「後ろの店は？」

「父と母でやっていた店です。漁業がダメになって、ふたりで開けました」

そう答える最中に、感情が色濃く滲み出て来た。

「父も、母が生きている頃はよかったんです……。張り合いがあったのだと思います。母は、料理が上手な人でした。ただの漁師飯というか、家庭料理なんですけれど、どこか気が利いていてお客さんに受けたんです」

「繁盛してたんですね」

「ええ、母が厨房で、父がお客の相手をしてました。普通と逆でしょ」

矢代隆太は、薄く笑った。

「いつ閉めたんです？」

「二年前です。母の体が悪くなって、医者に行ったときにはもう末期の癌でした。それから半年ぐらいで、あっけなく逝ってしまいました」

「そうでしたか……。御愁傷様です」

「ええと、父の持ち物でしたね」隆太は顔をそらすようにして、押入れへと向かった。「とはいっても、ほとんどないんです。一応、シャツを確かめてみます」

押入れを開けると、下段に木製の箪笥が入っていた。抽斗を開け、中を確かめ、

「やっぱりそうです。黒いポロシャツがありません」

「他には、お父さんが使っていた抽斗は？」

「一番上の抽斗の右側がそうです」

隆太は答え、自分で開けた。

「ちょっと失礼」

車谷は場所を代わって貰い、その中を改めた。通帳を見つけて開いて見たが、中学生のこづかい程度の金額しか残っていなかった。二カ月に一度、ほぼ決まった金額の年金が振り込まれているが、それも大した金額ではなかったし、毎回、次の振り込みまでまだ大分間があるうちに全額引き出されていた。

（さて、こんな男が、本当にもうひとつ別の部屋を借りていたのか……）

改めて胸の中でそう問いかけてみると、いかにも不自然に思えてならなかった。

同じ抽斗に無造作に入れてあった十を超える飲み屋のマッチを、矢代隆太の許可を得て念のためにすべて借りた。その後、焦げ茶色のカバーがかかったアドレス帳を見つけた。縦幅よりも横幅のほうが長いハガキ大ぐらいのもので、端っこにアイウエオ順でインデックスがある。

「これはお父さんのアドレス帳ですね？」

「ええ、そうです」

それも許可を得て借りることにし、その場で中をめくった。大分長く使っているらしいのが、紙の感じやインクのかすれ具合などからわかる。しかし、大した数の名前は書かれていなかった。

車谷は、改めて部屋を見渡した。男所帯としては片付いているほうだ。それはおそらく父親ではなく、息子の隆太の性格を表しているように思われた。逆にいえば、父親の太一の生活ぶりは、この部屋からではほとんど感じられない気がした。

「お父さんは日記とか、こづかい帖とか、そういったものはつけていませんでしたか？」

「いいえ。一度も見たことがありません」

隆太は頭を下げて体の向きを変えると、壁に立てかけてあった丸い卓袱台の脚を起こした。それを部屋の真ん中に置き、「どうぞ」と勧めた。

「茶でも淹れましょうか？」

「いや、私は結構です。少しは落ち着かれましたか？」

ふたりは向かい合って坐った。矢代隆太が落ち着くのを待って、現場で訊けなかった点を確かめたいというのが、こうして部屋を訪ねた目的のひとつだった。

「はい、僕なら大丈夫です」

「お父さんは、四日間帰らなかったわけですね？」

「ええ、そうです」

「少し訊きにくいことをお尋ねしなければならないのですが、お父さんには誰か、息子さんには内緒で部屋を借りるような相手がいたとは思えませんか？」

「そういう女性がですか……？」

「はい」

「いやあ……、それはあり得ませんよ。刑事さんは、父が持っていた鍵のことを気にしてるんですよね。父が、どこか別のところに女性を囲っていたんじゃないかと。しかし、そんなことはあり得ないと思います。だって、僅かな年金を一々数えていたような老人ですよ。僕だって、自分が父の面倒を見るつもりで一緒に暮らしてたんです。それが、僕に内緒で別に部屋を借りて、そこに誰か女性を住まわせていたなんて……、どう考えたっておかしいでしょう……」

そう主張する矢代は、笑いながら怒りを押し込めていたが、そのうちにふっと何かを思いついた様子で言葉を呑み込んだ。

「どうかしましたか?」

「いえ……、ただ、さっき言い忘れてたことを思い出したんです。四日前、親父が《日の出》で飲み出して間もなく、誰か若い女からそこに電話が入ったそうです。それで、勘定を済ませてあわてて出て行ったと」

「あわてて出て行ったんですね?」

「ええ、まあ、女将さんがそう言ってましたけれど……、大方、どこかの飲み屋の女に誘われたんじゃないでしょうか?」

「誰か、そういった女性に心当たりは?」

「いえ、それはありませんけれど……。いずれにしろ、父が誰か女性を囲ってどこかに住まわせるなんて、あり得ませんよ」

矢代隆太は、改めてそう強調した。

確かに、この息子の主張する通り「あり得ない」ことなのだろう。だが、普通ならばあり得ないことが起こったのだとすれば、それが事件を解くカギになる。

観葉植物に溢れた部屋だった。女が刑事たちふたりを気前よく自宅のリビングへと通してくれたのは、決して協力的だからではなく、玄関先で七月の熱気にさらされるのを嫌ったためにちがいなかった。

女のフルネームは坪井明美。国鉄川崎駅から程近い小土呂橋付近にあるクラブ《アケミ》の経営者で、年齢は四十二。男であれば厄年だ。同居する男の気配はなく、今はトラ猫みたいなガラで耳がぺっしゃんこの猫が、ぴたりと彼女の太腿に身を寄せて丸くなっていた。

沖修平は丸山昇と並んで、彼女の正面のソファに腰を下ろしていた。

角打ちで噂話をしていたグループは、いくつかの貴重な情報をもたらしてくれた。その1、矢代太一は女房に死なれて以降、やる気をなくし、自堕落な生活をつづけていた。その2、ホステスがいるような店にも出入りし、クラブ《アケミ》のママだかホステスだかにぞっこんだった。その3、そして、そうしたクラブ通いには、亡くなった妻の保険金と漁業権を放棄したときの補償金の残りが使われていたらしい。

「いやあね、そうやって噂って、間違った情報が拡がっていくのよ」

「違うのかね？　俺は、矢代太一さんがママさんに岡惚れして店に通い詰めていたと聞いたんだがね。こんな美しいママなんだ、一目見て、さもありなんと納得したとこだったが」

「刑事さんって、そうやって口が上手いやつばかりだから嫌よ」

「いや、俺は……」

「無理しなさんなって。こっちだって、人を見る商売なんだ。刑事さんみたいな一見強面の旦那は、私みたいなタイプが好みじゃないってわかってるわ」

「ほお、じゃ、どんなタイプが好みだと思うんだね」

「小柄で可愛い女性ね。どっちかというと無口で、上手く男を立ててくれる人。刑事さんの奥さんって、そういう人でしょ」

「こりゃ、一本取られたな」

丸山は四角い顔をくしゃっと歪め、盆の窪に手をやった。

「で、噂が間違いだというなら、ほんとのとこはどうなんだね？」

「確かに矢代さんはうちの店にずいぶん通ってたけど、それは私が目当てじゃなくて、目当ての若い子がいたのよ。光子っていうホステス。だけど、それだって、光子をどうこうしようってわけじゃなかったわ。あの子には亭主との間に保育園に通う娘がいるし、そのことは矢代さんだってよく知ってたもの」

「そうなのかね」

「あの人さ、誰かが話を聞いてあげないとダメな人だったのよ。光子にも、私やチーママにも、結構亡くなった奥さんの話をしては寂しがってたわね」

「そうかね。ま、何にしろ、金は入るところに入るんだ。ママさんとしちゃ、上客であることには変わらんだろ」

「ヤな言い方するわね。だけれど、それも半年ぐらい前までの話。二月ぐらいからは、ほとんど顔を見せなくなったわ」

明美は軽く丸山を睨(にら)んだが、別段、腹を立てた様子もなく紅茶をすすり、両切りの缶ピーを抜き取って唇に運んだ。卓上ライターで火をつけ、

「店じゃ外国産のメンソールを吸ってるけど、やっぱりほんとはこれぐらいニコチンがギュッと来ないと、たばこを喫(す)ってる意味がないでしょ。刑事さんも、よかったら一本どう？」

と、缶のピースを薦(すす)めた。

「いや、俺はこれを――」

丸山は自分のポケットからハイライトを出し、「じゃ、失礼して」と火をつけた。

「刑事のくせに、高いの喫ってるのね。若いおまわりさんは、どうかしら？」

「いや、自分も結構です」

沖はあわてて辞退したが、それだけでは一人前に見られない気がして、日に何本も喫わずに持ち歩いているマイルドセブンを取り出して火をつけた。ほんとをいえば、こんなもののどこが美味いのか、未だにわからない。

「おまえ、上司より高いたばこを喫うなよな。ま、俺はこの味が好きだからいいけどよ」

丸山が言い、話を自分に引き戻した。「で、今の話だが、矢代さんは、どうして顔を見せなくなったんだい？　その光子って子との間で何かあったのか？」

「そんなんじゃないわ。理由はよくわからない。とにかく急に来なくなったのよ。それこそ、

外で誰か好きな女でもできたんじゃないのかしら」

　明美は冗談めかして言ったが、刑事たちはニコリともしなかった。

「誰か、そういう女がいるという噂でもあったのかね？」

「いやあね、真面目(まじめ)な顔をして。今のは冗談よ」

「来るときは、いつもひとりだったのか？」

「そうよ、ひとり。《日の出》って店が京急川崎の駅前にあって、そこで飲んでほろ酔いになってから、うちに流れて来るの」

「週にどれぐらい来てたんだね？」

「まあ、それは週によって違うけれど、少なくともどこかで一度は顔を出してたわね。多いときには、二、三度来ることもあったわ」

「毎週二回も三回もクラブ通いとは、優雅なもんだな」

「明朗会計だもの」

「それにしたって、ツケを溜めたりはしてなかったか？」

「うちは現金オンリーよ。ツケで飲ませるのは、もっと高級店」

「お宅の店に来るようになったのは、誰かの紹介かね？　ふらっと来たわけでもあるまい」

「最初は、《夜城》ってキャバレーの社長が連れて来たのよ。早乙女徹って人。川崎の駅前に、キャバレーばかり四、五軒持ってるやり手よ」

「どうしてそんな男と矢代は知り合いだったんだ？」

「ああ、それはね、昔の漁師仲間よ。早乙女さんって、漁師をやめてからわずか五年でキャバレーをいくつも経営してるって、この辺じゃ有名な話よ」

「なるほど、なかなかすごい男のようだな。その後も、ふたりは時折、一緒に来てるのかね？」

「いいえ、一緒に来たのはそのときだけ。でも、あの夜は親しそうに飲んでたわね。お互い、名前を呼び捨てにしてたし」

「ほお、苗字じゃなく、名前のほうをかね？」

「ええ、太一、徹、って呼び合ってたわ」

5

縁がほんの少しだけある平たい小さなアルミの盆に、醤油（しょうゆ）とウスターソースの瓶（びん）が立っていた。夜は飲み屋に様変わりする店は、あと小一時間で正午を迎える今、すでに店を開けていた。昼時になれば汗臭い多くの工員で賑（にぎ）わう店には、今はぽつんぽつんと老人が坐（すわ）り、何か一、二品をつまみながらビールを飲んでいた。

《日の出》の女将（おかみ）は丈夫そうな六十女で、見かけは五十前後ぐらいだった。ところが、こういう類（たぐい）の女が本当は七十近かったりすることを、車谷は経験から知っていた。つまり、もう長いことデカで飯を食っているデカ長の目からしても、年齢がわかりにくい部類の女なのだ。

「びっくりしましたよ、矢代さんが亡くなったそうですね」

噂はもうこの女の耳に入っていて、車谷が警察手帳を出して質問を向けかけると、女将のほうからそう言った。野次馬にありがちな好奇心剝き出しの目つきはしておらず、親しい者を亡くしたことへのショックと戸惑いが窺えた。

「事故なんですか？　それとも……」

「いや、それはまだ何ともわからねえ。ちょっと話を聞かせて貰いたいんだ。忙しいところを悪いんだが、いいかね」

「まだ忙しくなる前ですよ。どうぞ、それじゃあっちに坐りましょうか」

女将は壁際のテーブルへと車谷をいざない、「薬罐を持ってきておくれ」と調理場に声をかけた。

いくらか奥行きのほうが長い長方形の店に、入り口から見て両側の壁に寄せて一列ずつと真ん中に一列、合計三列でテーブルが並んでいた。すべての席を埋めれば、五十人ぐらいは坐れそうだ。店の奥が調理場で、調理場とホールとの間には料理を出すためのカウンターがあり、その左右は一人客のための場所になっていた。そして、壁という壁には、食事やつまみの名前を書いた短冊が所狭しと貼られていた。

車谷が壁際の席につくとすぐ、若い店員がアルミの大きな薬缶を持って来た。

「薬罐に氷が入ってるんです。こういう日には、これが一番ですよ」

女将はテーブルの盆の中に伏せて重ねてあるメラミンの湯吞を仰向け、薬罐の冷たい水を注いだ。アルミの薬罐を持ち上げたとき、鶏ガラのように瘦せた腕に案外しっかりした上腕二頭筋が盛り上がった。

車谷は礼を言って喉(のど)を鳴らし、早速、聴取に取りかかった。

「息子から聞いたんだが、四日前の夕方、矢代太一さんはここで若い女からの電話を受けたそうだな」

「ええ、そうですよ。私が取り次ぎました。なんだか切羽詰まった感じで、矢代さんはいるかって」

「ふうん、切羽詰まった感じでね。それは、何時頃だったんだ?」

「五時頃でしたよ。まだ外が明るい間で、客もこれからってときでした」

「矢代太一はその電話のあとすぐに勘定をして出て行ったというので、間違いないかい?」

「はい、そうです。あわてて出て行きましたよ」

「女とどんな会話をしたのか、何か具体的にわからないだろうか?」

「いいえ、それはちょっと……。隆太にも訊かれたんですけれど、わからないです。あわててすぐに勘定を頼んだんで、どうしたのかとは訊いたんですよ。でも『ちょっと……』って口を濁(にご)すだけで、何も答えようとはしなかったのでね」

「その女から電話があったのは、その一度だけかね? それとも、前にもそれらしき女からかかって来たことが?」

「いいえ、そのときだけです」

「声や話し方に聞き覚えは?」

「いえ、ありません。客商売なんで、人の喋り方には結構敏感なほうだと思うんですよ。たぶん、ここに来たお客さんじゃあないと思いますよ」

女将はそう意見を述べた。

「うむ、そうか——」

質問をつづけることにして、軽く間を置きつつ視線を泳がせた車谷は、店の戸口に現れた男たちに目をとめた。がっしりとした中年の小男と背の高い若者のふたりが、開け放してある戸口の向こうに立ったのだ。

「ああ、丸さん。どうしてここに？」

車谷は椅子から立ち、丸山昇に向かって片手を上げた。

「こりゃあチョウさん。ここが矢代太一の行きつけだと聞いたもんですからね」

丸山は、いつもの飄々(ひょうひょう)とした調子で言って近づいて来た。

「ああ、お仲間ですか」

と言う女将に、丸山は軽く頭を下げた。

「川崎署の丸山と、こいつは沖です。俺たちゃ、今まで《アケミ》ってクラブのママと会ってましてね。矢代さんはだいたいここで飲んでから、あの店に繰り出してたと聞きましたよ」

「あのママさんを訪ねたんですか。でも、大したことは知っちゃいなかったでしょ。最初からここに来ればよかったのに。まあひとつ、刑事さんたちも冷たいのをどうぞ」

女将はまた湯呑を仰向けて丸山と沖に注いでやり、車谷の分も注ぎ足した。

車谷が改めて礼を述べ、次の質問をしようとすると、女将のほうからこう切り出してきた。

「私から、ひとつ聞いて貰いたい話があるんですけどね。よござんすか？　隆太は、諫見さん親子のことは何か話してましたか？」

「いいや、何も聞いてないが……。誰だね、それは？」

「そしたら、私が言っちゃいますよ。隆太からじゃ話しにくいかもしれませんからね。諫見さんの息子たちが、太一さんのことを人殺しだと言って恨んでますよ。私だけじゃなくてみんなが知ってる話だから、確かめてみたらいいわ」

「その親子は、いったい何者だね？」

「昔は漁師仲間だったのよ。矢代さんとこと、それこそ家族ぐるみのつきあいをしてたそうよ。でも、川崎で漁師をやってた人たちには色々あったから……。こんな海じゃ、漁をつづけられるわけがないでしょ。諫見さんとこは、補償金を貰って漁師をやめたあと、清掃会社を始めたのね。オフィスとか工場と契約して、定期的に掃除夫を派遣する仕事よ。だけど、一年半ぐらい前だった。あのときも、ちょうどこれぐらいの季節だったわ。諫見さんが事務所兼倉庫みたいに使ってた建物で火事が起こって、事務所で眠ってたお父さんが焼け死んじゃったの。なんとかって掃除の洗剤は、温度が上がると発火して危ないんでしょ」

「塩素系の洗剤のことだろうな」

「きっとそれよ。だけど、その夜、たまたま近所で飲んで酔い潰れてた太一ちゃんがやったんじゃないかって」

「警察がそう疑ったのか?」

「だって、諫見さんの息子たちが、そう主張して譲らなかったんだもの。特に弟のほうは血の気が多くて、勝手に矢代さんを問い詰めに行って殴りかかったりもしたって聞いたわ」

「事務所の場所は?」

「東京の大田区。京急蒲田駅の傍よ」

「矢代太一は、そっちで飲むことも多かったのか?」

「その事件で疑われてからは行かなくなっちゃったわ。でも、あの頃は、何軒か馴染みがあったみたい。いずれにしろ、警察がちゃんと捜査して、原因は死んだ諫見の父親の寝たばこだとはっきりしたのよ。人件費を使う余裕があんまりなかったみたいで、お父さんが無理して働いてたのね。その日も、現場をいくつも掛け持ちして、へとへとに疲れてたらしい。疲れ果てて事務所に戻って、うっかり洗剤を置きっぱなしにしたままで眠っちゃったんでしょ……。だけど、残された息子たちは、太一ちゃんが火をつけたんじゃないかって、それからもずっとそう疑ってた」

「なるほどね。しかし、矢代太一には、諫見の事務所に放火するような動機が何かあったのかい?」

「あったといえば、あったのよ……。いえ、私はそうは思わないわよ。でも、向こうではそう思ってるってこと……」

「どういうことだね、それは?」

車谷がここに来てからずっと、いかにも客商売らしい流暢さで喋っていた女将が、ここで初めて間を置いた。どう喋るかを考えたらしい。

「太一さんは、貧乏くじを引いたんですよ」

結局、ぽんと投げ出すようにしてそう言った。

「って言うと？」

「あの人、漁師たちの組合の組合長だったの」

「漁協組合のことかい？」

「それとはちょっと違うわ。漁協は、漁師たちのための組合でしょ。もちろん、ここにだって漁協はあったわよ。でも、それは漁師たちが漁をつづけるためのもの。私が今言ってるのは、漁師を廃業するのに、その補償を求めて地方自治体や企業と交渉した組合のことよ。エリアによっちゃ、漁協長がそのまま交渉に当たったところもあったみたいだけれど、太一さんのところは漁協長が頼りにならなかったらしくて、あの人が代表として折衝に当たったのよ。でも、相手は役人、政治家に、大企業だもの、漁師が太刀打ちできるわけないわ。そうでしょ。刑事さんたちは、ここで漁師たちが漁業権を放棄させられたときにどんなことが起こったか知ってるかしら？　同じ川崎に住んでたって、知らないんじゃない？　マスコミだって黙んまりを決め込んじゃってたし」

「どんなことが起こったんだね？」

「連中は漁協ごとに交渉を進めて、漁師たちの仲を裂いたのよ。隣のエリアのほうが自分たちよりもいい条件で交渉してるとか、もっと金を貰えそうだとか、そういう情報が飛び交えばお互いにいがみ合うし、我先にって補償金を貰おうとする人間だって出るでしょ。それが役人たちの狙いだったの。その一番いい例が、漁をするのが東京湾の沿岸か、それともそれよりも沖合かで、交渉相手をふたつに分けたことだった。何百メートルかのラインで、AエリアとBエリアに分けたのね。でも、ちょっと考えればわかることだけど、これって変でしょ。同じ東京湾でも、西から東までいくつかの漁協があるから、それぞれが組合ごとに交渉に当たるのは、百歩譲ってまだわかる。でも、陸地からの距離によってまたAとBに分ける必要なんて、何にもないでしょ。役人とか企業側の言い分は、同じ東京湾内でも沿岸部とその先では汚染の度合いが違うし、それに対応して、どの程度漁が可能かも違うから、だから線引きをして交渉するってことだった。だけど、そんなのは海を汚してる側の勝手な言い分じゃない。それに乗って漁師が交渉をする必要なんか、本当なら何にもないはずなのに」

「しかし、そうなってしまったんだな」

「ええ。そのときのAエリアの代表が矢代さんで、Bエリアの代表が諫見さんだったのよ。役人は、矢代さんに、先に契約書にサインするように迫ったわ、沿岸部のほうが汚染が激しいから、先に補償をするっていう名目でね」

「サインしたのか？」

「したわ。仕方がなかったって。漁師って、海に出てるから収入があるんで、陸に揚がっちゃったらすぐに生活に困るのよ。そういうこともわかってて、相手は交渉してくるんだから、どうしようもないでしょ。ほんとに嫌いよ、役人とか、大企業の人間って。でも、諫見さんはそれを裏切りだと思ったの。特に諫見さんの父親のほうは、初めからずっと漁協全体でまとまって交渉すべきだっていう主張だったから、余計に許せなかったのね。だけど、あんなことがあるまでは、矢代さんと諫見さんは家族ぐるみのつきあいをしてたのよ。隆太と諫見さんの末っ子の亜紀ちゃんは、婚約してたの。でも、諫見さんが絶対に許さなかった。ふたりは、仕方なく結婚を諦めた。そして、亜紀ちゃんは、親が決めた相手と結婚したわ。その後、あの火事でしょ。諫見さんとこの息子は、太一さんが酔っぱらって火をつけたんだって」

「なるほど、そういうことか――」

「隆太は、何も言ってなかったでしょ?」

「確かにな。亡くなった父親の名前と、息子たちの名前を教えてくれ」

「亡くなったのは、諫見克己。息子は長男が茂で、次男が保よ。その下に、今言った亜紀ちゃんがいる三人きょうだい。――そういえば、この間も次男の保と隆太が、ここで言い争いをしてたわ」

「それは、いつのことだ?」

「ええと、刑事さんが言ってたのは四日前のことでしょ。その二、三日前だから、一週間ぐらいになると思う」

「どんな言い争いをしてたのかわかるか?」

「それは、よくはわからないけれど……、妹の亜紀ちゃんのことだったみたい。隆太が亜紀ちゃんと仲良くしてるって勘ぐって、保が食ってかかってたのよ」

「仲良くしてるのか？」

「そんなことはないでしょ。だって、亜紀ちゃんはもう人妻だもの。だけど、保は昔からカッとしやすいから、何か誤解して頭に血が昇ったんじゃないかしら。詳しいことを知りたければ、保に直接訊いてちょうだい。じゃ、そろそろ込んで来ると思うのでいいかしら？」

女将は、壁の時計を見て言った。正午が近づき、客がちょっとの間に増えていた。

「もうひとつだけ」

話を黙って聞いていた丸山が、動こうとする女将を引き留めた。

「《アケミ》のママから聞いたんだがね、《夜城》の早乙女って男もかつて漁師だったそうだが、知ってるかね？　矢代さんと同じ組合にいたんだろうか？」

「ええ、早乙女さんね。知ってるわよ、勿論。あの人が副組合長だったのよ」


店を出たところで、車谷は後ろからついて来る沖修平を振り向いた。

「おまえが沖か」

睨めつけるようにして言ったのは、軽い悪戯心からだった。大概の新人は、デカ長からこうした目を向けられれば、緊張で体を硬くする。沖修平も例外ではなかったが、ただしその度合いは低いように見て取れた。それなりに腹が据わっているらしい。

「はい、自分が沖です。本日づけで、川崎署に配属されました。よろしくお願いいたします」

「おいおい、そうした硬い挨拶は、お偉方を相手にしてるときだけにしな。俺たちデカ長は、軍曹だぜ。おまえらを兵隊として一人前にするのが務めだ。ま、仲良くやろうぜ」

6

車谷は覆面パトカーで多摩川を越えた。厳密にいえば、神奈川県で働く警察官が東京都で捜査活動を行うときには、予め届け出なければならないとされているが、少なくとも川崎と東京都の大田区といった多摩川を間に挟んで隣接するエリアの場合、所轄レヴェルではお互い大目に見ているのが実状だった。

二階建ての比較的新しいビルの側面に、《諫見清掃》の看板が出ていた。駐車場にミニバンが五台並び、そのどれもがボディーに同じデザインでやはり《諫見清掃》と描かれていた。荷台には、モップ等の清掃用具が載っていた。車谷は空いているスペースに覆面パトカーを駐めた。

入口のガラス戸を押し開けた車谷の体を、中から流れ出て来る冷えた空気が撫でた。真正面に短いカウンターがあり、その向こうに横を向いて事務員の制服を着た女が腰かけていた。事務所はそれほど広さがなかったが、その奥にある大きめの部屋には、ランニング姿でくつろぐ男たちが見えた。昼飯時を少し過ぎているが、まだ何かを食べている者もあった。

「いらっしゃいませ」

カウンターの向こうの女が、笑いを浮かべて言った。だが、車谷と目が合ってその笑顔を中途半端に消した。容姿から、客ではないと感じたのかもしれない。

「客じゃねえんだ」車谷は先回りして言い、「仕事中に悪いんだが、こういう者でしてね」と、警察手帳を提示した。「実は、矢代太一さんのことで、ちょっと話をうかがいたいんだが、社長の諫見さんはおいでですか?」

「兄ならば奥におりますが……、矢代さんのことで、いったい何を……?」

「ああ、あなたが妹の亜紀さんだね」

「ええ、そうです」

亜紀は、刑事が自分の名前を知っていたことに、居心地が悪そうな顔をした。

「結婚なさったとうかがいましたが、こちらを手伝ってらっしゃるんですか?」

口調を改めて訊いても、そんなことで相手の警戒が解けることはなかった。

「はい、まあ……、アルバイト代わりです。それで、矢代太一さんに何か?」

車谷は矢代太一が多摩川の河口付近で今朝がた水死体で見つかったことを告げ、その件で彼女の兄に話を聞きたいと告げた。

「お父さんが……、そんな……。どういうことなんですか……、水死体だなんて……。まさか、酔っぱらって川に落ちたとか……」

「まだ、何ともわかりません。事故と事件の両面で捜査を進めています。それで、こうしてうかがったわけでしてね。お兄さんを、ここに呼んでいただけますか?」

「わかりました。どうぞ、そこにお坐りになってお待ちください」

亜紀は入口横の応接ソファを差して言い、奥の大部屋へと姿を消した。そこに坐った車谷は、テーブルの灰皿を引き寄せてたばこに火をつけた。じきに亜紀が茶を持って来て、「すぐに参りますので」と告げて引っ込んだ。

そのたばこが根元まで燃え尽きる頃になって、男たちがふたり姿を現した。面差しの似たふたりだった。長男の茂と次男の保にちがいないと、車谷は見当をつけた。灰皿でたばこを消し、立って男たちを迎えた。

「長男の茂です」

「保です」

と、男たちは順に名乗った。ふたりとも会社の制服姿だった。そろって五分刈りで、筋肉質の体形も似ていたが、弟のほうがいくらか背が高かった。

「妹から話を聞きました。矢代さんが亡くなったなんて、びっくりしました……。いったい、どういうことなんですか？」

社長を務める長男のほうが、つづけてそう訊いて来た。

「妹さんにも申し上げたが、事故か事件かはまだわかりません。不審死として、現在、解剖の結果を待っているところです」

「ま、どうぞ、お坐りになってください」

諫見茂は改めて車谷に椅子を勧め、自分も弟とともに向かいに腰を下ろした。亜紀は兄たちの前に湯呑を置いたあと、元いたカウンターの向こうの椅子に戻り、こちらを向くような向かないような中途半端な向きに坐った。

「こういう者です。よろしくお願いします」

車谷は名刺を差し出した。これは、相手の名刺を貰うための行動である。

諫見茂が自分の名刺を差し出し返した。この兄がこの清掃会社の社長で、事務所としてここと鶴見の住所がふたつ並べて記されていた。

「矢代太一さんと関係のある方に、色々話をうかがってるところでしてね。率直にお尋ねしますが、諫見さんは一年半ほど前にあった火事について、矢代太一さんが火をつけたと疑って警察に届けたそうですね」

車谷は、名刺から目を上げて質問を向けた。

諫見茂は制服の胸ポケットからたばこを出し、ガスライターで火をつけたところだった。煙を吸い込んだままで一度とめ、「ええ、確かに届けましたよ」少しして、吐く煙とともにそう答えた。

その言葉を皮切りに、何か食ってかかりそうな雰囲気があったが、兄はそれを押しとどめた。弟はそうはいかなかった。

「だから何なんですか。刑事さんは、まさかあの一件で俺たちがまだあの男のことを恨んでいて、それで殺したとでも考えてるんですか？　だとしたら、お門違い（かどちが）いもいいとこだ。あれはもう、一年半も前の出来事ですよ。それに、放火じゃなく、親父の寝たばこが原因だったと、警察がそう結論づけたでしょ」

《日の出》の女将が言っていた通り、弟のほうは血の気が多そうだった。

「しかし、その口ぶりでは、どうもその結論に納得していないようですな」

「それは、親父が寝たばこをするわけがないからですよ。だけど、結論は結論なのだから、納得しようがしまいが関係ないでしょ」

「納得していないのならば、自分で矢代さんに制裁を加えようと思ったとしても不思議ではない。現に、今でもあなた方が矢代さんを恨んでいるという人もいるんです」

「誰ですか、いったいそれは――。隆太のやつですか？」

「誰ってことはない。街の噂です」

「隆太なんですね……？」

「なぜそう思うんです？　妹さんと矢代隆太のことがあったからですか？　ふたりは、婚約が破談になったらしいですね」

車谷は少し挑発し、相手の様子を見ることにした。横目で様子を窺うと、カウンターの向こうの亜紀は顔を伏せ、じっと唇を噛み締めていた。

「それから、保さん。あなたにはもうひとつ訊きたいことがある。一週間ほど前、あなたは《日の出》で矢代隆太に食ってかかっていたそうですね。なぜです？」

「そんなこと、今は関係ないでしょ」

「いいや、一週間前の話だ。大いにある。答えてください」

「それは……、やつが妹に色目を使ってたことがあるからですよ」

「兄さん――」

亜紀が、堪りかねた様子で腰を浮かせた。

「亭主のいる妹に色目を使ったから、やめさせただけだ。兄として当然のことでしょ。だから、何だって言うんです!?」

顔を真っ赤にして食ってかかる弟を、兄がとめた。

「警察というのは、そうやって他人のプライバシーにずかずかと土足で踏み込んで来るんですね」

弟よりもずっと静かな口調だったが、そこに憤怒が籠っているのは変わらなかった。

「しかし、亜紀だって、今は幸せな結婚生活を送っていますよ。それに、清掃会社だって、今ではこうして軌道に乗ってうまくいっている。すべて過去のことなんです。今になってから、矢代さんをどうこうしようなんて気持ちが起こるわけがありませんよ」

「一応アリバイを教えていただきたいのですが、四日前の夜、あなた方はどこで何をしていましたか?」

「容疑者扱いですか」

と食ってかかる弟を手で制し、諫見茂はまたたばこを喫った。

「仕事ですよ。うちは昼間の仕事もあるが、依頼先が業務を終えてからのほうが注文が多いので、夕方から深夜にかけてが忙しいんです。だから、俺も弟も、従業員と一緒に何カ所か回ってましたよ」

「具体的に、どこを誰と回ったのか、証言できる人はいますか？」

「勤務表があります。そこに担当者名も載ってます。ちょっと待ってください」

諫見茂はたばこを指に挟んで腰を上げ、カウンターの向こうの妹が坐っているデスクに立つファイルを手に取った。くわえたばこで中をめくり、一枚を抜き出し、持って来た。

「これです。これがその日の勤務スケジュールです」

車谷は目を通した。確かに兄も弟も、夕方の五時以降、深夜〇時近くまでの間にそれぞれ三、四件ずつ、びっしりと仕事が入っていた。

「うちはまだ青焼きの機械ですが、それでよければコピーしますよ」

車谷がメモ帳に書き写そうとするのを見て、諫見茂が言った。

「それじゃ、恐れ入りますが、お願いします」

諫見茂は根元近くまで短くなったたばこを灰皿で消し、勤務スケジュール表を持って窓辺へ歩いた。そこのスチール棚に置かれた旧式のコピー機の電源を入れて紙をセットした。

コピーが使用可能になるまでには、少し時間がかかる。チェーンスモーカーらしい諫見茂は、それを待ちながら新しいたばこに火をつけた。

車谷もまたたばこを喫い始めた。つられて自分も喫いたくなったのだ。こればかりは、悪癖だとは思ってもなかなか直らない。一日に一パックにとどめようと思っているが、越えてしまう日も多かった。

「そうすると、諫見さんたちが矢代太一さんと最後に会ったのはいつですか?」

兄弟双方に尋ねていることを示すため、車谷はふたりを等分に見た。

「飲み屋では時々、顔を見かけたことはありますけれど……。長いことずっと話してませんよ。話せば、やっぱり気分が悪くなるし、きっと向こうだってそうだったでしょうからね」

兄が答え、同意するように弟がうなずいた。

「つまり、お互い、遠目にしても近づかない関係だったと言うんですね」

「そういうことです。あの放火事件以降は、とにかく話さないようになったんです」

「ところで、よろしければひとつ教えて欲しいのですが、なぜ父親が寝たばこをするわけがないと思うんです?」

諫見茂は、コピー機のほうを向いたままでチラッと車谷に視線を投げた。

だが、何も答えようとはしなかった。なぜだか顔がわずかに引き攣ったように見えた。

「ほら、さっきそう仰ったでしょ」

「親父の親父、つまり、俺たちにとっては祖父さんですが、それが、昔、寝たばこで船を燃やしかけたことがあるからですよ」

答えたのは、弟の保のほうだった。保は元々喫わないのか、禁煙中なのか、兄と車谷が煙を振り撒く中でも、たばこを喫おうとはしなかった。

「船室でうとうとして、気がついたら、床に火が回っていたって言ってました。船の床ってのは、魚の脂がしみ込んでて燃えやすいんですよ。父はよくその話を俺たちにして、寝たばこは絶対にやるな、船だけじゃなく、もちろん陸でもだ、って言ってました。だけど、人間なんてのは、何をするかわかりませんよ。ね、刑事さん、そうでしょ。あんなことを言ってた親父が寝たばこをしたのは、余程疲れてたってことでしょ。俺も兄貴も、そう思って納得したんです。な、兄貴、そうだよな」

腹立たしそうな、そして、なぜだか急いてもいるような口調で言い、弟は兄に同意を求めた。

「ええ、そうです」兄が応じた。「いずれにしろ、警察がもう寝たばこによる失火だと結論づけたんですから、今じゃそうだったと納得してますよ。仕事の忙しさのあまり、ストレスでたばこを喫い、そして、うっかり眠ってしまったんでしょ……。親父をそこまで追い詰めていたのだと思うと、自分を責める気持ちで一杯です」

車谷は、黙って兄弟の顔つきを窺った。いずれにしろ、ふたりともこの話はもう終わりにしたがっているらしかった。たぶん、自分たちから口を滑らせて触れてしまったことを悔やんでいるのだ。

青焼きのコピー機が、音を立てて動き始めた。

諫見茂は、しばらくそれを黙って見つめていたが、やがて完全に車谷のほうへと向き直った。

「刑事さん、誰から何を聞いたか知らないが、俺は矢代さんに怒りを覚えてなどいませんよ。怒りを覚えているのは、むしろ、自分自身に対してです。弟だって同じはずだ。俺たちは親父のために、この会社を絶対に潰すわけにはいきません。幸い、懸命に働いた結果、今では事務所も二カ所になりました。従業員も、あの頃よりずっと増えてます。矢代さんは気の毒だったと思うけれど、俺たちは無関係ですよ」

7

店のドアを開けると、左右に洋酒のボトルの並ぶ棚が連なって見えたが、実際に棚があるのは右だけで左は鏡だった。その鏡に、丸山昇と沖修平の姿が映っていた。

それほど長さはない通路の向こうには広いフロアが見えた。ドアの開いた気配に気づいた若い男が、そのフロアから通路へと姿を現した。

まだ午後の早い時間だというのにもう黒服姿になっている、働き者の男だった。

「社長の早乙女さんに会いたいんだがね」

丸山がそう言いつつ、警察手帳を提示した。

「どうも御苦労様です。社長は今、面接中なんですが、どういった御用でしょう?」

「矢代太一っていう男のことだと伝えてくれ。あとは、本人に直接話すさ」

「緊急ですか——?」

「刑事が来たときってのは、緊急なんだよ。なあに、時間はそれほど取らせないさ。呼んで来てくれ」

男は「しばらくここでお待ちください」と断り、足早に奥に引っ込んだ。

丸山が沖に顎(あご)をしゃくった。その男から少し距離を置き、ふたりしてフロアの端まで移動した。

表から想像した通り、かなり大箱の店だった。壁際にずらっと並んだボックス席に加え、フロアの真ん中にも五、六人で囲めそうな丸テーブルが間隔を置いて配置され、奥の壁際には一段高くなった舞台があった。いかにもの大衆キャバレーだ。

ちょっと驚いたことに、今はその舞台の前に味気ないスチールデスクが置かれ、かなり脂肪過多の男を真ん中にして、その左右に一見して水商売のベテランとわかる女たちがふたりずつ陣取っていた。そして、その向かいには、丸テーブル三つに合計十人ぐらいの若い女たちが、適当に分かれて坐っている。これが今、黒服の男が言った「面接」というやつか……。

黒服が真ん中の太った男に歩み寄り、斜め後ろからちょっと体を屈めて耳打ちした。男は何か小声でやりとりする途中で、視線を修平たちのほうへと向けて来た。それで席を立つかと思ったが、左右の女たちと何か小声でやりとりをつづけ、黒服がひとりでこちらに戻って来た。

「今、すぐに参りますので、坐ってお待ちいただけますか。よかったら、何か飲み物をお持ちしますが」

黒服は職業的な当たりのいい口調で告げ、丸テーブルのひとつに刑事たちをいざなった。

「いや、飲み物はいいよ。ここで面接を見物をさせて貰ってるさ」

丸山が丸テーブルの椅子に足を組んで坐った。沖修平もその隣に並んで坐り、改めて女たちに目を走らせた。体の膨らみとへっこみが強調されたハデハデしいドレス姿の娘もいたが、ごく普通というより、むしろ地味目な服装の娘も交じっていた。

丸山が、背を向けて離れかけている黒服を呼びとめた。

「おい、未成年はいないんだろうな」

「もちろんですよ。ちゃんと年齢は確かめて雇ってます。履歴書を書いて貰ってるんです」

男は早口で告げてそそくさと立ち去り、それからしばらくすると脂肪過多の男が左右の女に何か耳打ちして席を立った。

修平は丸山とともに立ち上がり、こちらに近づいて来る男を迎えた。

太った男は、それが好みのスタイルなのか、それとも店で客にキャラクターを覚えて貰うためなのか、オールバックにしてトニー谷みたいに左右が吊り上がったフォックス眼鏡をかけていた。

「お待たせして、すみませんでした。早乙女です」

「なあに、こっちこそ、忙しいところを悪いですね」

「いいえ、俺はただ坐ってるだけみたいなもんですよ。左右に陣取ってるのが、それぞれ店を任せてるママたちでね。女の適性を見極めるのは、俺なんかよりも女同士のほうが余程確かなもんです」

「なるほど、そういうもんなんでしょうな」

早乙女は慣れた手つきでダブルの上着の内ポケットから金ぴかの名刺入れを抜き出し、「ま、お見知りおきを」と差し出した。

一枚を丸山に渡したあと、如才なく修平のほうにも差し出して来た。肩書は《早乙女企画》

の代表取締役社長となっており、裏をひっくり返すと、川崎駅周辺の繁華街にあるキャバレーの名前と住所が四つ並んでいた。

　年齢は亡くなった矢代太一と同じ六十過ぎだろう、ぱっと見ではわからなかったが、黒々とした毛は染めているらしく、生え際に白いものが覗いていた。

「最近は、新聞に高い金を払って広告を出さなくても、求人雑誌で人材募集がかけられるので便利ですよ。若い娘たちは、相変わらずの就職難だから、すぐに人が集まります。今、もう一店、新しく開ける予定でしてね。もうハコは確保してある。あとは、女の子がそろえば船出ですよ。うちの目標は、各県出身の女の子を全部そろえることなんです」

　早乙女は柔らかな物腰で、訊かれもしないことを喋った。

「商売敵は福富太郎ですな」

「いやあ、さすがにあそこまでは」

　謙遜したものの、満更でもない顔だった。

　早乙女は刑事たちふたりに改めて坐るように勧め、自分も向かい側の椅子を引いて坐った。

「御用件は、太一のことですね……。いやあ、びっくりしましたよ、俺も——。事故なんですか？　どうして死んだのか、もうわかってるんでしょうか？」

「今のところ、事故と事件と両面で捜査を進めてるところです。早乙女さん、あんたは昔、矢代さんと漁師仲間だったそうですね？」

「ええ、そうです。あの頃は、こんなに太っちゃいませんでしたからね。もっとも、これは甲状腺の異常ってやつで、何も漁師をやめて陸に揚がったせいじゃありませんからね。念のために言っておきますよ」

「なるほど、そうですか」

「刑事さん、それより、事故と事件って言いましたけれど、もうひとつの可能性はないんですか――？」

「と言うと？」

「つまり……、自殺ってことですよ……」

「なんでそう思うんです？」

「なんでって……、そりゃあ、なんとなくですが……。ダチでしたから……」

早乙女はそう答えて少し沈黙してから、改めて言い直した。

「やつは、かみさんを先に亡くしたことから立ち直れなかった。たぶん、最後まで立ち直れなかったんじゃないかって気がするんです。いいカミさんでしたよ。どこの家も、結局は女親が中心なのかもしれないが、矢代んとこは特にそうだった。漁師をやれなくなったあと、矢代が夫婦で始めた飯屋の話は、もうどこかで聞きましたか？」

「ええ。繁盛してたそうですね。お大師さんの近くにあったと聞きました」

「ええ、そうです。漁師のカミさんの手作り料理でしたけど、どれも美味かった。カミさんが料理し、それを太一が運ぶんです。やつはいつでもほろ酔い気分でね。常連たちとバカな冗談を言いながら、楽しくやってましたよ。だが、カミさんを亡くしてからのあいつは、魂が抜けたみたいだった……。次男が偉い男でね、一緒に暮らし、なんだかんだと面倒を見てたからまだよかったものの、ひとりだったら、もっとひどいことになってたと思いますよ。それに、俺が自殺を疑う理由は、もうひとつあるんです。遺体は、多摩川の河口付近で見つかったんでしょ。だけど、元漁師だった人間が、溺れ死ぬなんて考えられませんって。やつは、良い漁師だったんです」

「やっぱり、泳ぎは得意だったんでしょうね」

「もちろん。俺もやつも、海軍の水練だってふたりしてトップでした」

「ああ、早乙女さんは海軍さんですか。俺は、陸地で重たいセメントを担いでた口ですよ」

「工兵ですか？」

「ええ、まあ。ところで、あんたと矢代さんは、漁業権を放棄するに当たって、矢面に立って色々交渉役を果たしたそうですね。それで人に恨まれたりして、貧乏くじを引いたって話も聞いたんですが」

「ああ、役人や企業側の連中がやった分断工作のことでしょ。少しでも早く、少しでも多くの補償金を取らなけりゃならなかったが、それをエゴだなんだと責め立てて来る連中もいて、確かにふたりで苦労しましたよ。だけど、あれはもう五年も前のことですよ。未だにそれで相手を殺したいほど憎んでるやつがいるとは、俺にはちょっと思えませんけれどね。漁師仲間同士にゃ、やっぱり独特の結びつきがありますし」

「まあ、それはそうでしょうな」

「それにね、刑事さん。貧乏くじっていやあ、ここで漁師をやってた全員がそれを引かされたんですよ。刑事さんは、元々川崎ですか？」

「ええ、まあ」

「それならばわかるでしょ。京浜工業地帯を造るのは、戦前からこの国の方針でしたからね。戦前からずっと埋め立てが進んでた。国の発展にゃ、鉄や石炭は重要だが、漁業が重要だと考える政治家なんかいやしなかった。最初から、負けがわかってた闘いですよ。だけど、私らにだって生活がある。それに、意地もね。俺たちだって長いことこの街で暮らして来たし、ここが俺たちの故郷なんだ。いくら国の発展のためだからと言われたって、喜んで漁師をやめた人間なんかいませんよ」

「お気持ち、わかります」

丸山はそう言いながら、ポケットからたばこを出した。

「刑事さん、よかったら、これをどうぞ。なあに、店で出してるやつです」

早乙女が手振りで丸山をとめ、ポケットからマルボロを出して薦めた。

「ほお、洋モクかね。じゃ、お言葉に甘えて一本頂戴しますよ」

早乙女は丸山が一本抜いたあと、修平のほうにも差し出して来た。修平も礼を言って引き抜くと、早乙女が高そうなライターで順番に火をつけた。

「話は少し変わるんですが、矢代さんは、一緒に暮らしてる次男にも内緒で、どこかに部屋を借りていた可能性があるんです。何か心当たりはありませんか？」

丸山が、煙を吐きながら訊いた。

「太一がですか？　なんでそんなことを……。まさか、女だと――？」

「まあ、その可能性も考えられます」

「いやあ、とても信じられませんよ。《アケミ》にゃあ、結構通っていたと聞きましたが、まさか、女を囲うとは……。やつは、酒好きなだけですって。誰か女と飲めば賑やかでいいと思ってただろうが、それ以上のことを望んだとは思えませんね」

「しかしですね、実はこの半年ほどは、《アケミ》からも足が遠のいていたらしいんです」

「そして、誰か特定の女のところへ通っていたと言うんですか……？」

「ええ、まあ。どうでしょう？」

早乙女は、自分でもマルボロをくわえて火をつけた。じっと考え込むような顔でたばこを一服してから、煙の中で首を振った。

「いやあ、心当たりはありません。俺にゃ、そんな話は信じられませんがね。なにしろ、あいつはカミさん一筋でしたから」

8

遅い時間になって全捜査員がデカ部屋に戻り、係長の大仏庄吉の前で持ち寄った情報を披露し合ったが、矢代太一が身に着けていた鍵についても、四日前の夕方五時頃に《日の出》に電話をして来て矢代を呼び出した若い娘についても、新たな手がかりは出なかった。

ただし、解剖所見が届けられ、いくつかのことが明らかになった。刑事たちは、その中でも以下の二点に着目した。その1、遺体の頭部や肩、背中などに、複数の打撲痕があったこと。その2、遺体の肺には、かなりの海水が溜まっていたこと。

これらのことから、ひとつの状況が想定された。遺体はあの河口付近の汽水域で陸から水中へと落ち、必死で川岸へ這い上がろうとしたが、何者かによって繰り返し殴りつけられて溺死したということだ。

打撲痕の詳しい鑑定から、凶器は棍棒とかバット状のものであるとの意見が添えられていた。

これは殺人なのだ。

これから事件解決まで、朝から晩まで靴を擦り減らす日々がつづく。大仏は、今日から勤務が始まったばかりの沖修平に夜勤当番を割り当てた。


深夜○時を回った頃、人けのない刑事部屋の窓ガラスを大粒の雨が打ち始めた。沖修平は、三つ並べたスチール椅子に体を横たえ、街灯の灯りでぼんやりと明るい窓ガラスに目をやった。

銭湯での丸山との出会いから始まって、あわただしい一日の出来事があれこれ思い出され、体は疲れているのに興奮しているせいなのか、なかなか寝つけなかった。早朝にお偉方に挨拶したことなどは、緊張したことが記憶に残るぐらいで、相手の顔もよく思い出せないほどに昔の出来事に思われた。

雨音を聴いているうちに、いつしか意識が遠のき……、目覚まし時計が鳴る音がして、あともう少し眠っていたいという習慣的な思いと闘いながら手探りをして、いつもの自分の部屋と様子が違うことに気がついた。

ぼんやりとした頭で目を開け、見慣れない天井や壁を見た。朝の光で、部屋は明るくなっていた。自分がどこで何をしているのか思い出すとともに、目覚まし時計ではなくて電話が鳴っているのだと気づき、あわてて体を起こそうとした修平は、スチール椅子の上でバランスを崩して床に落ちた。

打ちつけた膝と腰を撫でながら、受話器を取り上げた。

「はい、もしもし」

あわてて口元に運んだものの、川崎警察署だと名乗るのを忘れた沖に対して、「早朝にすみません。川崎警察でしょうか?」男の声が訊いて来た。折り目正しい雰囲気が感じられた。

「はい、川崎警察です。どうされましたか?」

修平は答えながら完全に体を起こし、平手で目の周辺をこすった。指先に触れた目やにをつまんで取った。

「実は、昨日、多摩川の河口で発見された御遺体のことで、連絡をしたんです」

男は慎重に告げた。どう言おうかを、予め何度か頭で反復したらしい言い方だった。

「新聞で知ったのですが、あれは私どもの離れを貸している矢代さんではないかと思うんです」

「えっ、矢代太一さんに、そちらの離れを貸していたんですか?」

「はい、そうです。義理のお嬢さんとふたりで、お使いになっていました」

「義理の娘とふたりで……」

眠気が一気に吹き飛んだ。

矢代太一には息子がふたりいるが、ふたりともまだ独身で義理の娘などいない。

「その女性は、まだお宅の離れにいるのですか?」

「いいえ、それが……、実は、昨日から姿が見えないんです」

「急にいなくなったと……?」

「はい」

「順番にお話を聞かせていただきたいのですが、まずはお名前と住所をお願いします」

沖修平は、メモを用意し質問を発した。

9

車谷は新人の沖に運転させて、府中街道を北上した。パトカーではなく、外見的には一般車両と見分けがつかない覆面パトカーを使うことにしたのは、わざわざ自分から連絡をくれた大家夫婦への気遣いだった。たとえ警察に協力的な場合でも、家の前にパトカーで乗りつけられることには抵抗がある者が多いのだ。

早朝に川崎警察署に電話をくれた高田淳吉と敏子の夫婦は、同じ川崎市の苅宿に暮らしていた。国鉄南武線の平間駅と東急東横線元住吉駅の中間ぐらいの場所だった。

高田夫婦が、玄関先で車谷たちを出迎えた。夫の淳吉は豊かな白髪の持ち主で、妻の敏子は小柄な女性だった。ふたりとも、七十近い高齢だった。

この夫婦が丹精込めているらしい庭が家を囲み、種々の花々が咲き誇っていた。玄関周りから裏庭へと向けて、土にレンガを埋め込んだ小道が作ってあり、その両側に桔梗、槿、紫陽花、それに車谷には馴染みがないような花々が、綺麗に手入れされて咲いている。この辺りは空襲で焼けなかったらしく、周囲には茅葺屋根の農家や土蔵が残っていたが、高田たちの家は白いモルタルの洒落た文化住宅で、夫婦ふたりで暮らすのには充分過ぎる広さに見えた。

車谷は彼らに警察手帳を示して身分を名乗り、連絡をくれた礼を述べた。

「早速ですが、ここの離れを貸していた矢代太一さんというのは、この人で間違いないでしょうか？」

念のために矢代太一の写真を見せて確認すると、夫婦は顔を寄せてそれを見つめ、「そうです。この人です」と、口々に肯定した。

「部屋を貸したのは、いつからですか？」車谷は、質問を始めた。

「ちょうど半年になります」敏子が答え、「これが離れを貸したときの履歴書です」夫の淳吉のほうが、予め用意していた履歴書を差し出した。そこには、矢代太一の名前があった。

矢代の本籍も現住所も、すでにわかっている。車谷は、手帳のメモと見比べた。本籍も、年齢も、間違いなかった。現住所は息子の隆太と暮らすアパートになっており、勤め先には「石渡興業」の名前があった。これは矢代太一が肉体労働をしている土木会社の名称である。

「部屋は、矢代さんが義理のお嬢さんとふたりで借りていたと聞いたのですが」

「というか、実際に暮らしていたのは義理のお嬢さんで、矢代さんは身元引受人でした」

「彼女の名前は？　何歳ぐらいの女性でしたか？」

「名前は英子さんです。英語の英に子供の子。年齢は、そうですね、確か二十二歳と言っていました」

「彼女の戸籍や住民票は？」

「いえ、それは見ていません」

「部屋を借りるときに提出されなかったのですか？」

「ええ、借主は矢代さんで、矢代さんの戸籍と住民票の写しをいただきましたので」

なるほど、巧い手だ。義理の娘だとする「英子」という女性は、矢代の戸籍や住民票に記載がなくても当然だ。このやり方ならば、矢代が「身元引受人」となって、どこの誰だかわからない女性に部屋を借りることができる。

学生運動の「ローラー作戦」で賃貸アパートの間借り人たちを警察が虱潰し（しらみつぶ）しにして以降、大家も不動産屋も賃貸契約時の身元確認をしっかりする傾向が増したが、まだまだ充分に行きわたっているとは言い難かった。

「どういう理由で、ここを借りたのでしょう？」

「息子さん——つまり、英子さんの御主人が、ダム工事建設で山形の奥地へ行くことになったので、その間、赤ん坊と暮らせる家が必要だったんです」

「えっ、赤ん坊が一緒だったんですか？」

車谷は、つい声を高めて訊き返した。

「ええ、今月で一歳三カ月でした。女の子です」

亭主に代わって、妻の敏子が答えた。

「赤ん坊の名前はわかりますか？」

「はい、もちろん。怜奈ちゃんです」

敏子は書き方を説明しようとしてまごついたので、車谷がメモ帳の白紙のページとボールペンを差し出すと、そこに漢字をしたためた。

もしも女自身が偽名を使っていたのだとしても、赤ん坊を偽名で呼ぶとは考えにくい気がした。川崎市内及び周辺の産婦人科に照合して、一年三カ月前に「怜奈」という名前で出生届けを出した赤ん坊を探せば、母親の身元もはっきり特定できるはずだ。

「英子さんの御主人がこちらに顔を出したことは？」

「いいえ、それは一度もなかったと思います。私たちはお会いしてないし」

「御主人の働く先は、山形県の何というダムの建設現場かは聞きましたか？」

「いいえ、それは聞いてません」

妻が答え、視線で夫を促した。夫も同じように首を振った。自分たちが何か重大なことを見過ごしていたとでも想像したのか、夫婦そろって、すまなさそうな態度がにじみ始めていた。

「あのぉ、ちょっといいでしょうか……」

妻のほうが、遠慮がちにそう切り出した。

「何でしょう？　何でも仰ってください」

「はい……、これはなんとなくなんですが、英子さんは、御主人との間で何かあったのではないかという気がするんです――」

「おまえ、それは……」

夫の淳吉がとめると話すのをためらったので、

「捜査の手がかりになるかもしれませんので、思いついたことは何でも話していただけるとありがたいのですが。なぜ、そうお感じになったんです？」

車谷がそう言って背中を押す必要があった。

「はい……、怜奈ちゃんの相手をしながら、さり気なく御主人のことを訊いても、英子ちゃんはあまり話したがらなかったんです。ダムでどんなお仕事をしてるの、とか、出会いはどうだったの、と訊くのに、なんとなく口を濁してる感じでした。――ああ、それに、一度、英子さんから、どこか赤ん坊連れで働けるようなところはないだろうかって、そんな相談を受けたことがあるんです。ぼんやりと考えごとをしている様子だったので、どうかしたのかって訊いたら、ぼそっと、そう……。だから、もしかしたら、夫婦仲があまり上手く行っていないのかもしれないって、主人とそう話してたんです」

「まだ子供が小さいですし、まさかそんなこともないとは思ったんですけれど、うちのがそう心配するものですから」

淳吉がそうつけたした。必ずしも否定しないのは、夫のほうもそんな印象を受けていたためにちがいない。

「念のためにうかがうのですが、矢代太一さんとそのお譲さんとが、実際には男女の関係にあったという可能性はどうでしょうか?」

一応確かめておくことにして尋ねると、夫婦は一瞬ぽかんとし、その後、そろって首を横に振った。

「実はふたりが夫婦で、怜奈ちゃんがふたりの子供だったというんですか……?」

妻が問い、

「ありませんよ、それは。さすがに我々だって、そういうことだったら気づいていたと思います」

夫がすぐに否定した。

まずは、夫が本当に山形県のどこかのダムにいるのかどうかを確かめねばならない。

「いや、念のためにうかがってみただけです。我々のほうで御主人を見つけ出し、話を聞いてみることにします」

車谷はそう話を引き取り、質問をつづけた。

「もう少しお話をうかがいたいのですが、矢代さんは、頻繁に訪ねて来ていましたか?」

「ええ、週に必ず一度か二度は」夫が答えた。「気さくな方で、いらしたときには必ずうちにも声をかけて、お世話になってますと。手土産をぶら下げて来てくれることも、よくありました。元々、英子さんをひとりで置くのが不安なので、普通のアパートよりも、離れとか下宿とか、大家と親しくつきあえる所が希望だったそうです。うちがちょうど離れが空いたところだったのを喜んでいたんですよ」

元々、ここの離れは、息子夫婦が暮らすために増築したものだったが、転勤でしばらく夫婦そろって大阪に暮らすことになったため、借り手を探していたとのことだった。

「そうすると、おふたりは英子さんと、だいぶ親しくおつきあいをされてたんですね?」

「ええ、そうですね。私たちも息子夫婦がいなくなって寂しかったですし、それに、まだ若いお母さんではわからないことも多かったので、家内があれこれ相談に乗っていました。五日前に赤ん坊が熱を出したときも、うちが懇意にしているお医者さんを呼んだんです」

「五日前に、赤ん坊が熱を出したんですか――?」

「はい」

「そのとき、矢代さんも飛んで来た?」

「ええ。英子さんが電話で連絡をして、一時間と経たないうちに飛んで来ました」

電話をしたのは何時頃かを確かめると、夕方の五時前後だとのことだった。《日の出》に入った電話は、これだったにちがいない。

「それで、赤ん坊の具合は？」

「幸い、お医者さんの処方した薬が効いて、翌朝には熱が下がりました」

「矢代さんは、翌朝までいたのですか？」

「いえ、そういえば、夜のうちに帰られましたね」

「何時頃に帰ったかわかりますか？」

「いえ、それは我々にはちょっと……。遅い時間だったので、母屋には何も声をかけずに帰られたのだと思っていました」

「翌朝、様子を見に行ったらもういなかったんです」夫につづけて、敏子が言った。「ですから、何時頃に帰ったのかはちょっと――。英子さんならば、わかるでしょうけれど……」

車谷は、もう少し詳しく訊くことにした。五日前の夜に、矢代太一の身に何かが起こった公算が高い。

「あなた方が最後に矢代さんを見たのは、何時頃でしたか？」

「お医者が帰ったときが最後ですから、午後七時……、いえ、七時半ぐらいだったと思います」

「その後は、離れを訪ねなかったのですか？」

「いえ、そう言われれば一度訪ねました。十時過ぎぐらいでした。赤ちゃんが心配だったので、私が様子を見に行ったんです」

「そのとき、矢代さんは？」

「そのときにはもうお帰りになったあとのようでした。玄関に靴がなかったので」

「確かですね」

「確かです。確かにありませんでした」

七時半頃から十時過ぎぐらいの間にここの離れを引き上げたあと、矢代太一の身に何かが起こったのだ。

「ところで、家賃の払いはどうでしたか?」

「それはもう、きちんと。いつでも、お義父さんが、月末に御自分で持って来られました」

「払いは、必ず矢代さんが行なっていたのですね?」

「ええ、そうです」

車谷は次に、英子と名乗る女性がここからいなくなったときの状況を詳しく訊くことにした。

「英子さんがいなくなっていることに気づいたのは、昨日の何時頃ですか?」

「はっきり気づいたのは、夜の八時頃です。日が暮れても離れに電気がつかないので、どうしたんだろうって思ってたんです。食事時が過ぎて、さすがに気になったものですから、外から声をかけたんです。でも、いくら呼んでも答えがなかったので、心配して合鍵で玄関を開けましたら、書置きが挟まっていました。これです」

淳吉が言い、ポケットから出した紙片を開いて見せた。

――お世話になりました。急な用事ができたので引っ越します。ありがとうございました。

リングノートの一ページを破いた紙にそんな言葉が綴られ、「英子」とサインがあった。どこか子供っぽい筆跡だったし、「急な用事ができた」というのも、いかにも拙い表現に思えたが、ゆっくりと丁寧に書かれたことが察せられるものだった。

「何があったのかわからないまま、昨夜は眠ったんです。そしたら、今朝のラジオで、矢代太一さんの遺体が多摩川で見つかったニュースが流されて、見つかったのは昨日のことだったと言っていたものですから、あわてて昨日の新聞を見直したんです。そしたら、夕刊にもう、そのことが書かれているのを見つけました。それで、警察に電話を」

「なるほど、そうでしたか」

多摩川の河口で発見された水死体が矢代太一であることは、昨夜の夕刊に載っているし、テレビやラジオのニュースでも報道された。英子と名乗っていた女が、突如ここから出て行ったのが、そのことと無関係だとは思えない。女は矢代太一が不審な死を遂げたことを知り、あわてて出て行ったと見るべきだろう。

「英子さんの写真はありませんか?」

「はい、赤ん坊と一緒に写したものが」

妻のほうが言い、予め用意していた写真を差し出した。手札判の白黒写真に、ショートヘアーの痩せた娘が写っていた。髪型のせいで、まだ二十歳前にも見える。赤ん坊を抱えていなかったならば、むしろ、鉢巻姿でリレーの先頭を走る活発な女子高校生を連想させるだろう。

そろそろ聴取をいったん切り上げ、離れを見せて貰おうと思いかけたときのことだった。

「刑事さん、ちょっといいですか……」

と、敏子がためらいがちに言って来た。

「何でしょうか?」

「実は気になることがあって、赤ちゃんが熱を出した日の夕方、若い男がひとり、裏の通りから離れを覗いていたんです」

「えっ、それは、何時頃のことですか?」

「私たちが見たのは、六時頃だったと思います」

「そのときには、矢代太一さんはもうここの離れに着いていていましたか?」

「はい、矢代さんが着いたあとです」妻に代わって夫が答え、「もしかして、あの男は矢代さんを尾けて、ここまで来たのではないでしょうか」車谷の推測と同じことを口にした。

「男の顔を見ましたか?」

「私たちに気づくとすぐに逃げてしまいましたので、ちらっとですが……。それに、暗くなり始めていましたので、あまりはっきりとはわかりません。短髪で、がっしりとした男だっていうぐらいしか……」

「服装は?」

「黒っぽいTシャツを着てました。それに、ジーパン姿」

「若いというのは、何歳ぐらいでしょう?」

「二十代の半ばぐらいかな……」夫がそう言うのにいくらか重なるようにして、「いいえ、私は、もうちょっと行ってる感じがしましたけれど」妻が違う意見を述べた。日暮れ時に遠目に男を見ても、年格好の判断はつきにくいのだ。

「その男を見かけたのは、そのときだけですか？」

「ええ、そのときだけです」

「英子さんや矢代さんに、その男のことは？」

「いいえ、あの夜はとにかく赤ん坊のことが心配で、それどころではなかったので……」

「わかりました。他に何か、うかがっておいたほうがいい話はありますか？」

車谷は夫婦がともに首を振るのを確認し、ふたりを促した。

「それでは、離れに案内をお願いします」


離れもまた母屋と同じような文化住宅の平屋だった。二間に台所ぐらいの広さだと、外観から判断ができた。

離れの玄関前で車谷は現場保存用の手袋をはめ、自分が持って来た鍵をドアの鍵穴に入れてみた。ぴたりと合った。死んだ矢代太一が身に着けていたのは、ここの鍵なのだ。

「恐れ入りますが、おふたりはここにいてください」

靴を脱いで上がり框に昇り、車谷は老夫婦に告げて正面の襖を開けた。沖修平に顎をしゃくって一緒に部屋に入った。

中は八畳の広さの正方形の洋間で、その奥に六畳の和室があり、その間もまた襖でつながれていた。物は、大して多くなかった。むしろがらんとして少ないと言うべきで、赤ん坊とふたり、急ごしらえで暮らしていた住居という感じがする。居間の向かって右が台所で、ちゃんと風呂もあるらしかった。

部屋の台所近くに大きめの戸棚があったが、それはここを使っていた息子夫婦が残して行ったものらしい。ガラスの奥にはわずかばかりの食器があるだけで、戸棚そのものの立派さと不釣り合いだった。

車谷は、居間をざっと見渡すだけにとどめて奥の和室に向かった。そちらには小さな箪笥があった。その箪笥の中身を確かめるのはあとにして、真正面の押入れを開けてみると、下段に小型の金庫が見つかった。

ポケットから鍵を出し、金庫の前で片膝をついた。ダイヤルはなく、鍵を入れるだけの「ワンキー式」と呼ばれるタイプだった。

玄関同様に、矢代太一が持っていた鍵でこの金庫も開いた。部屋の鍵と一緒にホルダーについていた小さなほうの鍵がぴたりとはまったのだ。レバーをひねり、ドアを開けて中を覗いた車谷は、唇の隙間から細く長く息を吐いた。

黒鉄色をした真ん中に、ぽつんとひとつだけ、白い封筒が置いてあった。

封筒の口から端っこが覗いていたために、取り出す前から中身がわかった。封筒を取り出して確かめると、案の定、帯封のない万札が入っていた。

ざっと見た感じ、四、五十万はある。

平均的な会社員の初任給が、大卒でだいたい五万二、三千円と言われている。中卒、高卒ならば、せいぜいがその七掛けか八掛け程度だ。知り合いの土木会社で日雇いをしていた男が、容易く手にできる金額でないことは確かだった。

矢代太一は、この金でここの家賃を払い、英子という女性と怜奈という赤ん坊のふたりの面倒を見ていたにちがいない。金をここにこうして置いていたのは、アパートの自宅に持って帰って、息子の隆太に見つかるのを恐れたためだろう。

どこからどうやって入手したものなのか……。

そして、英子というのは、いったいどんな女なのだろう……。

矢代太一は妻に先立たれ、親しい飲み友達もなかった。馴染(なじ)みの店で飲み出したあと、安ホステスがいるクラブに足を運んではひとりで飲んだくれていた。

そんな男が、何かのきっかけで、若い女性と知り合った。赤ん坊は、誰の子供なのだろう……。赤ん坊の年齢は、一歳三カ月。その頃には、矢代の妻は死んでいた。無論のこと、矢代の子だという可能性もなきにしもあらずだが、二十歳過ぎの若い娘が、還暦過ぎの男とそういう関係になるとは、なかなか考えにくい。

だが、こうして住まいを用意し、生活の面倒まで見ていたのは事実だ。ふたりはいったい、どんな関係だったのか……。事件を解決するためには、それを突き詰めて調べることが不可欠なはずだ。それに、この金の出所を知ることが……。

車谷は封筒を上着のポケットに突っ込み、玄関へ戻った。

「奥の部屋の押入れに、小型の金庫があったのですが、それは御存じでしたか?」

一応確かめると、夫婦はそろって首を振った。

車谷は覆面パトカーへと走って戻り、無線で刑事部屋に連絡を取った。

係長の大仏がすぐに応答した。報告を待ちわびていた声だった。

「四、五十万の金だと……」

車谷の報告を聞き、呻るように言った。

「こりゃあ、謎が広がって来たな。金の出所を調べると、芋づる式に何か出て来るかもしれん」

「逆にいやあ、そうさせたくない連中が、矢代太一の口を塞いだとも考えられますよ。親爺さん、ひとつ相談があるんですが、ここの部屋が見つかったことは、しばらくブン屋連中には伏せたらどうでしょう?」

「なるほど、それも手かもしれんな。そして、見張りをつけてみよう。何か引っかかって来るかもしれん。それにしても、矢代太一というのは、いったいどういう男だったのか……。結局のところ、この事件を解くには、それを理解しなけりゃならないってことだな」

「ええ、俺もそう思います」

「ところでな、チョウさん。ちょうどこっちからも連絡をしようとしてたところなんだ。たった今連絡が入ったんだが、矢代太一の長男が、諫見の経営する清掃会社で暴れ、通報を受けて駆けつけたパトロール警官によって逮捕されたぞ」

「次男じゃなく、長男ですか？　長男は、浦安で漁師をやってるはずですよ」

「今朝、こっちに戻ったそうだ。父親が死んだことを知ってかっとなり、諫見の会社に怒鳴り込んだらしい。おまえさんなら、諫見の息子たちと面識がある。ひとっ走り行ってくれないか。大方、親父があんな死に方をして気が立ってるんだろ。事情を聞き、本人が反省の意思を示すのならば、穏便に取り計らってやって欲しいんだ」

「わかってますよ。時には俺だって、親爺さんみたいにホトケと呼ばれることをやりますよ」

「ま、おまえさんは手遅れだろうがな」

車谷は大仏と軽口を叩き合ったあと、鑑識の手配を頼んで電話を切った。

高田夫婦に改めて礼を述べ、離れに鑑識が入ることを告げてから、五日前の夜、赤ん坊が熱を出したときに駆けつけてくれた医者と、矢代太一がこの離れを借りる仲介をした不動産屋の名前と連絡先を確かめ、沖のことを呼び寄せた。

「おまえ、名前は何だっけ？」

「は……？　沖ですが……」

「馬鹿野郎。一緒にいたんだ。苗字はわかってるよ。名前のほうだ」

「修平です」

「よし、それじゃ修平。おまえはこの医者と不動産屋に会い、詳しく話を聞いて来い。矢代太一たちについて、何か知ってることがあるかもしれんからな」

「はい」

「それから、おまえ、幽霊みたいに静かだったが、何か言いたいことがあるときは遠慮せずに言えよ。捜査ってのは、そうやって進めるもんだ。お嬢さんみたいに、俺のやりとりを黙って聞いてりゃいいってもんじゃないんだぜ」

夫婦への聴取中も離れの捜索中も一言も発しなかった新米刑事は、いくらかきまり悪そうな顔で勢いよく飛び出して行った。

二章

1

交番の見張り所の椅子で男がうなだれていた。その横に、車谷が昨日聴取を行なった矢代隆太が立っていた。交番の戸口に現れた人影に気づき、ふたりそろって顔を上げた。

兄弟姉妹には、一見してそれとわかるほどに顔が似ている場合と、一見すると似ていないが、目鼻立ちそれぞれの造りを個別に見ると似ている場合がある。この兄弟は後者だった。

浦安で漁師をつづけているという兄のほうが、全体にがっしりと筋肉がついていて首も太かった。そして、よく日に焼けていた。右手に包帯を巻いていた。

「ああ、どうも、御苦労様です」

一報を受けていた制服警官が、訳知り顔で自分から車谷に近づいて来た。

「坐(すわ)ってるほうが、兄の矢代宏太(こうた)です。弟は、あとを追って駆けつけて来ました。私も説明は聞いてます。親父(おやじ)さんにあんなことがあったあとですから、心中はわかりますよ。弟が身元保証人になると言ってますし、幸いに諫見さんたちのほうでも、壊れた窓ガラスを弁償するのならば、穏便に済ませてもいいと言ってくれてるんですが、なにしろ本人が頑(かたく)なな態度を示してましてーー」

「なるほど、そうですか。じゃ、俺から話したいんだが」

「ええ、お願いします」

車谷は椅子に坐る男に近づき、正面に立って見下ろした。

「矢代宏太だな。馬鹿なことをしやがって。その包帯は、ガラスで切ったのか？」

「はい……、ここのおまわりさんが、応急手当てをしてくれました……」

「なんで諫見さんの事務所に怒鳴り込んだりしたんだ？」

「別に怒鳴り込んだりはしてませんよ……。親父の事件について、何か知ってることがあるはずだと思って、話を聞きに行っただけだ」

矢代宏太は、顔を上げようとはしないままで言い返した。

「それで暴力を振るい、ガラスも割ったと言うのか。大の大人が、トチ狂ってるんじゃねえぞ」

「しかし……」

「おまえが反省し、壊したものをきちんと弁償すると約束するのならば、俺が諫見さんにかけ合ってやる」

「でも……、やつらは、親父を殺したのかもしれないんですよ」

「何の根拠でそう思うんだ？」

「刑事さんは、一昨年の火事のことを知らないんですか？」

「知ってるよ。昨日、諌見さんにも話を聞きに行っている。事件記録も取り寄せて読んだが、諌見克己の寝たばこが原因の失火として決着してるだろ」

「だけど、あの兄弟はそうは考えてない。ずっと親父を恨んでる」

「俺にはそうは言ってなかったぞ」

「それは、あんたが刑事だからだろ」

矢代宏太は顔を上げ、車谷のことを睨みつけて来た。頑なで、顔も言葉も石みたいに硬くなっていた。

「兄さん、いい加減してくれ」弟の隆太が、堪りかねた様子で兄に食ってかかった。「刑事さんだってこう言ってくれてるんだから、素直に謝れよ。車谷さん、俺が責任を持って兄を諌見さんに謝罪させますので、だから、穏便に収めていただけないでしょうか」

「なあ、弟にあんまり迷惑をかけるんじゃねえぞ。それとも、腹を括ってムショで臭い飯を食うか」

弟の言葉が効いたのか、それとも「ムショ」という言葉が効いたのか、矢代宏太は静かになった。

「兄さん、強情を張らないで、素直に謝ってくれよ。俺だってもう、どうにかなっちまいそうだよ……」

弟が顔を寄せて訴える。兄は、その視線から逃れるように顔をそむけた。

「すまん……。つい、カッとしちまった……。おまえから親父が死んだと聞かされてから、なんだか頭がずっとぼおっとしちまって……、ちゃんとものが考えられないんだ……」

車谷は、そんな会話をする兄弟を黙って見ていた。

「じゃあ、反省し、ガラス代を弁償するな」

そう念を押し、言質を取ってから、車谷は必要な聴取を行なうことにした。このふたりの気持ちを考えれば違うタイミングを待つべきだろうが、やはり兄弟一緒のときに質問をぶつけたほうがいいとの判断が優先したのである。

「実は、捜査に進展があった。二点ほどあるんだが、まずはお父さんの遺体の解剖結果が出たぞ。やはり、事故死ではなかった。直接の死因は溺死だが、頭部に不自然な打撲痕が複数あった。何者かがお父さんの頭を殴りつけ、お父さんはそれで溺れて亡くなったんだ」

兄弟はふたりとも車谷の口元を見つめて来た。話が終わってもなお、まだしばらく口元を凝視していたが、

「そうか……、漁師だった親父が溺れ死んだと聞いて、絶対に変だと思ってたんだが、それで合点が行きました……。親父は、犯人に殴られて死んだんだ……。それならわかりますよ。そうでなけりゃ、漁師が溺れるわけがありませんから……」

やがて、兄の宏太が言った。漁師が溺れ死ぬわけがないという一点に、救いを見出しているようだった。

「な、そうだよな——」と弟に同意を求め、弟はあいまいにうなずいた。「もう一点は、何ですか？」と、車谷に先を促した。

考えようによっては、このことのほうが兄弟の気持ちをいっそう掻き乱すかもしれない。

「親父さんの御遺体が身に着けていたキーホルダーの鍵が、どこのものかわかった。ある文化住宅の離れを借りて、そこに子連れの若い娘さんを住まわせていたんだ。あれはその家の鍵で、同じホルダーについていたもうひとつは、その部屋の押入れにあった金庫のものだった」

「そんな……」

「どういうことですか……」

うろたえる兄弟に、車谷は大家の高田夫妻から借りて来た写真を見せた。

「彼女は二十歳そこそこぐらいで、子供は一歳三カ月の女の子だった。お父さんは、大家には、その若い女性は義理の娘だと説明していた。この女性さ。見覚えは？」

「いや、ありませんよ。義理の娘、と言ったんですか……」兄の宏太が言い、皮肉な形に唇を歪めた。「そしたら、俺か隆太の嫁ってわけか……。なんなんだ、いったい、毎晩飲み歩くだけじゃあ足りず、ついには若い女に手を出すなんて……。ああ、まったく、恥ずかしくて親戚にも顔向けができやしない」

「兄さん——」

「そうだろ。母さんが亡くなったあと、クラブのホステスに入れ揚げ、挙句の果てには若い娘を妊娠させるなんて」

「ちょっと待った。赤ん坊が矢代太一さんの子供だと決まったわけではないぞ。離れを貸していた大家さんも、そういう関係には到底見えなかったと証言してる」

「そんな話を刑事さんが信じるんですか？」

「関係を持った男女というのは、隠しているつもりでも案外と他人に感づかれるものさ。大家さんは、この半年、そのお嬢さんに離れを貸していた。彼らがそう感じたということは、当たっているように思うがな」

「しかし、そうは言っても……」

「何事もまだ決めつけてかかるのは早いということさ」

「でも……、そうだとしたら……、いったいどうして父はそんなことを……。自分とは何も関係ない娘とその赤ん坊を、なぜこっそりと面倒を見てたんですか？」

「それをきみらに訊きたいんだ。例えば、そのお嬢さんは、お父さんが昔世話になった人の子供かもしれない。あるいは、誰か漁師仲間とか。何か心当たりはないか？」

「父がその誰かに恩義を感じ、こっそりと面倒を見ていたと……。バカバカしい……、そんなこと……」

「ないとは言えないだろ」

車谷が強い口調で告げると、宏太はそれに気圧(けお)された。だが、弱々しい声ではあったが、抗弁するのをやめなかった。

「だけど……、もしもそうなら、僕らも知っているはずですよ。そうでしょ、刑事さん……」

車谷は、弟にも直接確かめることにした。

「隆太君、きみの考えはどうだね？　お兄さんと同じか？　誰かお父さんと親しかった友人に心当たりは？」

隆太はしばらく考え込んだ末に、結局、首を振った。

「ダメです……。僕も何も思い当たりません……」

車谷は無言でふたりの様子を窺ってから、改めて口を開いた。

「それに、まだあるんだ。その部屋にあった金庫には、四、五十万の現金が入っていた。お父さんが亡くなったときに持っていたホルダーに、部屋の鍵と一緒についていたのは、その金庫の鍵だった」

隆太がかぶりを振った。

「そんな大金……。親父は、いったい何を……？　俺の一年分の給料ですよ」

「こっちだってデカの安月給だから、同じさ。そんな大金を、いったいどうやって手に入れたのかが謎だ」

「まさか、そのお金が、親父の死にも関係していると……？」

「その可能性も否定的できない」

兄弟は重たい沈黙に襲われ、お互いの顔を見合わせた。

「つまり、親父は何か悪いことをして、そんな大金を手に入れた。そして、その金で、子連れの若い女をその家に囲っていた……。そういうことだと言うんですね……？」

しばしの沈黙の末に、宏太が言った。尋ねる形を取ってはいたが、半ば自分に言い聞かせるような口調になっていた。

「まだ、何ともわからんよ」

車谷は、兄弟への聴取を切り上げることにした。

「一応、関係者全員に訊いてるんでな。最後に教えて欲しいんだが、昨日の夜はどこにいた？」

「アリバイの確認ですか……。俺は千葉の自宅にいましたよ。ええと、でも九時ぐらいには、近くの一膳飯屋（いちぜんめしや）で飲んでました。仕事のあと、自宅でうたた寝をしたらうっかり八時過ぎまで眠っちまったんで、自分で作るのも面倒だから飯を食いがてら飲みに出たんです。軽く飲んで、飯を食って、十時頃に店を出ましたよ。そのあと、親父のニュースを知りまして、でも、何しろ浦安の自宅からだと二時間ぐらいかかるものですから、今朝一番の電車でこっちに来たんです」

「うむ、わかった。ついでに、隆太さん、きみのアリバイも聞かせてくれるか。五日前の夜は、どこにいた？」

「俺ですか……」

「悪いな。念のため、関係者には全員に確認することになってるんだ」

「俺は、その日は仕事のあとは、家で飯を食って寝ました。疲れてたので、外に食いに出る気分でもなかったし、親父が帰らないのが気になりましたので」

「なるほど。それを証明できる人は？」

「いや、いません。でも、アパートの人間に聞いて貰えれば、誰か俺を見かけてるんじゃないでしょうか。共同炊事場でインスタントラーメンを煮て、それを部屋で食ったんです」

「わかった。そしたら、俺は今から、諫見さんのところへ行って来る。きみが兄貴の身元保証人だ。大丈夫だな?」

「はい、俺が責任を持ちます。——あのぉ、俺も一緒に謝りに行ったほうがいいのではないでしょうか——?」

「いや、ここは俺に任せておけ」

ぽんと肩を叩いて行こうとする車谷に、矢代隆太は必死の目を向けて来た。

「刑事さん、父は立派な人間ではなかったかもしれないけれど、しかし、善良な男でした……。確かに飲んだくれで馬鹿な親父でした。ろくろく働きもしないし……。でも、悪いことをするような人ではなかったのは確かです」

車谷は黙ってうなずいた。この世のあらゆる息子にとって、父親が善良であることは、世界を肯定するための重要な条件なのだ。父親を善良だと思って見渡す世界とそうでない世界とは、大きく違う。


諫見茂、保、亜紀の三人に会い、矢代宏太が充分に反省していることを説明して聞かせ、ガラス代は弁償させるので、今回は穏便に済ませて欲しいと頼んで了承を取った。幸い、血の気が多い弟の保も含めて、全員がすぐに同意した。父親を亡くしたばかりの矢代兄弟に同情し、事を荒立てる素振りは見せなかった。

　川崎へ戻る途中、六郷橋の渋滞に引っかかったところで車載無線が鳴った。多摩川に架かる六郷橋は第一京浜の川崎側と大田区側を結ぶが、未だに片側一車線の広さしかないため、時間帯によってはかなりの渋滞を引き起こしてしまうのだ。

「チョウさん、今どこだね？」

　大仏の声が、無線機から飛び出して来た。

「諫見さんたちに会って、事を穏便に済ませて貰うのに成功しました。今、六郷橋の渋滞で引っかかってます」

「じゃあ、まだ多摩川を渡るのに時間がかかるな」

「いや、でも橋はもうそこですから。どこへ行けばいいんです？」

　車線が減ったことによる渋滞なので、橋にさえ入ればあとはスムーズに流れ始める。車谷はそう質問を向けた。係長が連絡をして来るのは、デカ長がすぐにどこかへ駆けつける必要のあるときだった。

「矢代太一が借りていた離れの金庫から見つかった札束に、該当指紋が出たぞ。竜神会の榊田信夫という構成員だ。女名義のアパートにいることがわかり、マルさんが沖を連れて向かったが、そこに合流してくれ」

　あの札束は、矢代太一を殺害したホシにつながる可能性がある重要な手がかりだ。

「了解しました」

車谷は、榊田信夫のヤサの住所を書きとめた。

「それと、親爺さん。俺のほうからもひとつあるのですが、誰か人をやって、矢代宏太と隆太の兄弟、それに諫見茂と保の兄弟のメンをこっそり押さえてくれますか」

「ああ、大家夫婦が、離れを覗いてた若い男を目撃してるな」

「ええ、顔まではっきりわかるかどうか自信はないと言ってたんですが、一応、確認を取りたいんです」

2

細く隙間を残して閉まっているドアの奥から、女の喚く声が聞こえた。形だけノックをしてドアを大きく開けた車谷一人は、丸山昇と沖修平のふたりを前に唾を飛ばしながら喚き立てる女を目にした。青白い肌をした、三十前後の女だった。両目が充血し、細い首筋には太い血管が青く浮いている。

アパートの玄関は猫の額で、大人数は入れない。沖修平が気を遣って外の廊下に出て、入れ替わりに車谷が入ったが、男ふたりが並ぶ幅はないので丸山の少し後ろで女とのやりとりを聞くことになった。

「だから、知らないって言ってるでしょ。私、榊田とは何でもないんだから。彼、ここになんか来てないわよ」

「しかしね、あの歯ブラシは誰のためのものなんだい？」

丸山が玄関横にある台所に立つ青と赤の歯ブラシを目で差すと、女は明らかにうろたえ、いっそう激しく喚き立て始めた。

「誰のだっていいでしょ！　あんたに何の関係があるって言うのさ」

いつでも喚き立てることで相手を煙に巻いてきた女なのだ。それで上手く切り抜けられた例しなど結局はないはずなのに、他のやり方を取ることができない。

「正直に言え。それが榊田信夫のためなんだぞ。それに、おまえ自身のな。それとも、この暑い盛りになんで長袖を着てるのか、理由を訊こうか？　その袖をめくって見せるか」

丸山が強面に転じて吐きつけると、女は落ち着きをなくした。

「何よ……。私、何もしてないわよ……」

「だから、あんたのことは何も聞かないと言ってるだろ。榊田はどこだ？　居場所を教えてくれ」

「あの人なら、ちょっと前に出て行ったわ……。ほんとよ。男が訪ねて来て、一緒に出て行ったの」

「それは、どれぐらい前だ？」

「ほんの十分かそこらよ」

「訪ねて来たのは、どんな男だった？　あんたの知ってる男か？」

「いいえ、初めて見る男……。サングラスをかけてたから、顔はよくわからない。背が高い、がっしりしたやつだったわ」

「榊田とどんな話をして出て行ったんだ？」

「わからない。ほんとよ。玄関口で、顔を寄せてぼそぼそ話してただけだから。でも、誰か偉い人の使いだったんじゃないかしら。なんか信ちゃん、へいこらしてたもの」

丸山が、背後に立つ車谷をチラッと振り返った。

（先を越されたのかもしれない）

その顔が、そんな危惧を伝えていた。組の上層部が誰かを寄越し、榊田の身柄を隠しにかかったと見るべきだろう。

そのとき、パトカーのサイレンが聞こえて来た。四方八方から、波が押し寄せるように近づいて来る。近くで何か事件が起こったのだ。

「おい、おまえはここに残ってろ。女から目を離すなよ」

車谷は修平に告げ、丸山とふたりで安アパートの屋外廊下を走った。

表の路地に飛び出したときには、サイレンは益々近づき、折り重なって聞こえていた。一方、その中のサイレンのひとつが、すっと途切れるのも聞き分けられた。現場に到着したのだ。ごく近い。

このアパートからは、南武線の小田栄駅が近かった。駅のほうに向かって小走りで移動すると、程なくして、未舗装の泥道の先を埋めて停まるパトカーが見えた。刑事たちふたりは、ズボンに泥が撥ねるのも気にせず、雨でぬかった道を走って近づいた。

パトカーは、材木屋の店先を埋めて駐まっていた。プレハブの事務所の隣に、屋根と外壁をトタンで覆った材木置き場があり、種々様々な材木が奥へと向かって並んでいる。事務所との間にトラックが悠々と入れる幅があるが、そこは私有地なのでパトカーは入っていなかった。

通行人たちが、何事かと立ちどまり、徐々に野次馬が増えている。

「何があった？」

規制線を張り始めている制服警官のひとりを捕まえ、手早く警察手帳を提示しながら丸山が訊いた。

「御苦労様です」制服警官は、きちんと屋外敬礼をした。「殺人事件です。裏の材木置き場で、男の死体が見つかりました」

「チョウさん――」

丸山が言ったときには、車谷はもう地面を蹴っていた。裏手を目指して走る。

少し奥は材木の積み荷場で、周囲をストックの材木で囲まれた円形の広場となっていた。向かってやや右寄りのところに、材木の山を抜けて裏へと回れる細い通路が開いており、その先に複数の私服警官が溜まっている。

その中にひとりだけ、材木の山を背にこちらを向いて坐っている者がいると思ったら、驚いたことにそれが死体だった。

死体は酔っ払いが酔いつぶれたみたいな格好で首を垂れ、両足を力なく前方に投げ出していた。ハデなシャツのボタンをひとつもとめずに前を開け、ランニングシャツを剝き出しにして着ていた。そのシャツの胸が、血で真っ赤に染まっていた。

捜査員のひとりが、通路を通って近づく車谷たちのほうを向いて意外そうな顔をした。

「あれ、どうしたんだ。なんで谷チョウがここに？」

川崎署の捜査一係には、四人のデカ長がいる。それぞれが大仏の下で事件を担当しているのだ。そして、デカ長は、通称で呼ばれるのが常だった。山村が山チョウ、佐藤はどこにでもある苗字だが、ちょっと略してサトチョウ、車谷は車チョウでは呼びにくいので谷チョウで、目の前の男は溝(みぞ)チョウと呼ばれる溝端(みぞはた)だった。

同じ刑事係に属する人間同士、徒(いたずら)にぶつかるようなことはしないが、車谷にとってはなんとなくウマが合わない相手だった。

相手も同じように感じているのは間違いない。一瞬、不快そうな表情をよぎらせたが、すぐに仲間内の顔つきになった。

「近くのアパートに容疑者が潜伏していたが、訪ねたらほんのちょっと前に逃げたところだった。まさかとは思うが、ホトケの身元はわかったか？」

「財布を身に着けてたよ。ええと、榊田信夫って男だ」

（くそ、そのまさかだった）

竜神会は榊田の身柄を隠すどころか、もっと手っ取り早い手段を取って来たのだ。

溝端は、車谷の表情から答えを読み取った。

「おいおい、そういうことか――」

「そこは榊田のレコ名義の部屋でな。その女に話を聞いたが、ほんの一足違いで背の高いがっしりした男が呼びに来て、その男と一緒に出て行ったそうだ」

「そして、この裏手に連れ込まれてブスリってわけか……。ここには裏の路地から入ったんだろうさ」

溝端は、死体が背中を寄りかからせている材木の山の向こうを指差した。そこを路地が左右に走っており、この敷地との間には特に柵など設けられていなかった。

「ちょっと見せて貰うぞ」

車谷は溝端にきちんと断って、死体の前に屈み込んだ。溝端が部下を連れて駆けつけた以上、これは溝端班の担当事件なのだ。だが、できれば車谷が引き取りたかった。係長である大仏の判断に任せれば話は早いが、それで溝端がヘソを曲げても厄介だ。できるだけ波風を立てたくなかった。

「珍しい傷だな。ランニングシャツの上から刺してるのに、シャツが大きく破れてない」

車谷がそう感想を述べ、すぐに溝端が応じた。

「ああ、ホシの凶器はナイフじゃないだろ。アイスピックか、錐か、千枚通し。いずれにしろ、何か先の尖ったものさ」

「返り血を浴びるのを嫌った……。そういうことか……」

「そうだろうな。ここに連れ込み、相手の隙を見ていきなり材木の山に押しつけ、真正面からブスリと一刺しってわけさ」

「いやあ、さすがにそれはちょっと無理でしょうよ」

丸山が溝端の意見に異を唱えた。

「どんな鈍い野郎だって、真正面から凶器を持った相手が来れば抵抗しますよ。たぶん背後に回って口を押さえ、抱え込むようにして心臓をひと突きにした。被害者は一瞬で事切れたはずだ。ぐったりとなったホトケを、材木の山に寄りかからせて、その男は立ち去った。ほら、脚の先に向けて、靴の踵（かかと）でずった痕（あと）が地面に残ってるでしょ」

丸山がいつもの口調でぼそぼそと説明するのを、溝端は不快そうに聞いた。

「ま、いずれにしろ。プロの犯行ってわけだ。こりゃ、なかなか厄介そうだ。デカ魂が燃えるぜ」

「それなんだが、被害者は俺が追ってるヤマの重要証人だった。昨日、多摩川の河口で土左衛門が上ったのを知ってるだろ。あのホトケと関係してるんだ」

「重要容疑者ってことか……？」

溝端はそう問い返しながら、うつむき加減で何か考え始めた。

「ま、そう言ってもいいだろう。何しろ、このヤマは被害者に謎が多くてね。何が起こったんだか、まだよくわからんのだ。正直、手を焼いてる」

車谷がそうぼやいてみせると、溝端はほんのチラッとだが小狡（こずる）そうな表情をよぎらせた。自分の手柄が増えるかどうかを考えている。

「まあ、一連の事件なのだとしたら、おまえさんのほうで担当するほうが何かと面倒が少ないかもしれないな。とはいえ、俺も手を貸すだけなら貸すぜ。部下を何人か回してもいい。ただし、出動して初乗りしたのはこっちだから、大仏の親爺にゃ、あんたから話を通してくれよ」

厄介な事件には、深くは首を突っ込まないと判断したのだ。だが、手を引くことをほのめかしつつ、恩を売っておくことも忘れない。こういうところがムシが好かないのだ。

「ああ、わかった」

「これはひとつ貸しだぜ」

「わかったよ」

車谷は、淡々と繰り返した。


アパートの階段を駆け上がって女の部屋に戻ると、部屋の真ん中に女がふて腐れた顔でしゃがみ込み、台所との境に立った沖修平がそれを睨みつけていた。

ふたりとも気づまりに黙り込んでいたのが見て取れた。ふたりにしておけば、気を利かせて沖が何か話を聞き出しているかとも思ったのだが、どうやらただ命じられた言葉通りに黙って女を見張っていたらしい。

「おい、残念な報せがある。榊田信夫は、すぐそこで殺されてたぞ」

女はぽかんと口を開き、ぼんやりと車谷の顔を見つめた。

「嘘よ……、そんなこと……」

「嘘じゃない。本当だ。残念だったな」

「そんな……、なんで……。あんなにぴんぴんしてたのに……。ちきしょう、どうして私はこう男運が悪いんだ……」

「同情するよ。榊田を殺したやつをパクるのに協力してくれ」

「そりゃするけどさ……、でも、私はほんとに何にも知らないのよ――」

「榊田を呼びに来た男の似顔絵を作るのに協力してくれるな？」

「どうすりゃいいのさ……？」

「専門の捜査官がいる。警察まで来て、その捜査官に色々と男の特徴を教えて欲しいんだ。なあに、それほど時間は取らせないし、ちゃんとまたここまで送り届けてやる」

「わかったわ。じゃあ、協力する」

「それと、何か榊田が残して行ったものはないか？　やつから預かってるものとかだ」

「ないわよ。そんなものは」

今度は答えるのが早過ぎたし、その口調が不自然に強すぎた。車谷に顔を見据えられ、女は気まずそうに目をそらした。

「おい、修平。そこの簞笥を探ってみろ。いや、押入れの中だ。――いや、待てよ。やっぱり簞笥だな」

車谷は二度にわたって言い直した。女の反応を見ていたのだ。

「ちょっと待ってよ。ここは、私のうちなのよ。そんな勝手なことしないでよ」

「惚れた男を殺したホシを見つけたいんだろ」

「そりゃそうだけれどさ……」

「おい、構わねえから、とっとと箪笥の抽斗(ひきだし)を開けろ」

車谷は沖を追い立てた。女のちょっと前の反応からして、箪笥に何かあると踏んだのだ。箪笥に注意を向けたときの目の色が違った。

やがて沖が、抽斗から新聞紙の包みを取り出した。

「チョウさん、これ」

「開けてみろ」

「はい」

沖は生真面目(きまじめ)に返事をし、包みをいったん畳に置いて手袋をはめた。立て膝をつき、両手で包みを開けた。

「これは……」

紙袋の中には、矢代太一が金庫に納めていたのと同じ白い封筒が入っていた。しかも、同じように札束で膨らんでいる。ただし、矢代の金庫にあったのよりも少ないようだ。

「二十万ぐらいか——」

車谷はわざと独りごちるように言いながら、女の様子をうかがった。

「だが、最初はもっとあったんじゃないのか?」

「ええ……、あったわよ……」

「いくらあった?　五十万か?」

「そうよ……」

おそらくは、同額が、矢代太一と榊田信夫の双方に渡っていた。つまり、榊田は矢代に何か仕事を頼んだ依頼人ではなく、矢代と一緒になって何か同じ仕事を受け、同額の報酬を得ていたのだ。

「これは何の金なんだ？　どういう類（たぐい）の金か、榊田はあんたに何かヒントになるようなことを話してるだろ？」

ふて腐れた様子でそっぽを向いている女を問いつめても、今度は何も答えようとはしなかった。

「おい、答えろ。この金のせいで榊田は殺されたんだぞ」

「知らないよ、私は何も……。ほんとさ……」

「榊田に惚（ほ）れてたんだろ」

「ほんとに知らないのよ。ただ、とにかくいい臨時収入があったって……。だから、時間ができたらふたりで熱海にでも行こうって、あの人、そう言ってくれてたんだ……。それなのに……」

「それはいつことだ？　榊田は、いつ頃この金を持って来たんだ？」

「ちょっと待って……。ええと、今回は三カ月ぐらい前だったわ――」

「前にも金を持って来たことがあったのか？」

女ははっとしたらしかったが、今度は自分から素直に告げた。

「ええ、前にも一度……。確か去年の今頃だった……」

「あんたはいつ頃から榊田とつきあってるんだ?」

「そろそろ二年になるところだったわ……」

去年の夏が、この二年で初めての「臨時収入」だったということか。あるいは、去年の夏までは、この女には隠していたということか……。

「よく思い出せ。どんなことでもいいんだ。どういう類の臨時収入なのか、ほんとに何も言ってなかったのか?」

「だから、わからないって――」

「よく思い出せ」

「そんなことを言われてもさ……」

しばらく待ってみても、結局、何も出て来なかった。車谷は、質問の方向を変えてみることにした。

「やつは、普段、どんなシノギをしてた? シャブか?」

「シャブなんか売ってないわ。あの人は、賭場(とば)を仕切ってたのよ」

「どこで仕切ってたんだ?」

「鶴見よ。河口近くに、艀(はしけ)がいっぱい停まってるでしょ。あの連中相手の賭場だと言ってた」

京浜運河は深度が充分でないため、大型の貨物船が近づけない。そのため、沖仲仕(おきなかし)と呼ばれる連中が大小の艀を使い、沖に泊まった船と陸の間を往復するのだ。

鶴見川下流の河岸には、こうした沖仲仕の使う艀がびっしりと係留されている。石炭の需要は段々と減ったが、砂糖だとか、木材だとか、艀を必要とする仕事はまだたくさんある。

女の顔が急にくしゃくしゃになった。すでにアイシャドーが流れてすごい顔になっていた。自分の部屋にいるにもかかわらず化粧をしていたのは、榊田信夫に見られるためだったにちがいない。

「ああ、ちくしょう……。あの人、死んじゃったなんて……。ひどいよ、そんなのないよ、刑事さん……。私、またひとりになっちゃった……」

「シャブをやめて、真っ当に生きろ。そうすりゃ、またいい男が見つかるさ」

「簡単に言わないでよ。私みたいな女が、どうすりゃいいって言うのさ……。信ちゃんは、ただのチンピラだったけど、優しかったんだ。浮気もせず、私だけだって言ってくれた……」

さめざめと泣きつづける女を残し、車谷は沖を促した。

玄関を出ると廊下を小走りで進み、表に停めた覆面パトカーに乗り込んだ。

「つながってきたな。矢代太一は元漁師で、榊田信夫は艀の沖仲仕相手の賭博を仕切ってた。どういうことかわかるか、修平」

「はい、ええと……」

「たぶん、矢代たちは、何かまずいものを海に捨ててたのさ」

「死体、ですか……」

「まだそうとは限らんが、その可能性が高いだろう。それを捨てさせた野郎が、誰かプロを雇って、口を塞ぎにかかってるんだ。急がないと、次は艀船を提供した船主が殺られるぞ」

「鶴見川に係留されてる艀に聞き込みをかけますか？」

「そんなことをしたら、すぐに本人が逃げちまうよ。そもそも日が高い間は、連中の大半は海の上さ」

「そうしたら――」

「親爺に連絡を入れて、鶴見川に艀を係留してる連中の中で、最近、働き手を失って金に困ってるやつを探して貰うことにしよう。艀の連中は、今でも結構の数があの狭い船で生活してるんだ。父ちゃんだけじゃなく、母ちゃんも仕事を手伝うし、ガキがでっかくなったら一緒に荷運びをする。だが、大黒柱である父親が死ねば、生活は一気に困窮するぜ」

「なるほど、それでやむなく、よからぬ仕事に船を提供すると――」

車谷はハンドルを握る沖に車を出すように命じ、無線で大仏に連絡を取った。大仏は、鶴見署に協力を要請し、該当する沖仲仕を見つけることを請け負ってくれた。

「じゃ、俺のことは川崎の駅前で降ろせ」

「えっ、チョウさんは鶴見へ行かないんですか？」

「沖仲仕たちは、明るい間は海の上だと言ったろ。何かはっきりしたら、親爺が連絡をくれる。俺は俺で、ひとつ回る先があるんだよ」

「わかりました」

車谷は助手席のシートをリクライニングさせて、目を閉じた。しかし、少しすると目を開けて、こう言い直した。

「いや、やっぱりおまえも一緒に来い。ひとり、男を紹介してやるよ。川崎でデカをやるには、こういう男も知っておいたほうがいいだろう」

3

半地下になった駐車場の入口には、目隠し用にビニールの帯が何本もぶら下がっていた。覆面パトカーで駐車場に下ると、七月の陽光に慣れた沖修平の目にはやけに薄暗く感じられた。

少し前に助手席を起こし、道順を指示していた車谷は、駐車スペースにバックで入った車から降りた。ここは市役所東側の路地の先、関東屈指の歓楽街である堀之内のヘソに当たるエリアだった。

「どうした。一緒に来い」

覆面パトカーから一緒に降りたものの、戸惑い顔でその場を動こうとしない沖修平を振り向き、車谷が手招きした。

「しかし……」

「曙(あけぼの)興業の事務所がここにあるんだよ」

「温泉マークの中にですか?」

「堂々と看板を揚げてる表向きの組事務所が、すべてじゃないんだぜ」

「なるほど……。それにしても……、なぜ竜神会じゃなく曙興業に？」

「それは自分で考えな」

車谷はさっさと昇降口に向かい、沖はあわててあとを追った。駐車場から階段を昇ると、狭くておざなりな清潔さを保ったロビーの端っこに、お互いに顔が見えないように設えられた窓口があった。車谷はそこに屈み込み、国鉄の切符売り場ぐらいの大きさの穴に顔を近づけた。

「おい、立花に用がある。最上階だ」

顔色の悪い若い男が狭い穴から僅かに顔を出し、

「見廻り御苦労様です」

陰気な声で言うと、次には顔に代わって鍵を握った手を窓口から差し出した。車谷はそれを取り、沖に顎をしゃくった。

気を利かせた沖が先に走って昇りのボタンを押すと、そこに待機していたエレヴェーターがすぐにドアを開けた。ふたりして乗り込み、業務用っぽい赤い札をホルダーにつけた鍵を、車谷が操作盤にある穴に突っ込んで回した。

そうすると最上階まで昇る仕掛けらしい。車谷の指が操作盤の一番上にある五階のボタンを押し、エレヴェーターのドアが閉まって上昇を始めた。

エレヴェーターはすぐに五階に着いた。真正面に、ごつい大きな男がふたり並んで立っていた。

「見廻り御苦労様です」

右側の男が受けつけにいた男と同じことを言い、ふたりそろって頭を下げた。短い廊下の三方に、それぞれひとつずつドアがあったが、その正面のドアを開けて「どうぞ」と言った。

中は広い部屋だった。この階には元々ゆったりとしたスイートが、三部屋並んでいたらしい。その正面と左の部屋の間の壁を取り払い、一部屋にして使っていた。

そこでは今、ポマードで頭髪をオールバックに固めた男がひとり、胸の大きな女を横にはべらせ、値の張りそうな椅子にゆったりと坐って食事をしているところだった。

「久しぶりじゃないか。ま、坐れよ。今日はどうしたんだ？」

男は、手の先で向かいの椅子を差し示した。テーブルには、洋風、中華、和風を取り合わせ、ちょっとしたホームパーティーぐらいは開けそうなほどの料理が、所狭しと並んでいた。

「そちらの若い衆は、初めて見る顔だな」

沖が車谷の隣に並んで坐ると、男が顔を向けて来た。近くで見ると男は顔色が悪かったし、それ以上に生気のない目をしているのが際立っていた。白目の部分が、全体に、腐ったたまごの白身みたいに濁っている。

「部下の沖だ。昨日、転属になったばかりのホヤホヤさ。よろしく頼むぜ。こっちは、曙興業の幹部の立花だ」

車谷が言うのを受けて、沖はあわてて頭を下げた。まさか、ヤクザ相手に、こんなふうに紹介をされるとは思わなかった。

「昼がまだなら、一緒にどうだい？」

立花というヤクザは、あくまでもラフな口調を崩さなかった。

「ありがたいね。ちょうど食い損ねてたところさ。おい、おまえも御相伴に与れ」

車谷はにんまりすると、皿に添えてあるナイフとフォークで料理を適当に見繕って取った。

「箸はねえのか」と口にしたが、「ああ、ここにあったな」自分でテーブルの割り箸を見つけてそれで食べ始めた。

「飲み物は？　シャンパンがあるぜ」

「じゃ、それをちょっと貰おうか。眠くなっちまうと困るから、少しでいいよ。今日は朝が早かったんだ」

立花に命じられた女がシャンパンのボトルを持って来た。細かい泡が立つ液体を、車谷が差し出すグラスに注いだ。

「修平、おまえもちょっとにしときな」

デカ長を真似て料理を取りはしたものの、落ち着かない気分で口をつける気にはならない沖に、車谷が言った。

「はあ、俺は水で結構ですが……」

「まあ、そう言わずに、近づきの印さ」

沖はテーブルに置いてあるグラスを仕方なく手に取り、車谷と同様に女に注いで貰った。

「じゃ、よろしくな」

立花が言い、テーブルの向こうから軽くグラスを掲げた。グラスを掲げ返した沖は、ほんのちょっとのつもりで口をつけた。美味かった。

「で、要件は何だい？　谷チョウさんがここに来るってことは、よほど何かあったんだろ？」

「まあな、追ってる事件で、死人がふたり出た。そのうちの片方は竜神会の構成員で、榊田っていうチンピラさ」

「竜神会の榊田ね……。まあ、知らねえな」

「チンピラだと言ったろ。幹部のあんたが知ってるような人間じゃねえよ。ただの雑魚さ。だが、殺された手口のほうが気になる。錐状の鋭い刃物で、心臓を一突きだ。殺ったのはプロさ」

「ほお……。いつのことだ？」

「ついちょっと前だよ」

「道理で、まだ噂が聞こえてこないはずだ。もう一件は？」

「多摩川の河口で、頭を殴打された死体が見つかった。もっとも、こっちはまだ同じホシかどうかはわかっちゃいない。だから、とりあえずは忘れてくれ。問題は、錐状の鋭い刃物で心臓を一突きにした殺しのほうさ」

「殺し屋の情報を寄越せって言うんだったら、無理だぜ。その手の話は、たとえ何か知っていたとしても言えないんだ」

「わかってるよ。前にお宅んとこが何か頼んでるかもしれないし、この先、何か頼むかもしれん。いわば、お得意業者だ。そういう相手を大切にするのは、どこの業界でも同じことさ。だけど、噂ぐらいは聞かせてくれてもいいだろ。地獄耳のあんたのことだ。何か噂を聞いてるはずだぜ」

「それは買いかぶりってもんだ」

「おい、とぼけるなよ。俺がここに来たんだぜ。手ぶらで帰るわけにゃいかねえじゃねえか」

車谷は、冷たい目をしたままで微笑（ほほえ）みかけた。

「ちぇ……、しょうがねえな。あくまで噂だぞ。いいな」

「ああ」

「《名無し》という一匹狼の殺し屋が動いてるって噂がある。それだけだ。あとは、訊（き）きっこなしだぜ」

立花は、ぽんと投げ出すように言った。

「《名無し》だな。わかった。感謝するぜ」

車谷は軽く居住まいを正した。

「そしたら、ここからが本題だ」

「おいおい、そういうのやめろよ。話はこれで終わりだぜ」

「まあ、聞けって。儲（もう）け話だぜ。あんたに調べて欲しいことがある。鶴見川の河口近くに艀が溜まってるだろ。榊田って野郎は、あそこの沖仲仕たちを相手に賭場を仕切ってた。そして、三カ月前、この男には五十万ほどの臨時収入があった。一方、もうひとりの被害者は元漁師で、この男がこっそりと借りてた部屋の金庫にゃ、やはり五十万近い札束が眠ってた」

「なるほど、小船で何かを沖に運んで捨てたってことか」

立花はすぐに答えを口にした。

「そういうことだ。関係者を殺して回ってるってことは、よほど隠しておきたいものを捨てたのさ。それが何なのか、探りを入れろ」

「あるいは、誰なのか、だろ」

「ああ」

「それがどう儲け話になるんだ?」

「今後、あんたが沖仲仕の仕切りをやればいい。賭博の上がりなんていうケチなシノギじゃないぜ。京浜運河は底が浅くて、大型船が入れない。よほどの掘削が行なわれない限り、これから先も沖仲仕が必要だ。連中の上前をはねられれば、川崎じゃいいシノギになるぜ」

「確かにな……。だが、そんなことができるのか?」

「それはおまえがどこまでのネタを摑めるかによるさ。当たりをつけたら、あとは任せろ。その先は、俺たち警察がやる。竜神会をはじき出して、代わりにお宅を入れてやるよ。縄張り争いでドンパチやるより、よっぽど手っ取り早くて安上がりだろ」

立花は一瞬沈黙した。短い間だったが、素早く計算をしたらしかった。

そして、急に小狡い顔つきになった。驚いたことに、それとともに不健康そうだった顔色に健康的な赤みが差して来た。

「いいだろう。取引成立だ」

女が寄って来て、またシャンパンをグラスに注ぐのを、車谷はとめようともしなかった。沖はグラスの口を手で塞いで注ぐのをやめさせようとしたが、車谷と立花がにやにやしているのに気づき、何か挑むような気持ちでそのまま注ぐのに任せた。

再びグラスを掲げ合い、一息にグラスをあけた。

「もっと、どんどん食ってくれ。そっちの若い衆は、あんまり進んでないじゃねえか。遠慮するな」

「それより、ちょいと隣の部屋で休ませてくれねえか。当分、長丁場がつづきそうだが、日暮れどきまでは余裕があるんだ。眠れるときに眠っておくってのが、デカの習慣でね。それに、高いシャンパンがすっかり効いちまったようだ」

車谷は、立てた親指で右側の壁を指した。

「ああ、いいぜ。好きなだけ使ってくれ。なんなら女も呼んでやろうか」

立花は陽気な笑い声を上げた。

巨大なダブルベッドの反対側に腰を下ろした車谷は、大仏への一通りの報告を終えた。受話器を電話に戻し、上着を脱ぎ、それを近くの椅子の背にかける前にポケットからたばこを出し、どこかの店のマッチで火をつけた。

「おまえも上着なんぞ脱いじまえ。昼寝の前にビールが飲みたいなら、飲んで構わんぞ。俺は丸さんと一緒で、飲めば飲むほど頭が冴えちまうほうなんでこのまま寝るがな」

部屋に備えつけの冷蔵庫を顎で指し、たばこをまた一服ふかし、ベッドサイドの灰皿に灰を落とした。

「いえ、結構です」

沖修平はそう答えつつ、逸る気持ちを抑えかねた。こんなところで、こんなことをしていていいのだろうか。

車谷が、にやりとした。「艀が帰ってくるのは、夕方さ。おまえがここで起きてたって、何も状況は変わらねえぜ」

「はあ……」

「じゃ、眠っちまいな。いいデカの条件は、どこでもすぐに眠れることだぜ。俺もこれを一本喫ったら寝るよ」

そうは言われても、デカ長が腰を下ろしているベッドに体を横たえるのは容易いことではなかった。そもそも昼日中のラブホテルの部屋に、デカ長とふたりきりでいるなんて……。

「安心しな。俺にゃその趣味はねえよ。それとも、おまえ、可愛がって欲しいのか？」

車谷がにんまりと微笑みかけてきて、沖は反射的に顔をそむけた。

「気持ちの悪いことを言わないでください……」

沖は車谷の隣に仰向けで体を横たえてぼんやりと天井を眺めてから、壁のほうを向いた。

少しすると、車谷が隣で横になり、デカ長の体の重みでベッドがきしんだ。

その後、冗談かと思うような素早さで、すうすうと寝息が聞こえて来た。

窓を塞ぎ、昼間でも外光が入らないように工夫してあるが、それでも部屋はぼんやりと明るかった。沖は昼日中の通りを行き来する車のエンジン音や、時々聞こえて来る人の声に耳を澄ました。そうしながら目を閉じていると、昨日からの疲労が体の奥からしみ出してきて、生暖かい水の中へ沈み込んでいくような感覚に包まれた。

4

日暮れ時。重油臭い匂いが辺りに漂い、スクリューによって押しやられた川の水が岸で騒いでいた。ここは河口に近いために潮の匂いも濃かった。運河に停泊した大型船から埠頭への荷揚げを終えた艀が、一隻、また一隻と戻って来ているところだった。

車谷たち川崎署の面々は、山嵜と渋井が会社の手配事務所から貰って来た登録書の顔写真を頼りに、龍田雅恵という女を探していた。コピーの不鮮明な写真ではあるが、雰囲気はわかる。頰のこけた女が、長い髪を後ろでひっつめ、額を剝き出しにして写っていた。

龍田雅恵は、昨年、事故で亭主を亡くしていた。その後も同じ組合に残り、女手ひとつで沖仲仕の仕事をつづけてきた。元々、沖仲仕の中には、夫婦で仕事を受ける者も多かった。荷揚げ量によって手当が決まるため、女房も貴重な労働力となる。夫を失い、彼女の収入は、半分以下に減ってしまった。

雅恵には、小学校に通う男の子がふたりおり、家族で艀船に暮らしていた。五〇年代や六〇年代ほどではないにしろ、未だに艀に暮らす者がいるものの、そういった人間も今は「住居用」の艀を別に持つ者が多かった。だが、龍田雅恵のところは違った。

艀船は、その用途に合わせて当然ながら、船体の中心部分は積荷用のスペースになっている。船尾部分の、わずか二畳とか三畳ぐらいの広さの部屋に、雅恵は現在、息子ふたりとともに暮らしているとのことだった。

艀を貸す条件にぴったりの女だった。彼女自身も亭主を亡くしたあと小型船舶の免許を取ったとのことで、操縦者として矢代太一を必要としないが、何らかの——おそらくは倫理観や恐怖感によって、船は提供しても自分でそれを操縦することはためらったのではないかというのが、車谷たち捜査陣の出した結論だった。

艀をもやっておく場所は、大体決められている。会社の持ち物である艀は無論、その会社が権利を持つ場所に係留されるし、個人で沖仲仕として働く者たちも、仕事を得るための組合にそれぞれが登録している。彼らの艀は、その組合が割り当てた場所にもやうことになっていた。

定められた場所に女が戻るのを、車谷たちは周辺に張り込んで待ち受けているのだ。

だが、なかなか現れない。

「どうも、変だな……」

できるだけ目立たずに雅恵の艀の着岸を待ち、穏便に本人の身柄を確保したいと思っていたが、多くの船が戻って来て、空いた場所が段々と少なくなってもなお現れないのが妙だった。

何度か腕時計に目をやりながら、状況を窺(うかが)っていた車谷は、ついには部下たちに命じ、手分けして付近の艀に訊いて回ることにした。

それから数分――。

船を着岸中のひとりがこう証言をした。

「ああ、雅恵さんならば、今日はもっと下流に着けてたみたいだぜ」

「くそ、誰かが無線で女に連絡したんだ」

車谷はその答えを聞き、すぐにそう察しをつけた。対象を逃がしてしまうことを恐れて聞き込みを控え、手配事務所に内密裡に聴取を行なったのだが、聴取を受けた誰かが無線で龍田雅恵に教えたにちがいない。

「それはどれぐらい前のことです？」

「俺がここに来る途中で見かけたんで、ほんの今しがたさ」

との答えを聞き、車谷は走り出した。

仕事を終えた男たちが、着岸したエンジン付きの艀船から次々に降りて来る。その男たちを右へ左へと避けながら、下流を目指して走る。

「おい、龍田雅恵の船はどれだ？　誰か、龍田の女房を知っていたら教えてくれ！」

車谷がそう声を上げ始めると、他の刑事たちもそれに倣って声を上げた。

こっちを見ている男に気づき、車谷が走り寄ると、

「雅恵さんなら、ちょっと前にあわてて揚がったよ」

何か訊かれる前に相手のほうから言って来た。

「どっちへ行ったかわからないか？」

「さあてね。だけれど、姉貴のところに息子たちを預けてるから、そこに向かったんじゃねえかな」

「姉貴の家の場所はわかるか？」

「川崎のどこかとは聞いてるが、正確にはちょっと……。会社か組合の担当者ならわかるはずだよ」

だが、連絡を取って確かめている暇はない。

「彼女はどんな格好をしてた。ジーパンか？　それとも、あんたみたいなつなぎか？」

と、車谷は女の身なりを確かめた。

「ええと、ジーパンだった。それに、上は、黒い線でこう格子模様が入ってる赤いシャツだったよ」

タータンチェックだ。礼を述べ、念のために丸山を会社の事務所に走らせることにして、自分たちは土手を駆け上がった。土手に沿った道を見渡すが、そこを行くのは男たちか、もしくは亭主の仕事を手伝って妻も船に乗り、連れ立って歩く夫婦者ばかりで、ひとりで先を急ぐ女の姿は見当らない。

少し上流に、鶴見川を横切る鶴見鉄道線の鉄橋が見えた。あの線路が、鶴見川の西岸とぶつかったところに国道駅がある。駅のすぐ傍を、この辺りでは鶴見川とほぼ並行する形で、第一京浜が延びている。

鉄道を使うにしろ、タクシーを拾うにしろ、そっち方面へと逃げたはずだ。車谷はそう見当をつけて土手沿いの道を離れ、鶴見川を背にして住宅の間の細い道を抜けた。

第一京浜の手前を、やはり川と並行して旧街道が延びている。旧街道のこの辺りは生麦魚河岸通りと呼ばれ、鮮魚店が多数並んでいる。生麦の漁師たちが獲った新鮮な魚を、店頭で販売するのである。

午後早い時間までの間に閉めてしまう店がほとんどで、今はほんの数軒が開いている程度だったが、それでも安い魚を求めに来た主婦たちで、それなりの賑わいを見せていた。

車谷は山嵜と渋井のふたりに第一京浜まで出るように命じ、みずからは沖を連れてこの生麦魚河岸通りを進んだ。

だが、タータンチェックの赤いシャツを着た女はここにも見当らなかった。ちょっと前に降った雨の影響で湿気が増しており、魚臭い匂いが強かった。鮮魚を入れていた発泡スチロールの空き箱が脇道に置いてあり、そこにハエが数匹たかっている。箱からこぼれた氷が、低い角度から差す光を浴びてきらきらしていた。

車谷がガード下にたどり着いたとき、頭上をちょうど鶴見線の車体が通り過ぎ、線路の継ぎ目を通過する車輪が一定間隔でけたたましい音を立てた。

国道駅は、旧街道と第一京浜の間のおよそ百メートルほどにわたり、架橋下にコンクリートの通路が延びる独特な造りの駅である。戦前に造られた姿のままで現在も使われており、外塀の一部には、大東亜戦争中の米軍による機銃掃射の痕も残っている。

この通路の入り口は、トンネルのようにアーチ形をしていた。天井は、二階の屋根ぐらいの高さがあった。

入口に立って中を覗（のぞ）くと、通路を反対側に抜けた先に、第一京浜側の出口が明るくくり抜かれて見えた。間は、逆に薄暗いシルエットになっている。

車谷が沖に「来い」と命じてそこに駆け込むと、周囲のコンクリート壁に革靴の足音が高く反響した。

戦前にはここにマーケットがあったらしいが、今ではわずかに店舗が残るぐらいで、空き店舗と、間借りをする数軒の民家が並ぶ。

この通路に入ってからは、人通りがほとんどなくなっていた。国道駅自体、利用者数が少ないために、現在では駅員が常駐しない無人駅になっている。

蒸していた。風が抜けにくい分、湿気が溜まっているのを感じる。体中から一気に汗が噴き出して来た。車谷は小走りで進みつづけながら、上着を脱いで片手にぶら下げ、もう片方の手の甲で額の汗をぬぐった。

ここに至ってもなお龍田雅恵らしき女を見つけられなかった以上、彼女はすでに国道駅から電車に乗って移動してしまったか、第一京浜からタクシーに乗ってしまったと考えるべきかもしれない。

しかし、とにかくこうなったら改札を抜けて、念のためにホームを確かめてみるつもりだった。

丸山が、龍田雅恵の姉の現住所を調べるために事務所へと走っている。判明し次第、車谷もそっちへ飛ぶつもりだった。

駅の改札が近づいた。改札のすぐ先にホームへと昇る階段があって、その階段の上から強い夕陽が差していた。

無人の改札へと向かいかけたとき、背中がざわっとした。

その一瞬、車谷の周囲で、一切の物音が消え去った。

それは他人に対しては、決して上手く説明ができない感覚だった。それに、いつでもそんな感覚が訪れるわけでもなかった。自分でも忘れた頃に、突然、やって来る。

車谷は、改札の手前で歩みをとめた。体の向きをゆっくりと変えて、人けの乏しい通路を改めて見渡した。

通路の少し先には、第一京浜側の出口があった。その手前に万屋(よろずや)が店を開けており、そこで主婦らしい女が初老の店主と何かやりとりをしていた。車谷が今来た側に顔を転じると、店先にワンピースなどを並べた洋品店があり、その店先では椅子に坐った老婆が居眠りをしていた。

それよりも手前、改札からほんの数メートルほど戻った場所にあるドアに視線が行った。看板は取り外され、埃(ほこり)をかぶったシャッターが降りていて、元は何の店だったのか、今では何の手がかりもない店舗跡だった。シャッターの横に、軽量アルミのドアがある。車谷は、そのドアをじっと凝視した。

ドアには大人の腰ぐらいの高さから上に、防犯用の細い鉄線の入った曇りガラスがはまっていた。元々曇りガラスで視界を遮っているのに加えて、内側から紙を貼りつけているために、中の様子を窺い知ることはできなかった。

「どうしたんですか、チョウさん——」

沖が、ひそめた声で尋ねようとするのを、車谷はすっと手で制した。

そして、ドアへと大股で近づいた。

疑いはなかった。誰かが必死で助けを求めている。

オカルト的なものを信じたことはただの一度もないし、幽霊の類が見えた経験もないが、これだけはわかるのだ。敢えて言うならば、自分が刑事という仕事を選んだのは、結局はこれが理由なのかもしれない。必死で助けを求める者の存在を嗅ぎ取れることが。

ドアノブに手を伸ばして回した。鍵はかかっていなかった。

ドアを一気に引き開けると、何もないがらんとした薄暗い空間の真ん中に、抱擁するようにして男女が立っていた。

抱擁と見えたのは、一瞬の目の錯覚で、実際には男が女の首を絞めていた。女は完全に意識をなくし、背の高い男の腕の中でぐったりとしていた。

男は余韻を楽しむように、あるいは念入りに相手の息をとめるために、力を込めつづけているところだった。そんなふたりの姿が、奥の壁の天井付近にある小さな窓から入る仄かな光で、抱擁しているかのような錯覚を生んだのだ。

「貴様！　女を放せ！」

車谷は声を上げ、男に向かって突進した。男の動きは、驚くほどに緩慢だった。思いやりに満ちたとさえ言えそうな動きで女の体をコンクリートの床に横たえ、そのましなやかに体を丸めた。

車谷には、相手のそんな動きに込められた意味がわからなかった。人という生き物には、その生き物独特の動きがある。長年の刑事の経験というより、長年、誰かとやり合ってきた経験から、その動きの範囲でどういった攻撃が来るかが予測できるようになっていた。

だが、相手のこの動きには予測が立たず、思いもしなかった角度から利き腕を取られ、巻き込まれてふわっと体が浮いた。

天地がひっくり返り、次の瞬間には体を床に叩きつけられていた。辛うじて受け身を取ったが、充分ではなく、腰骨にびーんと痛みが走った。

相手がどういった技を使ったのかわからなかった。まるで柔らかいゴムとか軟体動物のように、体にまとわりついて来る気色の悪い感触があった。

車谷は本能的にさらなる危険を感じ、思いきり床を転がった。男の体との間に僅かな距離ができたときを狙い、蹴りつけた。幸いなことに相手を捉えたが、しかし、大きな手応えはなかった。

男が、にやりとした。

残虐な笑み——。

そしてまた、自信に満ちた笑みでもあった。

「警察だ、手を上げろ！」

戸口に立った沖が足を肩幅に開き、腰を落とし、警察学校で教える通りの姿勢でニューナンブを構えて男に狙いを定めた。警察官の官用拳銃だ。

男の手の先が一閃した。そこから放たれた千枚通しが顔を襲い、沖は反射的に利き腕を動かした。千枚通しが右手の甲に突き立ち、呻いて拳銃を落とす沖へと、男はすごい勢いで突進した。男の肩の直撃を受け、沖修平は後ろへ吹っ飛んだ。

男は沖の体を巻き添えに戸口から表の通路へと飛び出し、そのまま駆け出した。

車谷は跳ね起き、そのあとを追って通路に出た。

「大丈夫か――？」

通路の床に転がった沖には言葉を発する余裕はなく、苦しそうに息をしながらうなずいた。

車谷はそれだけ確かめ、男のあとを追って走り出した。

男は第一京浜側の出口を目指していた。

ちょうどそのとき、出口の外に、山嵜と渋井が現れた。

「そいつだ！　そいつを摑まえろ‼」

車谷の声がコンクリートの通路に反響し、山嵜たちはすぐに反応した。

だが、男の反応のほうが輪をかけて速かった。

残照をバックにしてシルエットになった男の影が、摑みかかる山嵜と渋井の手前で左右に軽やかに揺れた。

車谷には、男の手の動きが見えなかった。

山嵜が腹を押さえてうずくまった。

その直後に男は伸び上がり、さっき車谷にやったのと同様に渋井の腕を取って巻き込むと、首筋を狙って手刀を振り下ろした。

車谷はホルスターから拳銃を抜いた。

山岸たちをあっという間に倒して死角へと消えた男を追って第一京浜に飛び出すと、男は車道を横切って走っていた。

ちょっと前に歩行者信号が赤になった横断歩道が少し先にあり、停止線に停まっていた車が一斉に動き出し、車道を横切る男に迫ろうとしていた。

だが、男は素早く中央分離帯にたどり着いた。

拳銃を構える車谷と男の間に、車の列がなだれ込んで来て、車谷は銃口を上げた。こんなところで、発砲できるわけがない。

男が皮肉な笑みを浮かべた。相手の無能を嘲笑(あざわら)う笑みだった。

車谷に背中を向け、反対車線の車の流れに身を投じた。走ってくる車から巧みに身をかわして、向こうの歩道にたどり着き、路地の暗闇へと姿を消した。

(くそ、絶対にあの顔は忘れない)

「すみません……、逃がしちまって……」

「あいつは何か妙な武道をやってますよ……」

それぞれ腹と首筋を押さえて近づいて来た山嵜と渋井が、口々に言った。

「手ごわい野郎だ。俺もやられたよ」

車谷は、拳銃をホルスターに戻してフックをかけた。

「次は必ずパクるぞ。おまえら、大丈夫か？」

「ええ、大丈夫ですよ」

「これぐらい、何てことありません」

「一応、男の容姿を伝えて手配を要請しろ。それと、鑑識を呼んでくれ。犯行現場は、改札近くの空き店舗の中だ」

「えっ……、それじゃあ、女は……？」

「ああ、救えなかった」

「あれは間違いなくプロですよ」

「榊田をやったのも、間違いなくあいつでしょ」

渋井が無線で要請を行なった。犯行現場となった店舗跡に戻って戸口に立った車谷は、部屋の中の光景を目にして驚いた。

「死ぬな。死ぬんじゃない」

沖修平がそう呼びかけつつ、床に倒れて動かない女に懸命に人工呼吸をつづけていた。肋骨の上から心臓を規則的に圧迫し、マウス・ツー・マウスで息を吹き込んでいる。

車谷はしばらくその場から動かず、若い刑事を見つめていた。やがて、太い溜息をひとつ吐

き、沖修平へと歩み寄った。力を込めて女の胸を押すたびに筋肉が盛り上がる若者の逞しい肩へとそっと手を伸ばし、

「おい、諦めろ。無駄だ――」

小声でそう話しかけたときだった。

ひしゃげた肺から押し出された空気が、細い気管を通って一気に吐き出された。肺が新たな空気を求めて膨張し、龍田雅恵は場違いなほど大きな音を立てて意識を取り戻した。

蘇生したのだ！

深い水の底から浮き上がって来た者のように、ぜいぜいと大きな音を立てて呼吸する彼女を前にして、驚愕に上半身をのけぞらせた沖が、「チョウさん――」と、まるでイタズラを見つかった子供みたいな顔で車谷を見上げた。

（なんて顔をしてやがる……）

車谷は、胸の中で苦笑した。

「デカしたぞ、修平！　大手柄だ!!」

若い刑事を称賛し、

「手の血を拭け」

さっき、あの男が投げつけた凶器でやられた手の甲の血を拭うように言って、ハンカチを渡してやった。沖修平は、自分の傷も忘れて、必死で蘇生術を施していたのだ。

車谷は女の傍らに片膝を突き、彼女の顔を覗き込んだ。薄い体に肩甲骨が目立つ女だった。

屋外で働くためによく日に焼けていて、顔のあちこちにシミがあった。

「おい、大丈夫か。龍田雅恵、あんたは、龍田雅恵さんで間違いないね？　自分がどこにいるかわかるか？」

龍田雅恵のふたつの目が、ぼんやりと車谷を見上げていたが、やがて、我に返った様子で上半身を起こし、周囲に顔を巡らせ、案外しっかりとした口調で訊いて来た。

「男はどこです？　私、あの男に……」

「わかってる。殺されかけたんだな。大丈夫だ。俺たちは川崎警察の者だ。あんたは、もう安全だ。わかるね、安全なんだ。だから、怖がらなくていい」

車谷は彼女の肩に手を置き、その顔を真正面から覗き込んだ。静かに言って聞かせて待つと、やっと落ち着きを取り戻したようだった。

しかし、そうなると今度は、戸惑いと警戒心が浮かんで来るのが見えた。

「我々がなぜあんたのところへ来たか、もうわかってるな？」

車谷は、静かな口調を変えずに問いかけた。雅恵は僅かにためらったが、やがてかすれ声を唇から漏らした。

「はい……」

「そうしたら、あんたが知ってることを、何もかも正直に話してくれ。それが、あんたのためなんだ。わかるね。さっきの男は、人を殺すプロだ。誰かがあの男に依頼して、あんたの口を封じようとした。あんたが知ってることを警察に話されたら困るからだ。俺が言う意味がわかるね。このままならば、あんたはまた命を狙われる。そうならないためには、知っていることを全部話してしまうことだ」

「でも……」

「あんたの身は、我々警察が守るから、心配するな」

「あのぉ、息子たちは……。息子たちが心配なんです」

車谷は、雅恵の目を見てしっかりとうなずいた。

「わかった。息子はふたりだそうだな。ふたりの居場所を教えてくれ。すぐに警官を派遣しよう」

車谷は、彼女が言う住所を書き取った。

「渋チン、手配しろ」

と、そのページを破り取って渋井に渡したが、

「いや、やっぱりおまえが自分ですぐに飛んで行け。最寄りの交番に連絡をしてふたりを保護した上で、おまえが責任を持って連れて来い」

すぐにそう命じ直した。

「さあ、これでいいな。息子たちはもう安心だ。話してくれ。あんたと矢代太一と榊田信夫の三人は、誰かに頼まれ、あんたの艀船で、何かを海に運んで捨てていた。そうじゃないのか?」

龍田雅恵の顔つきが変わった。図星を突いたのだ。

車谷はひとつ間を置き、さらにつづけた。

「新聞で見て、知ってるだろ。矢代太一の死体が、昨日、多摩川の河口で見つかった。それに、今日の午後には、榊田信夫も殺されたぞ。錐状の凶器で、心臓を一突きにされていた。おそらく、さっきの男がホシだろう。口を塞がれたと考えることができる。あんたたちは、何をしていた？　海に出て、死体を捨てていたんじゃないのか？　そうだな？」

「はい……」

「誰の死体だ？」

「誰か女の人……」雅恵はそう答えてから、あわててつけたした。「でも、誰かはわかりません。それに、私は、ただ船を貸しただけです」

「わかってるよ。操縦したのは、矢代太一だろ。なんであんた自身が操縦しなかった？　そのほうが、謝礼も多かったんじゃないのか？」

「やめてください。そんな恐ろしいこと……」

「あんたは、自分じゃできなかった。だから、船だけ提供した。そういうことか？」

「はい――」

「誰から頼まれて船を提供したんだ？」

「それは……、わかりません……」

「嘘を言うな！　あんた、何もかもきちんと話すと、たった今、約束したばかりなんだぞ」

「矢代さんに持ちかけられたんです……」

「いいや、それも嘘だな。それならば、最初からそう言ってたはずだ。たった今口にした『わからない』ってのは、いったい何だ?」

「堪忍してください……、私……」

「子供もあんたたちも、警察が守ると言ってるだろ。手間を取らせるな」

「――――」

唇を噛んでうつむく雅恵を前にして、車谷は苦虫を噛み潰したような顔をした。

その肩をつつく者があって振り向くと、沖仲仕の組合事務所に話を聞きに走っていた丸山だった。

「チョウさん、ちょっと――」

丸山の耳打ちを受けた車谷は、ふたりで戸口付近へと移動した。日暮れ時を迎え、国道駅の通路には蛍光灯が灯っていた。だが、天井が高いのに加え、蛍光灯の間隔が疎らなため、どこか不安を催させるほどの明るさしかなかった。

「やっぱり事務員のひとりが、無線であの女に連絡してましたよ。それであの女が殺されかけたんだから、バカなことをしたもんです」

丸山は車谷の耳元へ唇を寄せ、いつものように砂でも噛むみたいな口調でぼそぼそと告げてから、「それはそれとして」と言葉を継いだ。車谷が期待した通り、何かネタを摑んだのだ。そうでなければ、聴取を中断させるはずがなかった。

「面白いことがわかりましたよ。龍田雅恵の亡くなった亭主は、元は漁師だったんです。龍田克彦といいます。漁業権を放棄したあと、船に乗りつづけていたいと言って、鶴見に移って沖仲仕になったそうです」

「矢代太一と雅恵の亭主は、昔からの漁師仲間だった。そういうことか……」

「ええ、履歴書で確認しました。同じ漁協でした」

車谷の脳裏に、もうひとりの男の名前がすぐに思い浮かんだ。

（そういうことか……）

車谷は、龍田雅恵に向き直った。

「《夜城》の経営者である早乙女徹を知ってるな。元々はあんたの亭主が早乙女に頼まれて、女の死体を始末していた。そうじゃないのか？　亭主が死んだあと、あんたが同じことを持ちかけられたが、怖くて手を貸せなかった。だが、生活のために、金は必要だ。艀だけを貸すことにして、操縦は矢代太一が行なった。そうだな？」

彼女の顔色が変わった。

やがて、唇を震わせてすすり泣きを始めた。

5

取調室はおよそ三畳の広さで、入り口から奥に向かって縦長の形をしている。そのほぼ中央に置かれた机の椅子に早乙女徹が坐り、例のフォックス眼鏡を時折指先で押し上げては、落ち着かない様子で周囲に視線を飛ばしていた。

主な視線の行先は、この男の正面にある入り口のドアだったが、時折、横のマッジクミラーのほうにも顔を向けた。

車谷と丸山は、隣室の壁際にじっと腕組みをして立ち、早乙女のことを睨(にら)んでいた。この男は、こうしてマジックミラー越しに、自分の様子を窺う視線があることを意識しているはずだ。不安と焦燥の中で、やがて始まる取調べの内容を想像し、何をどう答え、何は決して言わないべきかを考えているにちがいない。だが、そうすればするだけ精神的な疲労がかさみ、ぽろっと思わぬことを口にしてしまうものなのだ。

ドアに軽くノックの音がして、山嵜と渋井が飛び込んで来た。手にした二冊の厚いファイルを、車谷たちの横の机に置いた。

「ありましたよ。履歴書と給与明細のファイルです」

山嵜たちふたりは、早乙女を連行後も《夜城》に残り、車谷から命じられたこのふたつを探していたのだった。

死体の女があの店のホステスとは限らないが、まずはその可能性を探ってみる必要がある。あの店で働いた女の誰かに何かが起こり、早乙女が矢代たちを使って秘密裡に始末した可能性だ。その場合、あとで警察に調べられることを恐れて履歴書は始末しているだろうが、税務署の関係で、給与明細は処分できない。そう踏んで、山嵜たちに調べさせたのだが、

「しかし、チョウさん、残念ながら、該当する女は見当たりませんでした」

「履歴書と給与明細のファイルは、完全に一致したってことかい？」

「ええ、そうです」

「ま、相手だって、そう易々と尻尾は出さんか。とにかく、これは借りて行くぜ。行きましょうか、丸さん」

車谷は二冊のファイルを手に持ち、丸山を促して隣室に向かった。

いきなりドアを引き開けると、早乙女がフォックス眼鏡の奥の両眼を見開いて腰を浮かした。

だが、車谷にはピンときた。この男は、そんな細い神経の持ち主ではないはずだ。強かに相手の力量を見定め、攻撃をすり抜け、ダメージを最小限に抑えて生き抜く術を身につけている。

フォックス眼鏡やオールバックの髪型、なんならば丸々と太ったこの体形まで含めて、この男が上手く世間を渡って行くための擬態なのだ。図太く、用心深い本性が、その裏には隠れている。

「いったい何なんです、刑事さん。早く帰して貰えませんか」

情けない声を出して見せる早乙女の向かいに坐り、車谷はこれ見よがしに例の二冊のファイルを目の前に置いた。

「竜神会の榊田信夫は、去年と今回と、二度にわたって五十万の金を手にしていた。あんたが、死体を始末する謝礼として渡した金だ。もしかしたら、それ以前にも、同じことをやってたのかもしれない。あんたは漁師時代の知り合いである龍田克彦を使って、都合の悪い死体を始末していたんだ。龍田克彦が亡くなったあとは、妻の雅恵に言って艀船を借り、矢代太一がそれを操って死体を捨てに行った。そうだな。仕切っていたのは、竜神会の榊田信夫だ。ネタはすべて上がってるんだぞ。観念して、何もかも話すんだ」

「いい加減にしてくれ。すべて、刑事さんの憶測でしょ。何か証拠があるのならば、見せてくれ。誰か証人がいるんですか？」

「証人はいないとわかってる口ぶりだな。矢代も、榊田も、そして龍田雅恵も始末しちまって、もうあとは安心ってわけか」

早乙女はすっと身を引いた。眼鏡の奥の目が、それまでのどこか剽軽で茶目っ気のあるものから、計算高いものへと変わった。

「そんな……、とんだ言いがかりだ……。刑事さんが水商売に対してどんな偏見を持ってるか知らないが、私はれっきとした経営者ですよ。人を殺めたりなどするはずがない」

車谷の体がデスクの上を伸びた。早乙女の胸倉を摑み、力任せに引っ張ると、卓上ライトをその顔に突きつけた。

裸電球の光をまともに受けて、早乙女の顔が青白くなった。フォックス眼鏡の太った男は、風邪ひきの狆のように顔をしかめた。電球の熱で、ポマードの焦げる匂いがした。

「警察を舐めるなよ、この野郎！　俺たちは殺し屋のツラを見た。逮捕は時間の問題だぞ。おまえが殺し屋を雇ったことが証明されれば、どうなるかわかってるのか？　依託殺人ってのは、頼んだやつも同罪なんだ。三人殺せば死刑だぞ。十三階段を昇らせてやる」

「俺は殺し屋など雇っちゃいないよ。警察の誤解だ……。もっときちんと調べてくれ……」

車谷は間近で早乙女の顔を睨みつけていたが、やがて自分の手も熱さの限界に達して胸倉を放した。

早乙女は、肩を二、三度揺すって襟を直した。

「刑事さん、あんたはほんとに誤解してる。俺は依頼などしてないし、三人が次々に死んだなど、たった今、初めて聞いた話だ。そもそも、矢代太一は事故か自殺じゃなかったのか?」

車谷には、この男の落ち着きぶりが気になった。

「司法解剖の結果が出たんだよ。何者かによって、繰り返し頭部を殴打されていた。川に落ち、必死で這い上がろうとして叶わず、溺死したんだ」

「――――」

しきりと何か考えている。それとも、ただそう見せているだけか。

デスク横の壁に寄りかかってやりとりを聞いていた丸山が、車谷に目配せして机に近づいた。

「社長さん、あんたのとこで雇ってるホステスは、現在、何人です?」

「なんでそんなことを訊くんですか?」

「まあ、いいから」

「新しい店舗を含めれば、百人近くはいますよ」

「大した大企業ですな。しかし、かわいそうに。あんたが矢代たちを使って海に沈めた女は、昨日みたいな面接であんたに雇われた女性なんでしょ。しかも、今回一度だけじゃない。龍田雅恵の亡くなった亭主に金を払って沈めたこともある。なんでそんなことになったんですね、ヤク絡みですか? それとも、こっそりとウリをさせてましたか?」

「知らない。そんなことは何もさせてませんよ。うちは健全な店だ」

「あんたはやり手の経営者のようだ。それは認めます。だが、ってことは、何かあんたが望んだわけではない事情があるんじゃないのかね。それを話して、楽になったらどうです。夜の世界にゃ、しがらみがつきものだ。何か、よんどころない筋との関係で、身動きが取れないんじゃないのかい。だけどね、それなら一度、さっぱりしちまうことですよ。証拠はじきにそろってくる。今、デカ長が言ったように、殺し屋だってツラが割れた。つまり、時間の問題ですよ。あんたが殺し屋を雇ったわけじゃないなら、誰が雇ったんですね？」

「――――」

早乙女が苦しげに顔を歪めた。丸山の指摘が、的を射たのだ。

「全員のホステスに話を聞くぞ」

車谷が、追い打ちをかけた。さっきこれ見よがしに置いたホステスの履歴書と給与明細のファイルを、指でコツコツと叩き始めた。

「これらのファイルにある女全員にだ。もしもその中の誰かひとりでも、あんたに言われて男の相手をしたことを白状すれば、あんたは売春斡旋罪だ。ヤク絡みの証言が出たら、もっと悪いぞ。漁師をやめたあと、せっかくコツコツと積み上げて来た商売もこれで終わりだ」

「――――」

「なあ、早乙女さん。あんた、誰かを庇ってるんだろ。あんたはただ頼まれて誰かに女を斡旋しただけじゃないのか。あんたらの世界がどうなってるか、俺だってわかってるぜ。断り切れない筋があるんだろ」

「俺は誰も殺させてなどいない……。言えるのは、それだけだ――」

「じゃあ、そいつがやらせたってことか。それがほんとなら、何もかも話せよ。そうしないと、あんた、ヤバいことになるぜ。陸に揚がってから積み上げたものを、何もかも失っても構わないのか？」

早乙女の顔が苦痛に歪んだ。

「川崎で商売をつづける以上、言えないこともあるんだ」

「どういう意味だ、それは」

「これ以上は何も言えない……。あんたたち警察も、どこまでやれるかやってみたらいいさ」

「舐めた口を叩いてるんじゃねえぞ」

車谷が怒鳴りつけたとき、ドアをノックする音がした。

取調べを中断するタイミングは、取調べ官が決めるというのが、警察官同士の暗黙のルールだ。したがって、ノックをしたあと、取調べ官がやって来て開けるのを待つか、最低でも細目に開けてその場で待つのが普通だが、今は違った。

そうした暗黙の取り決めを無視して、男がふたり、取調室にずかずかと入って来た。そのすぐ後ろに、係長の大仏がいた。

「あんたら、何だ？」

車谷は席を立ち、男たちを押し戻すようにその正面に立ち塞がった。

「県警本部の斉藤だ。こっちは田中。この取調べは、我々県警本部が引き継ぐ」

男たちの片方が言った。この男は四十過ぎで、もうひとりは三十前後。ふたりともスーツ姿で、まるでそれがシンボルででもあるかのように、そろって似たような形の銀縁眼鏡をかけていた。

「県警本部だと……」

車谷は、口の中でつぶやいた。押し戻そうかと思ったが、大仏の視線に気づいてやめた。大仏が一緒に入って来たのは、「何も言うな」という意味だろう。

大仏の目配せを受けて、車谷と丸山は廊下に出た。

「なんで本部の一課が出て来るんです。協力など要らない。これは俺たちのヤマですよ」

声をひそめて言う車谷に、大仏は小さく首を振って見せた。

「一課じゃない。二課だよ」

「二課ですって……」

車谷は、思わず訊き返した。捜査第二課は詐欺、贈収賄、企業犯罪など、いわゆる「頭脳犯罪」を担当する部署だ。凶悪犯罪を取り扱う一課とは違い、係長クラスにまでキャリアが入り込んでいる。「斉藤」と名乗った男の雰囲気からして、そのひとりにちがいない。

「なぜ一課か丸暴じゃないんですか？」

車谷はそう問いかけたが、そのあとすぐに自分で答えを口にした。

「つまり、殺しの捜査が本筋じゃなく、その背後にあるものが本筋ってことか……。そうでしよ？」

「だな」

「説明は？」

「所轄にすると思うか」

大仏が隣室のドアを開け、車谷と丸山を招くような恰好(かっこう)で中に入った。山嵜と渋井の姿は消えていて、代わりにそこにも見知らぬ先客がいた。年齢からして、斉藤の部下だろう。無言で頭を下げ、マジックミラーの前を車谷たちに譲った。

マジックミラーの脇には、隣室のやりとりを聴く集音マイクのボリューム・コントローラーがある。現在はオフになっているそのつまみを回そうとすると、その男があわてて車谷の前に立ち塞がった。

「チョウさん、音声は出せないんだ」

大仏が指摘した。

「なんですって？」

「極秘捜査だそうだ」

「冗談じゃない！　親爺さんは、そんなたわごとを許したんですか。これはうちのヤマだし、早乙女は重要容疑者ですよ。野郎が殺し屋を手配した可能性があるし、やつでないなら、雇ったやつを知ってるはずだ。二課が口出しする筋合いじゃない」

「私はただ命令に従っているだけです。何か不満があるのならば、上を通して抗議してください」

車谷の前に立ち塞がった男は、怯えつつもそう主張した。

車谷は言い返そうとしたが、もう一度マジックミラーに目をやり、思い直してそこを出た。

早乙女徹という男は、強かだ。二課の青っちょろい刑事などを相手に、容易く口を割るとは思えなかった。

6

苦労して回った結果、夜間中学のそばに手作りパンの店を見つけた。売れ残っていた調理パンを見繕って買った沖修平は、紙袋を助手席に置いて夜道を急いだ。周囲は畑と田圃が多い場所で、街灯がほとんどなく、月が雲に隠れると車は深い闇に沈んだ。張り込みに持って来いの条件だとはいえた。

あの離れが見渡せる場所に、ひっそりと覆面パトカーがとまっていた。その後ろに自分の車をつけ、すぐにヘッドライトを消した。エンジンをとめて車を降り、前の車へと近づいた。遮光フィルムが貼ってあるので中はよく見えなかったが、そっとサイドガラスを叩くと運転席の窓が開き、先輩の渋井実が顔を出した。

「御苦労様です。交代に来ました」

小声で告げる沖に、渋井は立てた親指で後部ドアを示した。

「表で話すな。後ろに乗りな」

「はい」

言われた通りに後部シートに乗り込んだ沖に、「どうだ、少しは要領がわかってきたか?」渋井はそう尋ねたものの、「っていうのも無理か。まだ二日目だもんな」すぐに自分で否定した。

「おい、なんだかいい匂いがしてるんじゃねえか」

助手席の山嵜昭一が言い、前のシート越しに顔を突き出して来た。

「夜食が必要だと思って探したら、夜間中学の傍に手作りパンの店があったんです。売れ残りですが、見繕って買って来ました」

「おまえ、気が利くじゃねえか。腹が減って来たが、この辺りじゃ何もねえんでどうしようと思ってたところだ」

「ええ、そうじゃないかと思いまして」

「気が利くデカは、いいデカだよ」

山嵜たちは沖の手から紙袋をひったくるように取ると、それぞれ好きなパンを選び出し、沖が一緒に買って来た牛乳とともに食べ始めた。

「誰か現れるんでしょうか?」

沖の問いかけに、山嵜はパンを牛乳で流し込んだ。

「どうかな……。わからねえよ……。だけれど、俺たちはチョウさんの命令を忠実に実行するだけさ」

「それに、ビギナーズ・ラックってのがあるからな。おまえがやって来たのは、吉かもしれないぞ」

渋井が言った。

「それならいいんですが――」

二個めに手を伸ばしかけた山嵜が、「おっと、いけぇね。おまえの分を取れよ」と、その手を引っ込めた。

「いえ、俺はここに来る途中で済ませましたから」

「ほんとか。じゃ、遠慮なくいただくぜ」と、二個目を嬉しそうにパクついた。

「あのぉ。訊いてもいいですか？」

「何だ？」

「職務中に亡くなった、俺の前任者のことです。どんな人だったんですか？」

山嵜と渋井は顔を見合わせ、

「まあ、いいじゃねえか、その話は」

山嵜が言った。急に体のどこからか息が抜けてしまったような、力ない喋り方になった。

「そうですね……。ただ、なんとなく気になって……」

「ニュースを見ただろ」

渋井のほうは、どこか腹立たしそうな口調になっていた。

「ええ、まあ……」

それに、異動前に、それまで勤務していた交番の上司からも聞かされていた。前任者は、警官になってちょうど十年目の二十八歳だった。川崎駅前の繁華街で喧嘩をとめに入ったところ、一方の男が隠し持っていた小型ナイフで刺され、搬送先の病院で命を落とした。

逮捕後すぐにはっきりしたが、その男は麻薬の常習者で、そのときも幻覚を見ている状態だった。弁護士は「心神喪失」で争うとの主張をし始めていたが、街の治安を守る警察官が殺害されたにもかかわらず、もしも「お咎めなし」などと判断されるようならば、どうやって働けばいいのだろう……。

「あんな野郎がもしも無罪になったら、俺はもう金輪際、裁判を信じねえぞ」

渋井が言った。大声を出しそうなのを無理に小声に押し込め、そのために顔が紅潮した。

「あんな野郎が、無罪になるわけがねえだろ」

「だけど、人権派の弁護士ってやつが、心神喪失を言い立ててるそうですよ」

「人権派なんぞ、クソくらえだ」

山嵜が吐き捨て、後部シートの沖のほうへと大きく体を向けた。

「なあ、沖よ。この話を、デカ長や丸さんの前でするのはよせよ」

「――――」

「ふたりは、野郎のことを可愛がってた。もちろん、俺たちもだぜ。だけど、あのふたりが一番可愛がっていたんだ。新人が来たら、最初はみんな丸さんにつく。丸さんが、捜査のイロハを教えるのさ。おまえだって、昨日、その洗礼を受けただろ」

「はい、まあ……」

「やつはうちに来て三年めだった。三年ぐらいすると、みんな少しデカらしくなる。仕事に慣れて、これからってときだった……。そんなときに、喧嘩の仲裁でイカれた野郎にやられて死んじまうなんて……」

そのとき、フロントガラスの先にヘッドライトが見え、沖たち三人はあわてて身を伏せた。法律でフロントガラスには色の濃い遮光フィルムは貼れないことになっているので、前からヘッドライトに照らされれば、中の人影がはっきり見えてしまう。

滅多に車の通らない田舎道だったため、もしや……、と思ったが、そっと顔を持ち上げて見ると空のタクシーだった。この辺りは客を落としたあと、農道で迷い、帰り道がわからなくなるタクシーがいるのだろう。そうした車の一台かもしれなかった。

「さて、こんなところで怒ってたってしょうがねえや。じゃ、俺は引き上げるぜ」

車が行き過ぎるのを待って顔を持ち上げ、山嵜が言った。湿っぽい話は終わりだと言いたげな声になっていた。

「ちょっとちょっと、それはジャンケンで決めるんでしょ。ダメですよ、山さん。どさくさに紛れて」

渋井に咎められ、「あれ、そうだったっけかな……」と山嵜が後頭部を掻いた。こうして軽口を叩き合いながら過ごすのが、この先輩刑事ふたりの仕事のやり方らしい。

「じゃ、手っ取り早く一回勝負ですよ」

渋井が言ったとき、またもやヘッドライトが現れ、三人は再び身を伏せた。今度はライトが覆面パトカーの横を通過せず、例の離れのすぐ横につけて停止した。離れの建物に間近な裏木戸の前だった。

緊張した三人がそっと顔を持ち上げて様子を窺っていると、ヘッドライトが消えて車体が闇に紛れた。

だが、ちょうど折よく雲が流れて、月明かりが四輪軽トラックの姿を浮かび上がらせた。小さな車体の両側から、男たちがひとりずつ降り立った。体を縮込め、闇に紛れるようにして裏木戸へ近づく。木戸は大人の腰ぐらいの高さしかなく、上から手を差し入れると難なく留め金を外して順番に庭に入った。

「こりゃあ、ほんとにビギナーズ・ラックだぞ——」

渋井が低くひそめた声で言う。男たちの顔立ちはよくわからないが、体つきや動きからして、ふたりともまだ若いのが見て取れた。木戸や植え込みなどの高さと比較すると片方は標準ぐらいの背丈で、もうひとりはやや小柄だった。

沖たちが息を殺して凝視していると、男たちは離れの玄関口へと歩き、小柄なほうがポケットから右手を出して玄関ドアの鍵穴へと近づけた。鍵を持っているのだ。玄関ドアを開け、周囲をきょろきょろし、ふたりそろって家の中へと姿を消した。

「よし、行くぞ」

山嵜が小声で告げ、三人は音を立てないようにそっと車のドアを開けた。ドアは開けるときよりも閉めるときのほうが音が大きい。注意して閉め、夜道を駆け、庭の周囲を回り込んで裏木戸に近づいた。

「渋チン、念のため勝手口を頼む」

山嵜が渋井に告げ、「おまえは俺と一緒に来い」沖に命じて玄関へと向かった。

玄関ドアもそっと音を立てないように注意して開けると、室内で懐中電灯の光が動いていた。リビングの奥の和室のほうだ。和室の奥の壁に押入れがある。ふたりはそこを開け、下段に屈み込んでいた。

山嵜が、玄関近くの壁にあるリビングの天井灯のスイッチを押し上げた。それとほぼ同時に、携帯して来た大型の懐中電灯を点灯し、強い光を男たちに当てた。

押入れに隠されていた金庫をふたりがかりで運び出そうとしていた男たちが、突然リビングが明るくなったことに驚いてこちらを向き、懐中電灯の光に目を射られた。

「おまえら、ここで何をしてる⁉　その金庫をどうするつもりだ‼」

山嵜のが鳴り声が男たちをパニックに陥れ、ふたりはそれぞれ別の方向へ逃げようとした。

その瞬間、どんと鈍い音がして、左の男が「ぎゃ――」と悲鳴を上げた。背の高いほうだった。片方の足を両手で抱えて何度か跳ねたあと、痛みに顔を歪めながら畳に転がった。

「痛え……。痛えよ、兄貴……。足の骨が折れた……」

情けない声を上げながら、畳の上でのたうち回る。

「兄貴」と呼ばれた小柄なほうは、逃げ道を探してきょろきょろしかけたが、のたうち回る男を茫然と見下ろした。しかし、山嵜と沖が迫ると抵抗を始めた。

山嵜が男の体を振り回し、足払いをかけて押し倒した。

「大人しくしろ！　おい、沖。こっちはいいから、そっちの男を見てやれ」

山嵜に命じられ、沖は畳でのたうち回る男の横に屈み込んだ。

「大丈夫か？　ほんとに骨が折れたのか――？」

「痛えよ……。嘘なんかついてねえ……。金庫が、足の上に落ちたんだ……。くそ……、頼むよ、すぐに病院に連れて行ってくれ……」

「馬鹿野郎が――。見せてみろ」

沖は男が痛がっている左足の足首を押さえて確かめた。靴下に血が滲み、足の甲が全体に腫れ始めている。落ちた金庫が、ここを直撃したことは間違いないようだ。

「山嵜さん、腫れて来てます。すぐに救急車を呼びましょう」

だが、山嵜は首を振り、沖の言葉を遮った。

「いいや、吐かせるのが最初だ。おまえも、川崎でデカになったんだから、こういう連中に甘い顔をするんじゃねえぞ」

「どうしました。大丈夫ですか？」

勝手口のドアを見張っていた渋井が、玄関に回り直して中に入って来た。

「捕まえた。この場でドロを吐かせるぞ」

山嵜はリビングを通って和室に入って来た渋井に告げ、「おい、沖。そいつを少し黙らせとけ」と命じた上で、たった今、自分が手錠をかけた小柄な男を引きずり起こした。

身体検査をするが、身元がわかるようなものは何も身に着けていなかった。

「渋チン、軽四輪の運転席に何かあるかもしれん。見て来てくれ」

山嵜は渋井に言って走らせ、小柄な男の胸倉を摑んで締め上げた。

「おまえら、なんでこの離れの鍵を持ってる!? ここで暮らしてた女に頼まれて、金庫を取りに来たのか？ それとも、おまえらが彼女を連れて行ったのか？ ここにいた女と赤ん坊はどこだ？」

「何のことだかわからねえよ。それよりも、弟を病院に連れて行ってくれ」

「おまえが素直に話せば、すぐに連れて行くさ。女と赤ん娘は今、どこにいると聞いてるんだ。素直に話せ！」

「だから、何のことだかわからねえと言ってるだろ」

「そうやって時間をかければかけるだけ、弟が苦しむのが長引くぞ」

「警察がそんなことしていいのかよ……。すぐに救急車を呼んでくれよ」

「俺の言ってるのが聞こえねえのか！ とぼけても無駄だぞ。おまえらは、ここに暮らしてた女から金庫の話を聞き、中の金を盗みに来たんだ。そうだろ！」

「弟を……」

「話すのが先だ」

「わかったよ。そうさ。だけど、あいつを無理やり連れてったわけじゃないぜ。俺たちゃ、あいつに頼まれてここに来たんだ。中に金が入ってるからって……」

「娘の名は？」

「朴暎洙（パクヨンス）」

「なんだって……。在日か……」

「そうだよ。ワリいかよ」

「どんな字だ。書いて見せろ」

メモとボールペンを差し出すと、そこに走り書きした。ミミズののたくったような文字だった。

「在日の娘が、どうやって矢代太一と知り合ったんだ？」

「そんなこと、俺が知るかよ。俺たちはただ、頼まれただけだと言ってるだろ。さあ、救急車を呼んでくれ」

「まだだ。女の居場所を言え」

「知らねえよ。おまわりにゃ、怪我人を医者に運ぶ義務があるはずだ」

「おまえ、立派な口をたたくじゃねえか。知らないわけがねえだろ。馬鹿野郎」

男は前髪をわしづかみにする山嵜を睨み返し、歯を硬く引き結んだ。

「ザキ山さん、ありましたよ。運転席にちっちゃな鞄（かばん）が置いてあって、中に免許証が。それで、ちょっと見てください」

軽四輪を調べに行っていた渋井が、再び玄関から飛び込んで来た。なぜか言いにくそうにしながら山嵜に走り寄り、免許証を見せた。

《木下賢一（朴賢洙）》

と記されていた。

「くそ、こいつも在日か……。おい、そうすると足を怪我したほうもやっぱり……？」

男は山嵜から尋ねられ、まるで勝ち誇ったかのように鼻孔(びこう)を動かした。

「あたりまえだろ。やつは俺の弟だぜ。ワリいかよ！」

山嵜が渋井と目を見交わし、低い声でつぶやいた。

「こりゃ、面倒なことになりそうだな……」

三章

1

市役所や区役所ほどではないにしろ、週末の警察署はやはり平日と比べれば静かだ。事務系の職員のほとんどはカレンダー通りの休みを取るし、事件を抱えているときには週末も関係なく、昼夜を問わずに走り回っている捜査員たちだって、溜（た）まった書類仕事などはできるだけ平日のうちに済ませ、週末を家族と過ごしたいと考える者が多いのだ。

だが、この朝のデカ部屋は、そういったいつもの週末の風景とはいささか雰囲気が違っていた。デカ長の車谷がドアをくぐると、入り口のすぐ横に設（しつら）えられた小部屋で、刑事課長と課長補佐のふたりが三つ揃（ぞろ）えを着た紳士風の男と応対していた。

しかも、男は見栄えこそ紳士風だが中身はそうでもないようで、マシンガンのような勢いで唾（つば）を飛ばしながら、さかんに何かをまくし立てている。

「おはようございます。ありゃあ何ですか？」

小部屋は腰ぐらいから上がガラス壁になっていて、刑事部屋から中が見える。車谷は自分のデスクを素通りして係長のデスクまで歩くと、その背後の壁に寄りかかって様子を見守る大仏に訊いた。

「人権派弁護士ってやつさ」

「そんな大層な先生が、なんでここに?」

朝のコーヒーを飲まないとどうも調子が悪い。車谷はそう訊き返しかけて、はっと気がついた。

「ああ、ザキ山たちがパクった例の兄弟ですか」

「御名答。弟のほうの足の指の骨が、二本折れてたよ」

「しかし、それは連中がドジだったからでしょ」

「たとえそうでも、そうは取らないのが人権派弁護士ってやつさ。張り込みに当たってた刑事たちが無理やり逮捕しようとしたために、容疑者のひとりが大怪我を負ったと言い立ててる。しかも、怪我したやつを病院に運ぼうともせず、その場で延々と尋問したとな」

ザキ山と渋チンコンビが、今朝はそろって大人しく自分のデスクに坐っているのは、そういうわけだ。

「俺たちが踏み込んだときに、驚いた連中が重たい金庫を足に落としたんですよ」

すっかりしょぼくれた様子の山嵜が言った。

「わかってるよ、そんなこたあ」

「それに、俺たちは、延々と尋問したりはしてませんって。ただちょっと、兄貴のほうをその場で締め上げてやったんです」

「で、弟の折れた足の指を踏んづけたか？」

「チョウさん、冗談はやめてくださいよ。そんなことあやってませんって」

「なら大丈夫さ。いつも通り、ちょいと手荒だったってことだろ。違うのかい？」

「はい、いつも通りでした——」

「それなら、いいじゃねえか。あとは課長たちに任せておこうぜ。管理職ってのは、ああいう面倒な連中の相手をするためにいるんだ」

大仏が聞き咎めて嫌な顔をしたが、文句は言わなかった。そういう類の上司ではないのだ。

車谷は壁際の長机に歩くと、そこに伏せて置かれたマグカップのひとつを仰向けて置いた。ネスカフェの瓶の蓋を開けて中身を適当にぶち込み、保温ポットのお湯を注いだ。スプーンで掻き回して一口飲むが、苦いだけで胃がむかつきそうだったので、粉ミルクも適当に入れた。

「ええと、兄弟の名前は何だったっけかな？」

スプーンでまた掻き回し、マグカップの湯気を吹きながら訊いた。

「兄が朴賢洙で、弟が明洙。通名はそれぞれ木下賢一と明雄です」

渋井のほうが、手元の書類を見ながら答えた。

ただし、通名ってやつは便利なもので、役所に届ければ簡単に変えることができる。それが犯罪の温床になっている。在日の「特権」ってやつだ。結局、戦争に負けてからずっと改まらないままで現在に至っている。

「で、兄にゃ確か前科があるとか？」

「ええ。喧嘩で相手に怪我を負わせ、まだ執行猶予中ですよ。記録によると、親父が身元引受人になってます」

「それが記録かい。こっちに寄越しな」

車谷は渋井に近づいた。

「おまえも、すっかりしょぼくれてるじゃねえか。大丈夫だよ、気にすんな。現場のデカは、ホシを追うことだけを考えてりゃあいいんだ。昨夜は、家に帰ったのか？」

と、書類に目を通しながら、さり気なく渋井に話しかける。

「ええ、まあ――」

「母ちゃんとガキの顔を見りゃあ、元気が湧いたろ。ザキ山のような甲斐性なしにゃ真似ができねえ幸せだぜ」

「はあ、まあ――」

「で、例の娘はこの兄弟の従妹って言ったか？」

「はい、そうです。朴兄弟の父親の兄の娘でした。両親はとっくに亡くなっていて、子供の頃から賢洙たちと一緒に育ったそうです。名前は朴暎洙。通名は木下英子。英語の『英』に子供の『子』です」

「あの離れの大家には、その名前を名乗ってたな」

「ええ、それと、赤ん坊の名前もわかりましたよ。『怜奈』でした。発音は若干違っても、韓国語でもやはり『れいな』と読むそうです」

つまり、娘は通名を、赤ん坊は本名を、大家夫婦に伝えていたわけだ。

「で、あのふたりは暎洙に頼まれて、部屋にあった金庫を盗みに来たってわけだな」

「ええ、そうです。どうやら弟の明洙のほうが、暎洙に惚（ほ）れてるみたいです」

「娘の居場所は？」

「ふたりとも、それは頑として吐きません。取調べますか？」

「いや、弁護士があああして頑張ってる間は、さすがに無理だろ」

「それに、今は塞（ふさ）がってるよ。県警二課の斉藤たちが、賢洙の取調べを始めたところさ」

大仏が言った。

「なんで二課のあのデカが？」

「さあな。理由は相変わらず秘密なままさ」

「ふうん、ま、いいや。こっちは手っ取り早く、兄弟の親父に話を聞きましょう。ガキの頃から一緒に暮らしてたってことは、暎洙についても色々聞けるはずだ」

車谷は、手元の資料に目をやった。朴賢洙の身元保証人の欄に、父親の名前と住所が載っている。

「朴哲鉉（パクチョルヒョン）か。通名は木下哲雄。この親父について、何かわかってることは？」

「それなんですがね、チョウさん。この父親は、ちょっと難しい野郎みたいですよ。《大東亜製鉄》の在日の労組のリーダーなんです」

　山嵜が応えて言った。

「在日だけの組合なんてのがあるのかよ？」

「公式なもんじゃないさ」大仏が言った。「だが、この朴哲鉉が在日を束ねてるのはれっきとした事実で、公安の資料にも名前があった。会社側とも、正式な労働組合の幹部たちともツーカーで、在日の労働者の動向はこの男が一手に摑んでるって話だ」

「なある、わかりましたよ」車谷は、小部屋に目をやった。「あの弁護士先生は、大方、その父親のスジからの連絡で駆けつけたんでしょ？」

「まあ、そうだろうな。それに、厄介な点はもうひとつあるぞ。その資料を見てみろ。やつの住所をな」

「ええ、もう見ましたよ」

「どうするね。制服警官を何人か連れて行くか？」

「そんなことをしたら、聞ける話も聞けなくなりますよ。丸さんとふたりで行きます」

「じゃ、俺が運転を」と名乗り出る渋井を、車谷は手で制した。

「いや、おまえらにゃ、他にやって貰いたいことがあるんだ。親爺さん、例の殺し屋について、何かその後わかりましたか？」

「いいや、県警も、正確な情報を摑んでないそうだ。他のデカ長にも似顔絵を配り、情報屋に回してるよ。だけど、難しいかもしれんな」

「ええ、わかりますよ。必要なときに必要な人間を殺してくれる便利な野郎だ。どの組織も重宝してる。そんな人間の情報を、普通は外に漏らしたりしませんからね」

車谷は顔を山嵜と渋井のほうに戻しつつ、話を進めた。

「そうなると、顔が頼りってことだ。おい、ザキ山、渋チン、どうせ朴兄弟の取調べは、しばらくできねえだろ。おまえら、警視庁へ行って来い」

「警視庁のデータで、野郎の顔を漁るんですね。だけど、どう調べれば……。膨大な捜査リストを、片っ端から見るとなると、ふたりじゃちょっと……」

警視庁の資料室には、都内のみならず、全国の犯罪者リストが保管されている。

「最初から殺し屋だった人間などいねえ。やつは四十代の半ばぐらいだった。俺はそう見るが、おまえらはどうだ？」

「ええ、それぐらいでしょう」

「そう思います」

「そうしたら、二十年だな。若い頃にゃ、何かポカをやらかすもんさ。残念ながら少年法の関係でガキの顔は手続きを踏まないと見られないが、二十歳過ぎで捕まってる可能性もある。暴力事件関連でパクられた男の顔写真を、片っ端から確認しろ。その頃に逮捕された連中の中に、あの顔があるかもしれねえぞ」

「それだってかなりの数ですね……」

「ゼロよりゃましだよ。期待してるぜ。ところで、修平は遅えな。新人が遅刻とは、いい度胸だ」

「あいつだったら、たぶん道場で寝てますよ。俺と渋チンは、家でちょっとでも寝たいと思って帰りましたが、やつは署で寝ると言ってましたから」

「すぐ叩き起こして来い。野郎に運転させるぞ」

2

トラックの舞い上げた土ぼこりで、太陽が黄色く濁っていた。多摩川のヘドロが混じって舞っている。沖修平は口の中がざらついてくるのを感じつつ、目を細めて河川敷の集落を見渡した。夏が近づき、いよいよ盛んに伸び始めた葦に囲まれた中に、バラックが寄り集まって建っていた。

下見板張りやモルタル塗りの壁、それにコールタールを黒々と塗りたくった家もあった。だが、多くは、外壁も屋根もトタン波板で作られていた。トタンの色はまちまちだったが、時の経過であちこちに焦げ茶色の錆を浮かべているため、全体的にくすんだ印象があった。いくつかの屋根には強風除けに、河原の石が載っていた。

こうした集落が、多摩川の川岸からだいたい三十メートルから六十メートルぐらいまでの奥行で、およそ三百メートルにわたって広がっている。すべてが違法に占拠されて建てられたものだった。

土手の斜面の一部を斜めに切り開く形で、車の出入りできる道が作ってあり、トラックはそこを昇り降りしていた。集落と隣接して古紙回収業者の工場があって、その搬出入用のトラックだった。

その道への降り口付近に覆面パトカーを停めた沖修平は、土手の上から川原を眺めていた。車谷と丸山のふたりが沖をここに残し、集落の中へと徒歩で入って行ったところだった。

「いいか、おまえはこっから動くなよ。もしもだが、何か騒ぎが起こるようなら、すぐに無線で応援を呼ぶんだ」

そう言い渡されていた。

修平のすぐ近くでは、小学校高学年ぐらいの子たちが中心になり、潰した段ボールをお尻に敷いて土手の斜面を滑っていた。もっと幼い子や女の子たちの中には、土手の下で泥遊びをしている者もあった。

まだ梅雨が明けきれず、今朝もいくらかぱらついた雨が、その後のカンカン照りの中でもなおいくつかの水たまりとなって残っていた。土手下の子供らは、乾いた地面の土と、ぬかるんだ場所の土とを小さなオモチャのスコップで掘ったり、素手でこねくり回したりしているのだった。

そうした子らのさらに向こうでは、今度は少し年上の子たちがサッカーボールを蹴り合ったり、原色のゴムボールでキャッチボールをしていた。

サッカーボールが見当違いの方向に転がり、トラックがけたたましいクラクションを鳴らした。それを追う子供の姿に修平はヒヤッとしたが、彼らには慣れたいつものことらしく、トラックの隙間（すきま）を縫ってボールを拾い、戻って来た。

沖修平は覆面パトカーの車体に背中をつけて寄りかかると、両手を大きく突き上げて伸びをした。川風は柔らかく、空を流れる雲は長閑（のどか）だった。昨夜、ほとんど眠れなかったために、油断をすると眠気が押し寄せそうだった。

だが、ここがどういう集落かは、修平だってある程度はわかっているつもりだった。そこにふたりだけで乗り込んで行った車谷と丸山のことを思うと、居眠りなどするわけにはいかなかった。たばこで眠りを振り払うことにして、ポケットからマイルドセブンを取り出した。

煙を吐きながら、改めて集落を見渡したとき、修平はあるひとつの建物の屋根に十字架が立つのを見つけた。教会らしい。

それは集落の外れに建つため、視界を遮るものがなくここから全貌（ぜんぼう）が見えた。

その建物は教会らしい気取った外観はしておらず、他と同じトタン波板によるバラック造りで、しかも川岸に建つ他のバラックと同様に、建物の端っこは川の中に鋼管や木材の支柱を打ち、水上へと張り出して造られていた。

建物の表玄関はこちら側にあったが、川に面した側に裏口のものらしいドアがあり、沖が見ている前でそこからひとりの男が出て来た。

男は戸締りをすると、トラックが走る砂利道の端っこを、こちらに向かって歩いて来た。

別段、神父や牧師らしい格好はしていなかったが、背筋を伸ばして歩く姿から、なんとなくそれらしい雰囲気の男だった。

昇り道に差しかかり、修平と目が合い、男は礼儀正しく頭を下げた。修平も、それにつられて頭を下げ返した。


警察でも正確なデータは把握していないが、ここには百戸以上の住居に五百人前後の人間が暮らすと言われている。集落のほぼ真ん中を、川と並行に延びるぬかるみ道を、車谷と丸山は並んで歩いているところだった。

道らしい道はこれ一本きりで、そこから左右に派生したものはどれも「道」や「路地」と呼ぶより、家同士の隙間と言うほうがふさわしかった。

しかし、そうした隙間を通らなければたどり着けない場所にも、家が幾重にも折り重なって建ち並んでいる。

この道だけは車が通れる幅があり、廃品回収業、産業廃棄物処理業などを営む住人のトラックが、集落の入り口付近だけではなく、だいぶ奥のほうにまで駐まっていた。違法投棄された廃車や屑鉄なども目立ち、何カ所かがその置き場になっていたが、軒下に無造作に屑鉄を積み重ねた家も見受けられた。

家が密集して建っているために、大して広さがない道の真ん中辺りしか地面が乾いておらず、水たまりが残っていた。日陰の時間が長い建物の際には、あちこちに苔が生えていた。家々に寄せて、灰色のプロパンガスのタンクがあった。軒や庭先で、洗濯物が揺れていた。

歩行者にはあまり行き会わなかった。だが、多くの家が窓を開け放って風を通していて、窓の奥の薄暗がりから、ネクタイ姿の見慣れぬよそ者へと視線が注がれていた。風に乗って、川からの嫌な匂いが流れていた。

集落の真ん中ぐらいに、人の集まっている場所があった。そこに建つ民家のうちの二、三軒は、特に看板こそ出していないものの、たたずまいから飲み屋や食堂とわかるものだった。ガラス戸の奥に、それっぽいテーブルが配されていて、表の壁際にはビールケースが積み重なっていた。カウンターや大容量の冷蔵庫なども見えた。

その中でも一番大きな店は、昼前のこの時間から開けていて、店頭に並んで置かれた安っぽいプラスチック製の丸テーブルで直射日光を浴びながら、ランニングシャツ姿の若者たちがビールの小瓶をラッパ飲みしていた。店の中では、男と女と子供たちが適当にテーブルにばらけて坐り、話に花を咲かせていた。

表のテーブルにいた若造たちの中から三人が立って、車谷と丸山に近づいて来た。下半身は全員がバミューダ姿で、ゴム草履(ぞうり)を履(は)いていた。

「おい、なんだ、おまえらは。ネクタイなんか締めて、役所の人間か――?」

敵意を剝き出しにした態度で、真ん中の男が声をかけてきた。年齢が三十過ぎぐらいで、若い人間たちの束ね役というところか。歳からすると戦中か戦後すぐぐらいの生まれだろうが、日本語の発音は綺麗(きれい)なものだった。

「川崎署のもんだ。姪っ子と息子たちの件で、朴哲鉉に会いに来た。居場所を教えろ」

車谷が言うと、男は肩を怒らせた。

「ここはデカが来るようなとこじゃないぞ。怪我をしないうちに帰れ」

「口の利き方に気をつけろよ」

車谷は静かに言い、男に近づいて真正面に立った。

「チンピラにゃ用はねえんだ。朴哲鉉はどこだ?」

男は車谷に気圧されたが、それを仲間たちにバレないように余計突っかかって来るのが、こういう男の常なのだ。

「警察は、会長の息子さんたちに怪我をさせたらしいじゃねえか。ただで済むと思うなよ」

「ただで済まないなら、どうなるって言うんだ」

車谷は取り合わない態度で突っぱね、テーブルに坐る若者たちや、さらには店の奥のテーブルの人間たちへと視線を巡らせた。

誰もがその場から動こうとはせずに、こちらに注意を払っている。

「まあ、そういきり立つなよ。何か誤解があるらしいが、警察のせいじゃない。あいつらは重たい金庫をふたりがかりで盗み出そうとして、手が滑り、それが弟の足に落ちたのさ。俺たちゃ、喧嘩をしに来たわけじゃねえんだ。父親の朴さんに話を聞きたいだけだ。どこにいるか教えてくれ」

車谷は少し声を大きくして、耳を澄ます他の連中にも話が聞きやすいようにした。

「賢洙と明洙は、どうなるんだよ?」

「それも、父親の朴哲鉉次第さ。自分たちは盗みに来たわけじゃなく、その部屋に暮らしてた在日の娘の知り合いで、彼女から頼まれて荷物を取りに来ただけだと主張してる。まあ、未遂だしな、起訴する必要はないかもしれんが、何しろ詳しい事情がわからんことには始まらん」

　わざといくらか情報を明かして反応を見てみると、店の奥のカウンター付近のテーブルから、男がひとりぬっと立った。テーブルの間を抜けて、車谷たちへと近づいて来た。

　小柄な男だった。生え際がだいぶ後ろに後退し、日の光の中に立つと元々の生え際にはっきりと見分けがついた。そこで微妙に皮膚の色と張りが変わっているのだ。若者たちと同様にただの下着にすぎない白いランニングシャツ姿で、その肩には年期の入った筋肉が盛り上がっていた。五十はとっくに超えているだろうが、煮えたばかりの黒豆みたいに艶やかな黒目をしていた。

「俺が、あんたの探してる朴だよ。賢洙と明洙の父親だ。バカ息子どもが、手間をかけて悪かった」

　朴哲鉉は詫びの言葉を口にしたが、かといって頭を下げることはなかった。

「まったく、あのバカどもは……。いいクスリになるから、しばらく放り込んでおいてくれ」

「そういって、煩い弁護士を寄越しただろ」

「あれは、警察の不当な扱いをやめさせるためさ、ちゃんと扱うのならば、もちろん文句は言わん。善良な市民としての務めを果たすだけだ」

「ほんとにそれでいいのか。特に兄貴のほうは、執行猶予中だろ。それなりに長いお務めになるぜ」

「――――」

「だが、あんたが捜査に協力するのならば、こっちも誠意ある対応を考えようじゃないか。俺だって、将来ある若者を檻につないだりはしたくねえんだ。話によっちゃ、釈放したって構わねえ。その辺りも、あんたと相談したいんだがな。息子たちをちゃんと監督できるか、意見を聞かせて貰おうってわけさ」

「あんた、面白い言い方をする刑事さんだね。もう、朝食は済んでるのか？」

「ああ、済ませてるよ」

「それじゃ、ちょっと移動しようか」

朴哲鉉は車谷たちに顎をしゃくって歩き出し、すぐに家と家の隙間に曲がった。車谷たちがそこに足を踏み入れたときには、もう数軒先を歩いていて、そこをまたひょいと曲がる。迷路を行く人間の背中を追うようなものだった。

だが、朴哲鉉は、曲がった先のバラックの前で待っていた。車谷たちが追いつくと玄関の引き戸を開けた。鍵は元々かかっていなかった。

「誰もいねえから、遠慮なく入ってくれ」

ほんの狭い三和土の向こうがすぐ台所で、その先に六畳ぐらいの大きさの部屋がふたつ横に並んでいた。二間と台所、風呂はなしといったところか。車谷と丸山は、順番に靴を脱いで上がった。

箪笥と鏡台は日本のものとは雰囲気が違ったが、それ以外は大差なかった。刑事たちはむしろ、食器棚の中の食器類や、その一角にさり気なく置かれた置時計などに注意を向けた。枠に入ったテレビの上に、日本人形とラジオが並んで置いてあった。

下が畳じゃなく床なのは、何も朝鮮風というのではなく、この場所故の工夫だろう。なにしろ、ここは堤防よりも川に近いのだ。ちょっとした大雨ですぐに浸水する。

部屋の奥の窓を開けるとすぐ目の前が多摩川で、異臭を含んだ川風が流れ込んで来た。哲鉉は、扇風機のスイッチを入れた。

「ここで息子ふたりと暮らしてるのか？」

「まあな。かみさんは、とっくの昔に死んじまったよ。男だけにしちゃ、綺麗にしてるだろ」

籐で編んだ丸い座布団が、丸い卓袱台を囲んで四つ置いてあった。哲鉉は、そこに坐るようにと手振りで薦めた。

縁の欠けた瀬戸物の安っぽい湯呑を手にすると、ふっと息を吹きかけて中の埃を払い、卓袱台の足下に置いてある魔法瓶からお茶を注いだ。

「さっき淹れたばかりだ。氷が入れてあるから、冷たいぜ」

店にいたときとは違い、なんだか親しげな態度になっていた。どういう理由からかはわからないが、この世代の朝鮮人の日本語は、いくつかの発音に特徴があった。どこか引っかかっているような鼻濁音になる。だが、喋り方は流暢そのものだった。

刑事たちが湯呑を手に取ると、中にまだ埃が浮いていた。車谷も丸山も、別段気にせず冷たい茶で喉を潤した。

「今ちょうど、会社側と労働条件について色々揉めてるところでな。それで、若いやつらがピリピリしてるのさ。俺たちにとっちゃ、警察ってのは、会社側の回し者みたいなもんなんだ。勘弁してやってくれ。で、さっきの話だが、協力したら、本当にガキどもを釈放してくれるのか?」

と、ひとりで話しつづけた。友好的な笑みの奥に、相手の出方を探る油断のない目が光っていた。

「ああ、構わんさ。およその状況はわかってる」

「それで、何を知りたいんだ?」

「朴暎洙の行方だ」

「なんだ。それならば取引は簡単さ。今、俺のほうで手を尽くして探してる。見つけたら、すぐに連絡するよ」

「余計なことはするな。警察が行方を探す。だから、知ってることを話せ。賢洙たちは、暎洙を従妹だと言ってる。ってことは、あんたの姪っ子だ。そして、父親が亡くなって以降、この集落で一緒に暮らしていた。それで間違いないな?」

「ああ、そうだよ。暎洙は、俺の死んだ兄貴の娘だ。小ちゃいうちは、この家で一緒に暮らしてた。賢洙たちにとっちゃ、妹みたいなもんだ」

「弟の明洙は、暎洙に惚れてるらしいじゃないか」

「だからどうした？　明洙と暎洙は従兄妹同士だぞ」

「従兄妹は結婚できるぜ」

「おいおい、不潔なことを言うなよ。それは日本人の話だろ。我々朝鮮人は、そんな不潔なことはしない」

「なんで不潔なんだ？」

「決まってるだろ。従兄妹同士だぞ」

　車谷は言い返そうとして、やめた。

「暎洙が連れてる赤ん坊は、誰の子だ？　相手は誰なんだ？　明洙か？」

「もちろん違うさ。そんなことを訊いてどうする？」

「暎洙を探す手がかりになるかもしれん」

「ならねえよ。相手の男はもう死んじまった」

「死んだ……？」

「ああ。雨の夜の事故でな」

「何ていう男だ？」

「もう死んだと言ってるだろ」

「両親が何か知ってるかもしれん」

「いいや、無駄足になるぜ。息子が在日の女とつきあってると知っただけで、頭から湯気を立てて怒り出したような連中だよ。ましてや、暎洙が結婚前に妊娠したと知ったら、息子のことを勘当した。あいつらが、てめえの息子を殺したのさ。親があんな仕打ちさえしなけりゃ、野郎だって無理をしなかったに決まってる。大雨の夜、突貫工事の現場で夜通し働いてたら、資材を運んできたトラックがスリップ事故で横転して押し潰されたんだ。賭けてもいいぜ。連中は何も知らねえよ」

「暎洙の相手の名前を教えろ」

「しつこいな」

「これが警察の仕事だ」

　哲鉉は何か言い返そうとしたが、車谷がひと睨みするとやめた。

「沢井邦夫といったな。親は、東京の目黒に住んでる」

「仕事は？　何をしてた男だ？」

「まだ学生だったよ。シェフになりたいとか言って、料理学校に通ってたそうだ。暎洙とは、アルバイト先のレストランで知り合ったんだ」

「さっき、結婚前に妊娠したと言ったが、そうすると、その後、邦夫と暎洙は籍を入れたのか？」

「そうさ。勝手なことをしやがって……。親不孝もいいとこだ……。俺は、死んだ兄貴に顔向けができねえ……。俺は暎洙にも、その子供にも責任があるんだ」

「それなら、どうするんだ？　あんたが、ここでふたりの面倒を見るのか？」

「暎洙には、またいい相手を見つけるさ。赤ん坊は、養子に出す」

「おいおい。それは、暎洙も納得してる話なのか？」

「あいつはまだ十九だぞ。子供を抱えて、どうやって生きていくっていうんだ」

「二十二じゃないのか？　離れを借りてた大家には、そう話してたそうだぞ」

「じゃ、サバ読んだんだろ。あいつはまだ、二十歳前だよ」

「なるほどな。しかし、大変かもしれんが、そうやって子供を育ててる母親だっていくらでもいる」

「無責任なことを言うな。可哀そうに、祝福されない結婚をして、きちんと式も挙げちゃいない。それで自分の娘につけた名前が、怜奈だぞ。そんな名前の朝鮮人がどこにいる。五行にだって則(のっと)ってねえ」

「何だ、それは――？」

「知らなけりゃいいよ」

「陰陽五行だろ」黙って話を聞いていた丸山が言った。「万物は木、火、土、金、水の五元素からなり、一定の循環法則に則って変化するってやつだ。だから、あんたらは、その順番に名前をつけていくんだ」

「ほお、そっちのデカさんは少し学がありそうだな」

「耳学問だよ。デカはみんなそうさ。詳しいことまでは知らん」

「いいや、それで合ってるよ。暎洙も賢洙も明洙も、みんな水がつくだろ。俺の死んだ兄貴は正鉉で、俺と同じ金がつく。そういうことさ。それなのに、怜奈だぞ。いったい、そりゃあどこの名前だ」

「朝鮮人からも日本人からも呼ばれやすいように考えたんじゃないのか」

車谷が言った。

「俺たちゃ日本人じゃねえ！　かわいそうに。赤ん坊だけじゃねえ。暎洙もだ。俺も含めて、誰もが朝鮮人としての常識をちゃんと教えなかった……。だから、こんなことになっちまったんだ……。俺は今、そのことを猛烈に悔いているところだ」

「おまえさんが何を悔いようと勝手だが、姪っ子の人生は姪っ子のもんだと思うがな。暎洙は、おまえさんの考えを押しつけられるのが嫌で、逃げ回ってるんじゃないのか？」

「そんなわけがねえだろ。怜奈は、俺の知り合いで余裕のある朝鮮人が大事に育てるさ。もう、相談はできてるんだ。暎洙のことは、俺がちゃんと面倒を見る。あんたにゃわからないだろうが、俺たちはでっかい家族なんだぜ」

車谷は掌で下顎を撫でてから、指をくの字にして頭を掻いた。聞き込みの途中だ。何か言い返す必要はない。自分にそう言い聞かせた。

だが、こういう言い草は気に入らないのだ。車谷が口を開きかけたとき、表の引き戸を開けて、男がひとり飛び込んで来た。さっき、店の前で、車谷たちに食ってかかった男だった。

朝鮮語で何か言い、朴哲鉉を手招きした。玄関口に行った哲鉉の耳に口を寄せたが、その声が車谷たちのほうにも漏れ聞こえた。車谷は何を言ってるのかわからなかったが、

「チョウさん、どうやら暎洙がいなくなったようですよ」

丸山が車谷にささやいた。丸山は戦前から戦中にかけて、父親の仕事の関係で釜山(プサン)にいたことがあるので、いくらか朝鮮語がわかるのだ。

案の定、短いやりとりののち、哲鉉は「くそ」と日本語で吐き捨て、男のことをどやしつけた。

「ドジ踏みやがって、暎洙に逃げられたそうだ」

車谷たちを振り向き、腹立たしげに言った。

「おい、ちょっと待て。おまえ、名前は？」

哲鉉にどやされてすごすごと引き上げかける男を呼びとめ、車谷は直接問いかけた。

「金智勲(キムジフン)」

不満そうに答える男に、

「そしたら、ジフンよ。もっと詳しく話して聞かせろ。どこで逃げられたんだ？」

「女がいたアパートの前だよ。馬鹿野郎どもが、鞄に必要なものを詰めるから待っててくれと言われて待ってる間に、裏から逃げられたんだ」

「アパートの場所は？」

智勲は一瞬、答えをためらい、哲鉉に視線をやって判断を仰いだ。

「桜本さ」

哲鉉がうなずくのを確かめ、吐き捨てるように言った。

「そこは誰のアパートだ？　誰が暎洙を匿ってた？」

「暎洙の学校時代のポン友さ」

「そのポン友の名前と住所を書け」

　智勲はもう一度哲鉉の判断を仰ぎ、バミューダのポケットに入れていた小型のメモ帳を出した。開いてあるページのメモを、耳に挟んでいたちびた鉛筆で別のページに書き写そうとするところに車谷が立って近づき、その手からメモ帳を抜き取った。

「これでいいよ。このメモをそのまま渡せ」

　そう言いながらメモ帳のページを確かめると、桜本の住所とアパート名、住人の名前とともに、マーケットを入ったところ、という走り書きがあった。誰かにアパートの目印を聞いて控えたのだ。

「暎洙がここにいることを、誰から聞いた？」

「別に誰でもいいだろ」

「いいから、話せよ」と、哲鉉が命じた。

「俺の一番下の妹が、暎洙と同級生なんだ。何人かダチに連絡を取ったら、ここにいると教えられたのさ。もう、これでいいだろ。刑事なんか、妹にゃ会わせないぞ」

　車谷は苦笑した。

「わかったよ。おまえの可愛い妹にゃ用はないさ」

　ページを破ってメモ帳を差し出すと、智勲はそれを奪い取るようにして出て行った。

「どうやら、暎洙って娘は、よっぽどおまえさんのところには戻りたくないらしいな」

「ふん、会って話せば納得するさ。暎洙は、俺が責任を持って探し出す。他に訊きたいことがなければ、もう帰ってくれ」

車谷は、哲鉉の向かいに戻り、元のように胡坐(あぐら)をかいた。

「まだ質問は終わっちゃいない。矢代太一と暎洙の関係は？」

「矢代太一……。誰だ、それは？」

「おい、とぼけるなよ。暎洙と怜奈のふたりが世話になっていた男さ」

「ああ、その男のことか。わからねえよ。なんでそんな男を頼ったのか、俺にもさっぱりわからねえ。暎洙を見つけたら、問い質(ただ)すさ」

車谷が無言で見据(みす)えると、哲鉉はその視線を捉えて見つめ返して来た。

「疑うのは勝手だが、嘘は言ってねえ」


「どうです、何も嘘を言ってないと思いましたか？」

集落からトラックの行き来する砂利道へと出たところで、車谷は丸山の意見を訊いてみた。

丸山は苦笑し、小さく左右に首を振った。

「わかりませんな。はっきりしてるのは、チョウさんに睨まれても、眉(まゆ)ひとつ動かさない男だってことですよ。ああいう男の胸の内を探るのは、一筋縄じゃいかんでしょ」

それ故にこそ丸山に意見を求めたのだが、まあそういうことらしい。

「丸さんは修平を連れて亡くなった沢井邦夫の両親に会い、沢井と親しかった友人たちの線から探ってみてくれますか。暎洙は、在日の知り合いを頼れば、すぐに哲鉉の手の者に見つかると懲りたはずです。今度は誰かそっちの友人を頼るかもしれない」

「なるほど、そうですな。で、チョウさんは？」

「俺は病院にいる弟に会って来ますよ」

「朴明洙に？」

「ええ、惚れてる男ってのは、惚れた女についてあれこれ知ってるものでしょ」

話をしながら土手の坂道を昇ると、覆面パトカーの傍らに沖修平がどこか幸せそうに立ち、ぼんやりと多摩川を見渡していた。上がって来たデカ長たちに気づき、あわてて顔を引き締めた。

3

見張りやすくするために個室を宛がわれた木下明雄こと朴明洙は、ベッドに身を横たえて窓の外を眺めていた。布のカーテンは開け放たれていたがレースは閉まっていて、その影がベッドの足下で点描画になっていた。明洙の右足には包帯が巻かれ、足首から先が添え木の形に膨らんでいた。

「足の痛みはどうだ？」

車谷がベッドに近づいて声をかけると、ぼうっとした表情のままで顔を向けて来た。二十三歳とのことだが、顔つきにはまだ幼さの残る男だった。相手が刑事だと気づき、表情を硬くした。

「ふん、こんなの、大したことねえよ」

強がったつもりかもしれないが、体のどこかから息が漏れているみたいに迫力がなかった。

「そうか。じゃ、取調べを始められるな」

車谷は、壁際にあった丸椅子をベッドのすぐ横へと移して腰を下ろした。

「おまえの親父と会って来たぞ。よかったな。親父は、暎洙を引き取ると言ってるぞ」

車谷が試しにそう言ってみると、明洙は目に見えて落ち着きをなくした。

「よしてくれ。暎洙を親父に渡したら、赤ん坊をどこかにやられちまう！　なあ、頼むよ刑事さん。そんなことさせねえでくれ。親父は、あんたら日本人を憎んでるんだ。日本人との間に生まれた赤ん坊など、親父が育てるわけがねえんだよ。俺たちに向かってもはっきり言ってるんだ。暎洙の生活の面倒を見るのは、赤ん坊を養子に出すことが条件だとな」

枕から頭をもたげてそうまくし立てる明洙を、車谷は静かに見下ろしていた。

「なんでそんなに日本人を毛嫌いするんだ？」

「それは俺にじゃなく、親父に訊いてくれ。俺は構わないんだぜ。暎洙を丸々受け入れたいと思ってる。もちろん、娘の怜奈も含めてだ」

「暎洙はそれを望んでるのか？」

明洙は鼻を壁にでもぶつけたみたいな顔で黙り込んだが、じきに目を三角にして言い立てた。

「暎洙と俺は結ばれる運命にあるんだ。俺たちゃ、ガキの頃からずっと一緒なんだぜ。たまたまちょっと寄り道しただけで、最後は一緒になるのが運命さ」

「怜奈が他人の子供でも構わないのか？」

「そんなこたあ構わねえよ。子供は、多いほうがいいからな。最初からひとりいたほうが、手っ取り早くていいじゃねえか。すぐにふたりめを作ればいい」

「おまえ、仕事は？」

「俺は《大東亜製鉄》で働いてるよ。親父は会社に対しても、すごい発言力があるんだぜ」

「じゃ、親の七光りだな」

「そりゃ、どういう意味だよ？」

「親父の機嫌を損ねたら、会社にいられなくなるんじゃないのかと言ってるんだ」

「そんなことにゃならねえよ。働いてるのは、俺だぞ……。だけど、もしもそうなったとしたって、別の仕事を見つけりゃいいだけさ。そうだろ」

「まあいいや。それはおまえらの問題だ。俺たちとしちゃあ、誰が見つけようと、暎洙の居所がわかればいいんだ。おまえの親父は、暎洙が見つかったらすぐに連絡を寄越すと約束したぞ。おまえが先に見つけたら、下手な隠し立てをせずに暎洙を差し出すんだ」

「もしも俺のほうが先に暎洙を見つけ出したら、彼女と赤ん坊を親父にゃ渡さないと約束してくれるか？」

「そんなことは、状況次第だ。だが、暎洙はもう来年二十歳だろ。個人の意思が尊重される。

警察だってそれを尊重するさ。暎洙は金は持ってるのか？」

「いいや……、そんなには持ってないと思う」

「そしたら、誰かダチを頼るはずだ。おまえら若いやつ同士、親父が知らないような交流があるだろ。そういうところを探すんだ」

「わかったよ……。だけれど、俺はこの足じゃ……」

「バカ野郎。おまえは今はまだ逮捕されてる身だぞ。ここから出すわけがねえだろ。ダチの中で誰か信用の於けるやつを呼び出し、そいつに探させろと言ってるんだ。誰か思い当たるやつがいるだろ」

「そうだな……。ああ、いるよ」

「じゃ、そいつにすぐ連絡しろ。警官がずっと張りついてるから、おかしなことは考えるんじゃねえぞ」

「わかったよ――」

「少し質問するぞ。暎洙はなぜあの離れにいた？　暎洙のためにあの離れを借りていた矢代太一って男を知ってるか？」

「いいや、知らねえよ。会ったこともねえ」

「暎洙は、どうして矢代を頼ることにしたんだ？」

「わからねえんだ、それは……。ほんとさ……。俺たちも訊いたんだが、暎洙は突っぱねて答えなかった」

「それでも何か聞いてることがあるだろ。惚れた女が、男の世話になっていたんだ。気になったはずだぞ」

「よしてくれよ。相手は六十過ぎの爺さんじゃねえか」

「よく思い出せ」

「思い出すも何も、ほんとに何も答えちゃくれなかったんだ……」

しばらく待ってみたが、結局、何も出て来なかった。

「金についてはどうだ？　金庫に入ってる金について、どんな説明を聞いた？」

「聞いてねえよ。金庫に矢代の金が四、五十万入ってるって聞いたんで、じゃ、俺たちが持って来てやるってことになったんだ。鍵ぐらいなくたって、バーナーで焼き切れるだろ」

車谷は黙って明洙を見据えて、丸椅子から立った。

「じゃ、暎洙を探せ」と命じてドアへ向かうと、明洙の声が追って来た。

「なあ、俺と兄貴はどうなるんだ……？　兄貴は、執行猶予中なんだよ。逮捕されたら、そっちの罪でも食らわなけりゃならなくなる。頼むよ、刑事さん、俺たちはただ暎洙に頼まれて、金庫を取りに行っただけなんだ」

「金庫が落ちて、畳が凹んだそうだ。張り替え代は、おまえらが払え。そうしたら、上手く取り計らってやるよ。ただし、おまえらが何も隠し事をしていないならの話だぞ。この先の捜査で何か出て来たら、おまえも兄貴も終わりだ」

「隠し事なんかしてねえよ。誓ってほんとさ。だけど、ほんとにいいのかよ……？　俺たちゃ、在日だぜ……」

「日本人も朝鮮人も関係ねえ。俺たちゃ忙しいんだ。馬鹿な若造につきあってる暇はねえってことだよ」

「あんた、口は悪いがいい人なんだな……」

「おまえは一言多いよ」


車谷は階を移動し、龍田雅恵の病室へと向かった。ついでに様子を見てみることにしたのだ。時間が経つと何か思い出すことがある。

病室の前を見張っている制服警官に警察手帳を提示し、何か変わったことはないか確かめると、大人しく寝ているが、しきりと子供たちのことを心配しているとのことだった。

個室のドアを開けると、今の会話が漏れ聞こえたのかもしれない、龍田雅恵がこっちを見ていて、車谷と目が合うとあわててベッドで起き上がろうとした。

「いいんだ。そのままにしててくれ」

車谷はそれを手で制し、入り口のドアを閉めてベッドに近づいた。

「でも、病気ってわけじゃありませんから……」

雅恵は動作をとめず、結局上半身を起こしてベッドに坐った。

「それよりも、刑事さん。子供たちに会わせて貰えないでしょうか……」

「まあ、それはもう少し我慢するんだな。あんた、命を狙われたんだぜ。こうしてぴんぴんしてることが知れたら、また殺し屋があんたを狙って来るかもしれないし、子供たちに危険が及ぶことも考えられる」

「あの子たちに……？」

「そういうことだ。だから、事件が解決するまで、もう少し我慢してろよ。子供たちのことは心配するな。あんたの姉さんがそのまま見てくれている。念のため、婦警をひとりつけてあるから安心しろ。ただし、うちの係長から聞いてると思うが、あんたは重態で意識不明ってことにしてある。事件が片付いたら、親戚や勤め先には警察からきちんと説明するからな」

「いいんですよ、親戚なんか。こっちが困ってたって、何も助けちゃくれなかったんだから。それよりも、姉のところにいる子供たちのことはよろしくお願いします」

「ああ、任せとけ」

「あのぉ、刑事さん……、それで、私はどうなるんでしょうか……？」

「それは、あんたの協力次第さ。知ってることは、何もかも包み隠さずに話すんだ。いいな？」

「はい」

「そしたら、もう一度あの殺し屋に襲われたときのことを思い出してくれ。一晩寝たら、何か思い出したことはないか？」

そう話を切り出しただけで、龍田雅恵の顔つきが変わった。恐ろしい体験が頭にこびりついているのだ。そして、それがたった今、目の前で起こっているかのように、リアルに脳裏に再現されている。

こういった点について、アメリカで何か研究がされているらしいが、わざわざ研究などしなくたって経験からわかる。辛い経験ほど、こうして人の脳裏に巣食い、そして、人の心を内側から食い荒らしていく。他人事じゃない。デカ自身が、そうした記憶と闘っていかなければならない。車谷は、それを実際に知る刑事のひとりだった。

「辛いと思うが、頑張って思い出してくれ。殺し屋をパクらねえことには、あんたはまた命を狙われるかもしれない。やつを捕え、やつの背後にいる頼み人も含めて一網打尽にするのが大切なんだ。わかるな?」

なかなか口を開こうとはしない雅恵を前に、車谷はもう一度そう話しかけることで彼女を促した。

「はい、それはわかります……。だけど、もう知ってることはすべてお話しを……」

「まあ、そう結論を急ぐなよ。そしたら、もう一度最初からやってみるか。あんたはあの国道駅の通路で、左胸に千枚通しを突きつけられ、あの店舗跡の空き部屋に連れ込まれた」

「はい。いきなりでした。あいつは私にすっと寄って来て、千枚通しを突きつけて、そして、大人しくしているようにと低い声で命じたんです。言われた通りにしないと、殺すって……。私、あの男の低い声や微かな息遣いが恐ろしくて……。動けなくなってしまって……」

雅恵の声が震えた。雅恵は車谷のほうを見ようとはせずに正面を見据え、今そこに何か見えない怖いものがあるかのように凝視した。その目には、しかし、必死で恐怖と闘おうとする人間の強さが表れていた。

(この女は大丈夫だ)

車谷は、そう実感した。子供たちのために、何があっても強く生きていこうとするはずだ。

「で、あの空き店舗に連れ込み、首を絞めたんだな」

確認を取るつもりでそう質問を向けると、雅恵は首を振った。

「いいえ、それはちょっとだけ違います……」

「なに? 違うのか?」

「はい。最初は私の背後に回り、千枚通しの先を私の胸に押しつけてきました。背後から、こんなふうにして腋の下に手を回して、そして、先端を胸に押し当てたんです」

と、雅恵は見えない誰かを抱え込むような仕草をした。ヤクザの榊田信夫にも、そんなふうにしたのだと推察された。

雅恵がやって見せた動きから、新たな発見がひとつあった。背後から抱きつき、相手の左腋の下から右腋の下に向けて、自分の左手を深く突っ込むのだ。そして、その下側から心臓を狙う。相手は腕を下げようとしても、左腕に邪魔されて下げることができない。たとえ男でも、そうして一瞬動きを封じられれば、難なく心臓を一突きにされかねない。

「だが、やつはすぐには刺さなかったのか?」

疑問が芽生えた。

「はい、刺しませんでした……」

「なんでだ?」

車谷の疑問を宙ぶらりんにさせたまま、雅恵は急に身震いした。視線を下げ、自分の両手をじっと見つめた。いや、それとも、乳房の膨らみを見つめているのか……。

「辛くて、恐ろしいのはわかる。しかし、勇気を出してくれ」

そう励ましの声をかける途中で、雅恵が車谷のほうへと顔を向けた。

「私……、あいつの息が荒くなるのを感じました」

「息が……?」

「はい……。もしかしたら……、あいつ、興奮していたんじゃないでしょうか……」

車谷は、雅恵の顔を見つめ返した。

(まさか……)

という言葉が、まず胸を横切った。

相手は、プロの殺し屋なのだ。矢代太一のことを撲殺し、榊田信夫は刺殺し、そしてこの龍田雅恵を絞殺しようとした。それは殺しの手口を変えることで、同一犯の犯行だと見えないように偽装するためだというのが、昨夜、大仏を含む捜査員たちで話し合った末に到達した結論だった。

プロの殺し屋が、殺しを前に、興奮するなどありえない。

しかし、龍田雅恵の顔を正面から見ることで、車谷の胸に深く理解できることがあった。この女は、昨日の事件の直後からこう感じていたのだ。相手が殺しの瞬間に、性的な快感を覚えていたことを感じ取っていたにちがいない。

だが、車谷も含めて相手がプロの殺し屋であるという前提で話を聞いていたために、自分が直感した事実を告げることができずにいたにちがいないのだ。

（まさか……）

車谷の胸を、再び同じ言葉が横切ったが、今度はニュアンスが違った。

恐怖の真っただ中の状況だったからこそ、女としてのいわば生存本能から、背後の男の状態に敏感だったはずだ。

つまり、昨日遭遇したあの男は冷酷な殺し屋ではなく、女を殺すことに性的な興奮を覚える変質的な人間だったことになる。

いや、榊田を殺した手口の鮮やかさや、車谷自身が出くわしたあの男の身のこなしからして、あの男が一定の修練を積んだプロの殺し屋であることは間違いない。

だが、女を千枚通しで殺そうとする寸前に、男のどこか深いところに眠っていた性的な興奮が浮かんで来たのではないのか……。

このふたつを考え合わせれば、冷酷な殺し屋の顔のひとつ後ろに、興奮し、女の首を絞めたい衝動を抱えた変質者の素顔がある……。そういうことか……。

にわかには信じがたい話だが、そう考えれば辻褄が合う。

（そうだ……。昨日から自分につきまとっていた違和感の正体は、これなのだ……）

もしもやつがこの龍田雅恵の心臓を千枚通しで一突きにしていたら、今、この女はここにこうして生きてはいない。車谷が一歩違いであそこに飛び込み、この女を救うことができたのは、やつが女を絞殺しようとしていたからに他ならない。しかし、千枚通しですぐにとどめを刺さず、首を絞めようとしていたことに、車谷自身も心のどこかでずっと違和感を覚えていたのである。つまり、この女の直感は、真実を捉えていると見るべきだ。

「私、変なことを言ったでしょうか……」

「いいや、よくぞ思い出してくれた。礼を言うぜ。これで犯人逮捕に大きく近づけたかもしれねえ」

「そうしたら――」

「ああ、あんたは充分な協力をした。俺が上手くやってやる。いいか、あんたは何も知らずに艀を貸しただけだ。亭主からも何も聞いていなかったし、榊田信夫や矢代太一があんたの船をどんな目的で使っていたかも一切知らなかった。いいな。今後、誰から何を訊かれようと、ずっとそれで押し通すんだぞ」

「はい。そうしたら、あの刑事さんたちにも、車谷さんのほうからそう話しておいて貰えますか」

忙しなく出口へと移動しかけていた車谷は、雅恵がそう言うのを聞いて動きをとめた。

「ちょっと待った。それは、何の話だ……? あの刑事たちってのは、誰のことだ? 誰かここに来たのか?」

「いえ、そうじゃなく……」

雅恵の顔を見つめ返す。

「そうしたら、昨日の事件が起こる前に、誰か他の刑事が来てたってことか?」

元のベッドサイドに引き返し、抑えた声で訊いた。

「まさか、その刑事から、自分以外には何も話さないようにと口止めされてたのか?」

雅恵は何も答えなかったが、表情の動きで答えがわかった。

彼女の緊張を和らげるために、車谷は微笑(ほほえ)みかけた。

「怖がらなくていい。何があったのかを話してくれ。誰が来たんだ?」

「県警二課の、斉藤という刑事さんです……。それにもうひとり、若い刑事さんも一緒でした」

「田中ってやつか?」

「ああ、そうです。そう言ってました」

「それはいつのことだ?」

「二週間ぐらい前です――」

「そんなに前なのか……」

車谷の雰囲気に、雅恵は怯えた。

「はい……」

「で、何を訊いて行ったんだ? 正確に教えてくれ」

「亡くなった亭主と《夜城》の早乙女さんの関係です。早乙女さんから頼まれて、艀を出したことがあるはずだと言われました。知らないと答えると、それならば貸したことがあるだろうと」

「早乙女に直接か？」

「はい」

「そうか、早乙女も元は漁師だ。自分で船を操ることができる。そうすると、県警の斉藤は、女の死体を始末するのに、早乙女があんたの亭主を雇うか、もしくは艀を借りて自分たちで始末しに行っていたと、最初からそう疑ってかかっていたわけだな？」

「はい、そうだと思います」

「斉藤がした質問は、それだけか？」

「はい……、いえ……」

「どっちなんだ？」

「質問はそれだけでしたけれど……、次に艀を貸すように頼まれたときには、必ず連絡をしろと命じられました。連絡をすれば罪には問わないけれど、約束を破ったとわかったときには、死体遺棄の共犯者として逮捕すると」

「野郎のほうから、はっきり死体遺棄と言ったんだな？」

「はい」

（あのクソ野郎め！）

斉藤は少なくとも二週間前の時点では、この龍田雅恵の艀船が死体遺棄に使われていたことを摑んでいたのだ。

「すみません、デカ長さんに隠すつもりなんかなかったんです……。てっきり御存じだとばかり……」

龍田雅恵が怯(おび)え切った表情をしているのに気づき、車谷は自分がどんな顔をしていたかを知った。虫の居所が悪いときの車谷には近づくなと、山嵜たちが噂(うわさ)していることは知っていた。連中からすると、そんなときの車谷は、鬼のような形相(ぎょうそう)をしているらしい。

「その後、斉藤から連絡はあったのかい？」

「いいえ、その後は何も……」

「あんたがああして襲われたあともか？」

「はい――」

車谷は、しばらく考えた。

「あんたがここにいることはバレないだろうが、もしも県警の二課のデカがやって来たとしても、何も喋るな。気を失っていたので、殺し屋のことは何も見ていないと答えればいいし、矢代や早乙女のこともう喋らなくていい」

「ほんとに、それでいいんですか……？」

「いいか、よく聞け。子供と一緒に暮らしたいんだろ。あんたがムショに行ったら、姉貴がふたりの子供の面倒を見られるのか？」

「そんなの、到底無理です……。姉にだって姉の暮らしがあるし、子供だってふたりいます。四人もの子供を抱えて、やっていけるわけがないわ……」

「それなら、子供は孤児院行きってことだ。あるいは、姉貴のように親身になってくれるわけじゃない親戚を、たらい回しにされるか。どっちにしろ、子供たちにとっちゃ地獄だ。そんな思いをさせたくないだろ」

「もちろんです……」

「そしたら、俺以外の人間は決して信用するな。あんたは、俺だけを信じてればいい。わかったな？」

「でも、それで……」

「心配するな。あとは俺が上手くやる。はっきり言っておくが、県警本部の、ましてや二課の連中なんてのは、何かでかいヤマを解決して手柄を立てることしか考えてねえんだ。そのためならば、事情におかまいなく逮捕者を増やし、証人として裁判に引き出し、本丸を立件しやすくする。矢代も榊田も死んじまった今、残ってるのはあんたひとりだ。絶対に連中の話を信じちゃならねえぞ」

「――――」

「手柄が欲しくてこんなことを言ってるんじゃねえんだ。いいな、俺を信じて、口をつぐんでろ」

　車谷は雅恵にそう言い置くと病室を出た。昇降口にある公衆電話へと向かい、いつも用意してある小銭入れから小銭を出して入れ、かけなれたデカ部屋の番号を回しかけて思いとどまった。

怒りを鎮めるために二、三度深呼吸をしてみたが、到底鎮まりそうにないので、先に警視庁にかけて資料室にいる山嵜につないで貰った。

「ああ、チョウさん。そう急かさないでくださいよ。俺も渋チンも、目の乾きと闘いながら顔写真を見てますがね、なにしろ数が膨大ですから」

「その件だがな、龍田雅恵の話から新たなことがわかったぞ。野郎は性的な興奮を覚えて、彼女の首を絞めようとしてたんだ」

「なんですって……。だけど、それはどうかな……。俺たちゃ、野郎とやり合ってるんですよ。とんでもねえプロだった。一歩間違えば、俺たちのどっちかがお陀仏でしたよ」

「わかってるさ。俺だって野郎と鉢合わせてるんだ。ただの変態野郎なら、俺がその場で取り押さえてたよ」

「それならチョウさん――」

「だけどな、あの薄暗い場所で龍田雅恵を殺そうとした瞬間に、首を絞めたいって衝動が野郎の中に湧き起こり、あっという間にどうしようもない大きさに膨れ上がったのさ。龍田雅恵は、それを女の本能で感じ取ったんだ」

「なるほど。ま、体に染みついた性衝動は、厄介だって言いますからね。しかし、そしたら、どうなるんです?」

「おいおい、ちょっとは頭を使ってくれよ、ザキ山さんよ。そこでおまえさん方が目を皿にして探す対象を変えるんだよ。特に若いときに、野郎はあの性衝動で何かドジを踏んでるかもしれねえぞ」

「そうか、誰か女性の首を絞めてレイプした野郎を調べるんですね。それならば、暴力、傷害事件で逮捕されたやつの顔写真を片っ端から当たるより、ずっと数が少ないですよ」

「成人してからとは限らねえ。未成年者の間に、何かしでかしてるかもしれねえぞ」

「だとしたら、お咎めなしでそのまま来てるかもしれませんね」

　少年法の関係で、未成年者が犯した犯罪は前科として残らないが、「前歴」として顔を含む記録は残る。それも手続きを踏めば閲覧できるのだ。

「ま、これで当たりが出るかどうかはわからないが、やってみる価値はあるだろ。あとでいい目薬を買ってやるから、辛抱しろ」

「それよりも、俺は口から飲むもののほうがいいですよ。渋チンもです」

「せいぜい飲ませてやるよ」

「今度のヤマが済んだら、修平の歓迎会をやるんでしょ。野郎が胃液を吐くまで引きずり回しますからね。無論、チョウさんの金でですよ」

「ああ、おまえにもゲロを吐かせてやるさ」

　車谷は、山嵜との間でしばらく軽口の応酬をして電話を切った。

　だが、怒りはまだ少しも収まっていなかった。

4

　鑑識課の灰島は、ひょいと顔を出した刑事課のデカ長である車谷を見てドキッとした。デカ長がこうして直接鑑識課にやって来るときは、いつでもロクなことはなかったからだ。何か必要な検出や分析が遅れているか、もっと最悪の事態としては、鑑識の誰かがポカをしたのが原因で、捜査に支障が生じたときだ。

「ええと、何かあったっけかな?」

　灰島がいくらか慎重に訊くと、車谷は苦笑ぎみに唇を歪めて首を振った。その表情からすると、自分がどう見られているかを察しているらしい。

「いや、先日の現場で使ったポラロイドカメラを、ちょいと貸して貰いたいと思ってな」

「ああ、そんなことか。わかったよ」

　灰島は、部下に命じて棚から持って来たカメラを差し出した。

「ええと、フィルムは入ってるんだろ」

「ああ、入ってるよ。そこの数字を見れば、あと何枚撮れるかがわかる。普通のカメラと同じさ。シャッターを押せば、自動的に写真が出て来る。ちょっと待ってりゃ、そこに像が浮かんで来るよ」

　灰島の説明を聞きながらカメラを珍しそうにいじっていた車谷は、「じゃ、借りて行くぞ」

と告げて鑑識の部屋をあとにした。

階段を速足で下って階を移り、取調室へと向かった。

取調室と留置場とは同じ階にひとつづきに並んでいる。そして、取調室に至る手前にひとつと、取調室と留置場を区切る間にひとつ、鉄格子による仕切りがあった。夜間は手前の鉄格子は締め切り、留置場を見張る担当者がふたつ目の仕切りの奥に陣取るが、取調べが行われる昼間はそれに加えてもうひとり、取調室に至る手前の鉄格子のところにも見張りがいる。この見張りが、取調室の管理も兼ねている。

「県警二課の旦那は？」

車谷の問いに答えて、見張りは部屋番号を告げた。目を合わせようとはしなかったのは、こういう顔つきのときのデカ長と下手に関われば、頭から怒鳴りつけられると知っていたからだ。

車谷は奥へ向かいかけて、見張りのほうへ振り向いた。「そこは空いてるかい？」と、手前にある別の取調室を親指で差して訊き、空いていることを確かめた。

そこは、「独立した」取調室だった。

現在では取調室の多くは二部屋でワンセットで、隣室からブラックミラー越しに取調べの様子を見られるようになっている。

だが、そんなふうに様子を見られないほうが都合がいい場合だってあるため、所謂「保守的」と言われる警察署の場合は、改築費が捻出できないとか部屋数が減ると取調べに支障が出る等、なんだかんだと理由をつけて、かつてのままの取調室を残していた。

まずは斉藤が取調べを行なう隣室のドアを開けてそっと覗くと、斉藤と田中のふたりが、中年のけばけばしい女を相手に取調べを行なっているのが見えた。《夜城》のママを順番に呼んで、話を聞いているのだ。

車谷はドアを閉めて廊下を移動し、控えめなノックをして隣室を開けた。

「ちょっといいですか」

取調べデスクからこっちを振り向いた斉藤に告げると、斉藤は勿体ぶった動作で椅子から立ち、戸口の車谷に近づいて来た。

「何だね？」

鼻の頭をちょっと上に向け、車谷のことを眼鏡の下半分で見るようにした。あくまでも高飛車な野郎なのだ。

「内々に、あんたと話したいと言っている証人がいる。なんでも艀の荷物について話があるそうだ」

車谷は、斉藤の耳に口を寄せて小声で告げた。

「艀の荷物……？」

「ああ、そういえばわかると言われたが、何のことなんだ――？」

訊き返すと、斉藤は益々鼻を反り上げた。

「きみは知らなくていいことさ。で、その女はどこにいるんだ？」

「女……？　俺はそんなことは言ってないぜ。中年の男だが、別の取調室に入れてある」

「そうか……、男か……。わかった。案内したまえ」

斉藤はしばらく何か考えてから居丈高に告げ、「しばらくここを頼む」と部下の田中に命じた。ドアを押さえて待っていた車谷は、斉藤を廊下に通してドアを閉めた。

空き室の取調室へと向かうと、ちょっと前に車谷と話した見張り役の警官が、鉄格子の向こうからこちらを見ていたが、車谷と視線が合うとあわてて逸らした。関わるなという意味を込めて睨みつけたのだ。

「どの部屋だね？」

あくまでも高飛車に訊いて来る斉藤の横を素通りし、車谷は目当ての部屋のドアを開けた。そして、そのまま先に部屋の中に入った。

ドア口に立った斉藤が、部屋に誰もいないことを知り、車谷を見て何か言いかけた。

そのときにはもう車谷はつっと斉藤に寄り、その利き腕を取っていた。

強く引いて足を払うと、斉藤はバランスを崩して前方につんのめった。部屋の真ん中に置かれた取調べデスクに向けて、車谷はその背中を強く押しやった。

取調室のドアを閉め、取調べデスクに腹の辺りをぶつけて突っ伏している斉藤の両肩を摑んで引き上げると、こちらを向かせてもう一度足を払った。壁にぶつかり、尻餅をついて倒れた斉藤は、茫然として車谷を見上げた。

「きみは、気でも狂ったのか……」

と言いかける頬を平手で思いきり張った。

銀縁眼鏡が、斜めに頰のほうへとずれて来て、いっそう茫然とする斉藤の胸倉を両手で摑み上げた。

「おまえ、舐めた真似をしてくれるじゃねえか。おまえらは、もっと早くからこの事件に目をつけてた。二週間前にゃ鶴見川の艀を調べ、《夜城》を調べ、そうする中で矢代太一にも目をつけていた。そうだろ？」

「――――」

「おまえらが最初から手の内を明かしていれば、矢代太一は死なずに済んだかもしれないってことだ。矢代だけじゃねえ。ヤクザの榊田信夫もやられ、艀船の龍田雅恵は意識不明の重態だ。それはすべておまえらがこの川崎に来て、俺たち所轄にゃ内緒でこそこそと何かを嗅ぎ回っていたせいだ」

「私は……」

斉藤が何か言いかけたが、それは途中で遮られた。またもや車谷のビンタが飛んでいた。

「俺がまだ話してる途中だ。黙って聞け」

「きみはいったい何なんだ、立場を弁えたまえ。たかが所轄のデカ長ごとき……」

再びビンタが、それも前以上に強く炸裂し、斉藤の眼鏡が弾け飛んだ。

「黙って聞けと言ってるんだ。おい、所轄を舐めるなよ、この野郎。小綺麗なハマでお上品な捜査をやってるおまえらに、この川崎の街が仕切れるのか。一歩入れば、デカだってタマを取られかねねえ場所が、川崎にゃどれだけあるかわかってるのか。ましてや、青臭いキャリアが、この街で何ができるんだ。暗くなったら、そういうエリアに連れて行って捨てて来てやろうか。翌朝には、てめえの死体が東京湾に浮いてるぜ」

「きみは……、自分のしてることが……」

ビンタを食らわした。

「動くんじゃねえ、馬鹿野郎」

「いったい何のつもり……」

食らわした。

「喋るんじゃねえ、馬鹿野郎」

「…………」

今度は何か言う前にさらに食らわすと、ついには泣き声を上げ始めた。

「やめろ……。やめてくれ……。助けてくれ……」

頬を真っ赤に腫らし、髪が乱れ、斉藤は半泣きになっていた。

何か言いかけたので、それを制するようにまた左手を振り上げると、斉藤はあわてて両手を持ち上げた。首をすくめ、膝を胸のほうへと折り曲げ、母親の胎内にいる赤ん坊みたいな格好で小さくなった。

車谷は、ポケットから出したポラロイドカメラを開いてシャッターを押した。

「きみは何を……」

と睨みつけて来るところをもう一枚。

「記念写真を撮ってるんだから、こっちを見て笑えよ」

と吐きつけ、さらにもう一枚。

「…………」

静かになった斉藤を前にポラロイドカメラを畳んでポケットに戻し、写真のほうは取調べデスクに置き、

「ま、坐れよ……」

と、その体を引き起こした。

腋の下に手を入れて立たせ、デスクの椅子を引いて坐らせた。床に落ちている眼鏡を拾い、斉藤の前に上半身を突き出してそれをはめてやり、垂れている前髪を後ろに撫でつけた。

間近から、じっと、斉藤の顔を覗き込んだ。

「所轄のデカ長風情に殴られて脅されたなんて、上司に報告するか。それよりも、手を結ぼうぜ。なあに、簡単さ。あんたは手柄を全部持っていけばいい。そして、出世するのさ。県警の二課が動いてるんだ。何かよっぽど大きな標的がいるんだろ。その話を聞かせてくれよ」

車谷は言葉を切り、じっと斉藤の顔を見つめつづけた。斉藤は、居心地が悪そうにしきりと目をしょぼつかせた。

「安心しろ。手柄は全部くれてやる」と、車谷はもう一度強調した。「全部譲ると言ってるんだ。あんたにとって、悪い話じゃないはずだぞ。斉藤さん、あんたが思ってる通りだよ。所轄にゃ、デカいヤマなど扱えない。あんたらの領分さ。俺が許せないのは、俺たちのシマで人が

殺され、殺したやつが野放しになってることだけだ。殺しのホシは、必ずパクる。たとえ、相手が殺し屋でもだ。追い詰めて、冷たい輪っぱをかけてやる。だが、その先は管轄外さ。政治家やら官僚の腐敗についちゃ、全部そっちに任せる。殺し屋も、殺しを依頼したやつも、熨斗をつけてあんたに差し出すさ。だから、あんたらの狙いを教えてくれ。県警じゃあ、どんなことを掴んでるんだ？　今度の殺しの裏にゃ、いったいどんな事情が隠れてるんだ？」

斉藤はまだ怯えた目をしていたが、その奥で必死に頭を巡らせ始めたことが察せられた。こうした男がそうする場合には、損得を天秤にかけて、自分が有利になるのにはどうすべきかを真っ先に考える。戦後教育の勝利ってやつだ。

「ほんとに殺し屋を捕まえられるのか？」

「できるさ。ここは俺のシマだぜ。ここで起こったことで、俺が制御できないことはないんだ。あんたにとって、悪い話じゃないはずだぞ。あんたのようなエリートが、取調室でちまちまとキャバレーのママ風情を取り調べる必要なんかねえだろ。な？」

そう言って背中を押してやると、

「ああ、わかった……」

斉藤は重々しくうなずいた。

「それじゃ、交渉成立だな」

車谷は顔をいっそう間近に寄せて告げ、取調べデスクの反対側へ回った。椅子を引いて坐り、両肘をデスクにつき、今度はテーブル越しに斉藤を見つめた。

「さあ、話してくれ。あんたの狙いは何だ？」

斉藤は少し顎を引き、わずかな間を置いた。しかし、今度は答えるのをためらったわけではなかった。勿体(もったい)ぶったのだ。

「国枝大悟楼(くにえだだいごろう)。この男に手錠をかけるのが、私たちの狙いだ」

どこか宣言するような口調であり、しかも告げたあとには相手の反応を確かめるかのように、ちらっと車谷の顔に目を向けた。

「なるほど、大物だな」

国枝大悟楼は、川崎市が属する神奈川第二区で、三期にわたって常にトップ当選を果たして来た代議士だ。神奈川県第二区は、横浜市を間に挟んで東西に長く、川崎市側と横須賀、鎌倉などの三浦半島側に分かれている。住人の気質も産業の体制も性質を異にするという意味で、支持を広げるのが難しいエリアだと言えたが、そうした状況の中でも常にトップ当選を果たして来たのだ。

その強さの秘密は、《大東亜製鉄》を始めとするこの川崎の大手企業との結びつきが強く、長年にわたってその利益の代弁者でありつづけてきたことにある。

故にこそ、正規の企業献金以外にも、裏で多額の金がこの国枝のポケットに入っていることは、半ば公然の秘密だった。

「この男に手錠をかけるのが、私たちの狙いだ」

斉藤が、もう一度同じことを強調して言った。本人は意識していないのだろうが、その口調はどことなく誇らしげだった。

警察官の中には、自分が狙う相手が大物であればあるほど、それを狙う自分が警官として上等な仕事をしていると勘違いする輩がいる。そうした傾向は、特にキャリアに強い。大物を挙げれば、それが出世の足掛かりになるという実際的な理由もあるし、大物をターゲットにすることで、自身もまたそれに匹敵する大物だと思い込んだりしているのだ。

「で、具体的な捜査の道筋は？　何を狙ってるんだ？」

車谷は、淡々と質問をつづけた。

「狙いは息子だよ。国枝大悟楼には三人の息子がある。長男は親父の秘書で、次男は市会議員、三男は国枝の親族が経営する土建屋の重役だ。この末っ子の和摩という男が、とんでもないできそこないで、過去に何度か婦女暴行容疑で捕まったことがある。そのたびに、親父の取り巻きが出て来て、うやむやにしてきたんだ。金にモノを言わせ、体を目当てに女を口説いちゃ捨ててきた口さ。しかも、この野郎の性癖は独特で、女を痛めつけて楽しむんだ。その噂が周囲に拡がり、段々と引っかかる女も減った。そうなると、今度は和摩に女を取り持つ連中が出て来た」

「至れり尽くせりだな。それが《夜城》の早乙女か？」

「そういうことだ。あの店のホステスの中には、ひどい目に遭った女がいる」

「証言は取れているのか？」

「無理だ。誰も証言しないし、行方が知れなくなってしまった女もいるんだ。龍田雅恵の証言によると、あの女の亭主はこの五年の間で少なくとも二度は艀で海に何かを捨てに行ったそうだ。彼女自身も、三月前に一度、荷物を捨てるのに手を貸した。だが、証拠がないし、あの女は荷物の中身は見ていない。どうしても、その先を調べる必要がある。それが現在の状況だ」

「事件自体は、強姦（ごうかん）と死体遺棄だろ。なぜ一課が動かない」

　車谷はそう尋ねた直後に、自分で答えを知った。

「動いたのか――？」

「ああ、動いたよ。そして、上からストップがかかった。俺たちも、極秘で動いてる。本丸の捜査は、あくまでも国枝大悟楼の献金ルートだ」

　いったん口を閉じかけたが、その後、思い切った様子でつづけた。

「あんたは激怒したが、情報はできるだけ伏せておくしかなかったんだ」

　車谷は、黙って斉藤を見つめ返すことで先を促した。

　だが、斉藤は恨みがましい目をして唇を嚙んだままなので、仕方なく車谷のほうが口を開いた。

「わかったよ。カッとして悪かったな。もう少し聞かせろよ。国枝大悟楼の裏金脈には、《大東亜製鉄》がいるな。そうすると、川崎の漁師たちが漁業権を放棄させられたときの交渉でも、国枝が随分暗躍したと考えていいんだろうな？」

「正にそれさ。国枝は《大東亜製鉄》の経営陣とツーカーの仲だ。だから、国や地方自治体を動かすため、大量の金が国枝に流れたと言われている。東京湾から漁業を消し去り、京浜工業地帯を発展させることがこの国を豊かにしたのは事実だろうが、同時に国枝大悟楼という政治家の懐も豊かにしたのさ」

車谷はうなずき、席を立った。

「よし、わかった。じゃあ、国枝和摩とその取り巻きに輪っぱをハメるところまでは俺たちが持っていく。その先、親父の大悟楼まで仕留められるかどうかは、あんたら次第だ。しばらく俺たちのやることを黙って見てろよ。獲物を追い込んだら、連絡する」

「そんな大口を利いて、できなかったじゃ済まないんだぞ」

「できるよ。変態野郎が女を食いものにしたって話だろ。ただ、そいつにゃたまたま権力者の親父がいるってだけの話だ。餅は餅屋だぜ。そして、ここは川崎なんだ。この街のやり方で、きっちりと追い込んでやるさ」

車谷は取調べデスクに置いたポラロイド写真をポケットに入れて、出口に向かった。

「おい、ちょっと待ってくれ。それをどうするつもりだ……?」

「どうもせんさ、あんたが裏切らない限りはな。言ったろ、ここは川崎なんだぜ」


「そうすると《夜城》の早乙女徹は、漁師の代表のひとりとして漁業権放棄の補償金交渉をしていた頃から、役人や企業側の人間と結びついていたと言うんだな」

「それを疑ってかかってもいいでしょ。その頃に作ったコネクションを利用して、《夜城》を大きくし、挙句の果てには国枝大悟楼の馬鹿息子である和摩のシモの世話までするようになったんですよ」

「なるほど、あり得るな。だが、そうすると矢代はどうなるんだ？」

「やつの落ちぶれ方からしても、早乙女のように立ち回れる男じゃなかったんでしょう。しかし、交渉時の代表は矢代でした。何も知らなかったわけがないし、そのときには一緒になって、ある程度の金をポケットに入れていたんじゃないでしょうか。その後もふたりは、腐れ縁でつながっていた。そして、三月前、矢代が暎洙のためにまとまった金を必要としたときには、早乙女から死体を運んで捨てる仕事を回して貰ったんです」

「まあ、そんなとこかもな。それでつながって来る」

大仏は車谷の話を咀嚼（そしゃく）するようにうつむき、少しして顔を上げた。

「それで、おまえさんの次の狙いは？」

「殺し屋を生きたまま捕まえることですよ。口を割らせるのは至難の業かもしれないが、とにかくそれが突破口になるのは間違いありません。俺も野郎の顔を見てます。これから警視庁へ行って、ザキ山たちと一緒に顔写真を漁（あさ）ります」

「わかった。情報屋への手配も怠（おこた）らんでくれ。チョウさん、ところであんた、何をどうやって斉藤と話したんだね？」

「親爺さん、それは訊きっこなしですよ」

車谷は、ニヤッとして刑事部屋の出口に向かった。上着掛けに掛けた上着を取り、そのポケットからたばこを出して口にくわえた。ライターで火をつけ、歩きたばこで出口を出ようとしたとき、背後から大仏の声が追って来た。

「おい、チョウさん。ザキ山から電話だ。やっこさんたち、何か見つけたらしいぞ」

「えっ、ほんとですか――?」

車谷はあわてて駆け戻った。大仏が差し出す受話器を受け取り、たばこの煙をせわしなくすぱすぱと肺に吸い込んだ。

「わかりましたよ、チョウさん! 野郎を見つけました」

山嵜の興奮した声が、受話器から飛び出して来た。ツバキまで取んで来そうな勢いだ。

「あとでガッカリってのは、なしだぜ。間違いねえんだろうな?」

車谷は受話器を少し耳から離しつつ、もう一口煙を吸い込み、大仏に拝むような仕草をしてデスクの灰皿を手元に寄せて貰った。

「あの野郎の顔は忘れない。間違いなくこいつですよ。渋井もそう言ってます。二十歳のときに、婦女暴行容疑で逮捕されてます。このときは親が大量の示談金を相手に支払って、結局、示談になってますが、その翌々年には今度は器物破損と窃盗の容疑で逮捕されてるんです」

「器物破損と窃盗だと……?」

「しかも、その内容が注目でしてね。器物破損ってのは、近所の猫を捕まえては殺してたんですよ。それも、ガスライターのオイルをかけて火をつけたり、ナイフで斬(き)りつけたり、それに千枚通しで体のあちこちを刺したりしてました」

猫だって立派な生き物なのに、殺されても「器物破損」にしかならないのだ。

「千枚通しか――」

「ええ、そうです。そして、窃盗は下着ドロです。調書を読みましたが、危ない野郎ですよ。野郎が近所の猫を虐待して焼き殺してるという噂が立って、警察が両親の立ち合いの下で部屋を探したところ、虐待に使ったと思われる様々な品とともに女物の下着が見つかって、逮捕に至りました。それに伴い、当時通っていた大学も辞めてますね。ちなみに、大学では空手部に属し、硬派のスポーツマンと見られてたようです。しかし、両親が厳しくて、大学も親が決めた先に入ったと供述してます。そうした両親へのストレスから、猫への虐待や下着泥棒に走ったと」

「姓名は？」

「佐藤滋郎。滋郎は普通の『次』じゃなくて、滋養の滋に郎です。それに、チョウさん、まだあるんですよ。佐藤滋郎の両親は、佐藤滋郎が服役を終えて出所した翌年に、旅行先の伊豆でふたりとも亡くなってます。夫が妻を絞殺した挙句、自分で自分の心臓を千枚通しで刺して自殺したんです」

「――」

「これって、何かプンプン匂いませんか？」

「だな。現住所はわかってるのか？」

「いや、それはダメです。しかし、佐藤には兄がひとりいます。佐藤以知郎。これも普通の『一』じゃなく、以って知ると書いて以知郎です。電話帳に登録がありましたので、住所と姓名から免許証を割り出しました。面差しが似てるし、年齢からしても、この男で間違いないと思います」

「どこに住んでるんだ？　近場か？」

「東京です。自由が丘ですよ。桜田門から、車でなら三十分ぐらいでしょ。休日だから、そんなにかからないかもしれません」

「よし、俺も行く。どこか近場で落ち合おうぜ。住所を言え」

車谷は受話器を肩に挟み、たばこを灰皿で消すとメモ帳を引き寄せた。

5

大仏に言い、東京都内で捜査活動を行うことを型通りに警視庁に通知して貰った上で、最寄りの交番を待ち合わせ場所にした。車谷がそこを訪ねると、一歩先に着いていた山嵜と渋井が、見張り所で「巡回連絡」による住民調査の資料を既に閲覧させて貰っているところだった。

それによると、佐藤以知郎の家族構成は四人、三つ年下の妻に加え、十歳と六歳の息子がいた。佐藤以知郎の職業は、シンガポールに本社がある工業用ゴム販売会社の営業職となっていた。

車谷たちは礼を述べて交番をあとにし、覆面パトカーで佐藤の自宅へと向かった。自由が丘も田園調布と並んで高級住宅の建ち並ぶエリアで、特に田園調布に近い側には、大きな屋敷が多かった。佐藤以知郎の自宅は、そうしたエリアに建っていた。大邸宅とまでは言えないまでも、川崎ではなかなかお目にかからないようなシャレたデザインと広さの建物の前で覆面パトカーを停め、車谷たちは車を降りた。

表札には、「佐藤」と苗字だけが記されていた。念のために住居表示を確かめた。

水やりをしている隣家の主婦が、そうする刑事たちにさり気なく目をとめていた。ちらちらと車のほうを見ながら花壇に水を撒いていたところ、いかつい雰囲気の男たちが三人降り立ったので、いったい何事かと思ったのである。

だが、そのうちのひとりは、いったんそうして車を降りたのにもかかわらず、一番年配で眼つきの鋭い男に何か耳打ちされて運転席に戻り、残りのふたりが隣家の玄関へと向かった。

この界隈は私立の小中学校に通う子弟が多いが、水やりをする主婦の家もその例外ではなく、ふたりの子供とも慶應大学の付属小学校に通っていた。この界隈でもこれは珍しい特別な例で、大概の家に知れ渡っていた。

田園調布の大豪邸に住む家族とは違い、家政婦を雇う家はほとんどないが、夫婦共働きをする必要のない専業主婦が多く、この家の主婦も、今、妙な男たちが玄関先に立った隣家の主婦も、ともに専業主婦だった。

二家族とも、ちょうど同じぐらいの時期にここに暮らし始め、同じようにふたりの子供がいた。

この主婦は上が女の子で下が男の子であるのに対して、隣家はふたりとも男の子だったが、下の子供同士が同じ歳で、幼稚園も一緒だったのでおのずと親しくなり、長いこと家族ぐるみのつきあいをつづけていた。小学校は別々になってしまったが、隣家もまたふたりの子供とも有名私立小学校に通っていた。

夫の佐藤以知郎は社交的な明るい性格で、何家族かで一緒に行ったバーベキューや海水浴では、先頭に立ってあれこれ時間割を決め、宿や店の手配も行なってくれた。

勤め先は外資系とのことだが、仕事の話をすることはほとんどなかった。家族同士のつきあいなのに、自分のほうから仕事をひけらかすような話をする亭主連中が多い中で、それは好感が持てる態度だった。

ときおり地方への出張があって家を留守にするが、平日は大概定時に戻るといった話は、隣家の妻である美咲の口から聞いていた。

そんな生活は、大蔵省勤めであるこの主婦の夫とは大違いだった。夫は朝早くに家を出て、帰宅はいつも深夜過ぎになる。終電にはいつも間に合わず、タクシー券を使って車で帰宅する。慢性の睡眠不足のために、いつでも疲れた顔をしており、子供の運動会や学芸会などでも、ちょっと目を離している隙にうとうとと眠ってしまっていることが多かった。

しかし、大忙しの夫を持つことを、主婦はどこかで誇らしく感じてもいた。深夜にタクシーで自宅前に乗りつける様を、きっと周囲の家でも気づいているように思ったし、時折、主婦同士で話すときなどに、さり気なくそうした話題を出して、夫が「深夜のタクシー族」であることをアピールした。

ただ、彼女の亭主は中年になってぶくぶくと太り出し、風呂上がりなどに下着ひとつでふらふらされると目も当てられない。休みの日に少し運動をしたらどうかと持ちかけても、休みぐらいはのんびりさせてくれよと言って取り合おうとはしないのだ。

その点、隣家の御亭主は長身で引き締まった体つきをしており、夫と同年配とは思えないほどに若々しかった。

それにしても、あの男たちは何者なのだろう……。

(まさか、税務署の職員かしら……)

そんなことを思いつつ、隣家の主婦は男たちを見守っていた。

——隣家には、駐車場の前にゆったりとした広さのスペースがあった。来客の車を駐めるのに充分なスペースには今、自転車が二台並んで駐まっていた。

その端っこに、大人がふたり並んで歩けるぐらいの幅だけレンガ模様の入ったアプローチが延びていた。駐車場が終わったところで階段を二段昇り、そこからさらに少しだけ奥まった玄関につづく。

男たちふたりはその玄関前に立った。年上で目つきの鋭い男が、玄関ドアのインタフォンを押した。

「はい、どちら様でしょうか?」

品のいい女の声が応答した。

「川崎警察署の者ですが、御主人は御在宅ですか？」

車谷は、インタフォンの声に応じて訊き返した。

「主人でしたら、今、子供たちを連れて近くに出ていますけれど……。警察の方が、何の御用でしょうか？」

警察と名乗ることで相手に及ぼす警戒や恐れを、車谷はその声に感じた。

できるだけ穏やかな声音と口調で、少し話を訊きたいことがあるだけだと説明すると、「ちょっと待ってください。今、開けますので」と彼女は言ってくれた。

玄関ドアを開けて姿を見せた佐藤以知郎の細君は、小柄で可愛らしいタイプの女性だった。名前は美咲といい、今年、四十二であることは、さっき交番の台帳を見てわかっていた。おかっぱ頭というか、昭和初期のモダンガールのような髪型をしており、それが彼女を年齢よりも若く見せていた。

「川崎警察の車谷と申します。こちらは山嵜です」

車谷は改めてきちんと名乗ってから、山嵜のことも紹介し、

「近くにお出かけというのは、どちらに？」

「はっきりはわかりませんが、たぶん公園か、駅前の商店街だと思います。下の子にミニカーをねだられてましたので」

美咲はそう答えてから、すぐに、「主人に訊きたいことというのは、どういった？」と、答えを促して来た。

「実はですね、御主人の弟さんを探しているのですが、奥様は連絡先を御存じですか？」

車谷は、細君に尋ねてみることにした。

「弟ですか……、いえ、存じませんが……」

細君は、不思議そうな顔をした。

「主人に弟がいたとは知りませんでした」

これは予想していた反応だった。おそらく、兄の佐藤以知郎は、前科がある弟の存在をこの妻には話していないのだ。

「結婚式等でお会いになったことは？」

「いえ、ありません――」

念のためにそう確かめてみたが、やはり弟との関係は断って暮らしているようだ。

だが、それも当然のことだろう。この先は細君にではなく、佐藤以知郎本人に直接、質問を向けるべきだ。いくら関係を断ったとはいえ、実の兄弟である以上、何か知っているにちがいない。

「御主人は、じきにお戻りになりますね。御迷惑でなければ、表に停めた車でしばらく待たせていただきたいのですが」

と、車谷はこの家の前に寄せて停めた覆面パトカーを手で差した。

そのときだった。

表の通りを歩いて来た父子が、ちょうど手前の家の陰から姿を現した。父親は、体の両側に男の子をひとりずつ従え、男の子たちはその手にぶら下がるようにして歩いていた。父親は顔をうつむき加減にして子供たちと視線を合わせ、にこにこと何か会話をしているところだった。

「あ、あれが主人です」

佐藤美咲が言い、刑事たちの横を通って、その父子のほうへと向かいかけた。男が顔を上げ、彼女に向かって微笑(ほほえ)みかける。

その瞬間、車谷の中で青白い光がスパークした。妻や子供たちに向けて微笑む穏やかな男の顔が別の顔とつながるまでに、わずかな空白が生じていた。それは、しかし、車谷本人にとっては、ずいぶん長く感じられるものだった。

「奥さん、戻って……」

そう呼びかけたが、遅かった。佐藤美咲はもう車谷の横を通り、夫である男に近づいてしまっていた。

「チョウさん、あれは……」

山嵜がそれだけ言い、絶句した。

子供を連れて現れた男は、佐藤以知郎ではなかった。遠い昔に行方が知れなくなっているはずの弟の滋郎なのだ。

何があったのか、正確なことなどわかりようもないが、刻み込むようにしてひとつのことだけははっきりした。佐藤滋郎は、兄に成り代わり、佐藤以知郎として生きてきたのだ。佐藤以知郎としてひとりの女性と出会い、佐藤以知郎として結婚し、そして、家庭を築き、ふたりの息子をもうけたのだ。

それでも、何かがそうした理解を拒んでいた。もしかしたら、それは、現実がこんなに脆いものだとは信じたくないという、切実な願いなのかもしれなかった。

殺人現場に立ち会うたびに、あたりまえと思っている日常が、いともたやすく壊れてしまうことを実感してきたものだった。それが、刑事という仕事なのだ。途轍もない暴力により、ほんの一瞬にして幸せな家庭が壊れる様を、これまで何度も繰り返しこの目にしてきた。愛する者が一瞬にして奪われる理不尽と、その理不尽に翻弄されて癒えない傷を一生抱えつづけて生きていく人々をこの目にしてきた。この世に確固たるものなど何ひとつ存在しないことは、嫌というほどにわかっていたはずだった。

(だが、それにしてもこれは……)

我が目を疑うしかない車谷の前で、男の顔が豹変した。父親らしい穏やか微笑みが霧消し、昨日、刑事たちがあの犯罪現場で出くわした、冷酷な殺人犯の顔が現れた。

男は左右の子供たちの元からすっと自分の手を抜くと、身をひるがえし、表の通りへと逃げようとした。

しかし、正にそのとき、表に停めた覆面パトカーから渋井が転がり出した。男の前に立ち塞がり、ホルスターから抜いた拳銃を突きつけた。

「佐藤滋郎だな……。逮捕する！　その場所を動くな」

渋井の声はかさつき、微かに震えていた。

男が逃げ道を探るようにじりっと横に動くと、渋井もそれにつれて同じ方へと動いた。銃口の狙いを、ぴたりと男に定めていた。

車谷もホルスターから拳銃を抜き、少し遅れて山嵜も抜いた。全員が同じ銃を携帯していた。ニューナンブM60、警察官の制式拳銃だ。

「観念しろ、佐藤。大人しく縛につけ」

車谷が言うのと重なるように佐藤が動いた。すぐ傍にいた下の男の子の腕を摑んで引き寄せ、軽々と胸の前に抱え上げた。

「どけ！　どかないと、子供の首をへし折るぞ」

「馬鹿なマネはよせ、佐藤。そんなことをしても、逃げられんぞ。その子を放せ。我が子じゃないか」

「言われた通りにしろ。道を空けるんだ」

呆然とする子供を左腕で抱きかかえたまま、佐藤は右手をポケットに突っ込んだ。

小型のツールを抜き出し、驚くべき素早さで刃を立てた。日本ではいわゆる「十徳ナイフ」と呼ばれるマルチツールナイフだった。小型で、一見、殺傷性には乏しいように見える代物だが、佐藤はこのナイフの刃の先端を研いで鋭利に尖らせていた。

「俺の手口はわかってるだろ」

「よせ、馬鹿なことをするな。我が子じゃないか」

「――――」

「あなた、いったいどうしてしまったの……？　いったい何をしてるのよ……？」

長いこと絶句し、その場に立ち尽くしていた佐藤美咲が、ふらふらと夫に近づいて行く。

「よせ、奥さん、近づくな。近づいてはいかん」

車谷は、腕を伸ばしてその体を引き留めようとしたが、間に合わなかった。

「あなた……、子供を放して！　あなた……」

佐藤の右手が一閃（いっせん）し、美咲の首筋から鮮血がほとばしった。七月の強い西日を浴びて、空中に真っ赤な鮮血が飛び散った。

片手で傷口を押さえ、もう一方の手を夫に向かって差し出しながら、佐藤美咲は膝を突き、そして、斜め前方に倒れた。

その様子を半ば恍惚（こうこつ）とした表情で眺めていた佐藤滋郎は、抱きかかえた我が子の耳元で何かを告げた。

「――――」

何と言ったのか、車谷にはわからなかった。だが、刃を立てたマルチツールナイフの動きから、佐藤の次なる行動が予測できた。佐藤はナイフを持った右手の肘（ひじ）を曲げ、ナイフの切っ先が子供の首筋へと向かった。

「よせ！　佐藤――」

突き刺し、力を込めれば、命の火が消える。

車谷は夢中で叫び、引き金を引いた。

パン——。

と、乾いた声がした。

額を射抜かれた佐藤滋郎の体が頽れ、子供は地面に投げ出された。顔から表情が消えたまま、男の子は周囲を見回した。事切れて、命のない瞳を見開いて横たわる父親と、首から大量の血を流している母親を見たあと、同じように表情をなくしている兄へと顔を向けた。

その小さな体のちょっと先には、父親に買って貰ったにちがいないミニカーの箱が落ちていた。

父親だった男に抱きすくめられたとき、その幼い手から転がり落ちたのだ。

隣家の主婦らしい女が、顔を歪ませて悲鳴を上げているのに気づいたが、車谷の耳にはその声は厚い水の層の向こうのもののようにくぐもって聞こえた。不鮮明で、遠かった。

しかし、それがきっかけとなってまずは長男が、そして次男が泣き始めた。大人には到底真似のできないような激しい泣き声が爆発し、それが車谷の蟀谷を絞めつけた。

車谷は何も考えられないまま、自分がすべきことをした。佐藤美咲に走り寄り、首の付け根を圧迫して血流をとめたのだ。

だが、両手に温かい血が噴き出して来る。体を出た血はすぐに冷たくなる。

ああ、死なせてはならない……。この女は、息子であるふたりの少年たちにとって、是が非でも必要な存在だ。あのふたりのために、絶対に生きつづけなければならないのだ。

そうでなければ、あの兄弟は、実の父親に殺されそうになり、その父親が母親の首筋を切り裂いて殺害し、さらには父親本人も眉間(みけん)を射抜かれて殺された光景を、一生涯ふたりだけで背負っていくことになる……。

(死ぬな……)

(死なないでくれ……)

「ザキ山、子供たちを頼む。渋井、救急車の手配はどうなってる!?」

早口で命じつつ、心臓から首のほうへと上がる血流を圧迫してとめる。

だが、長くとめすぎていると、脳に血がいかなくなって脳障害を起こす。

いずれにしろ、首の動脈を深く切り裂かれていたとしたら、助からない。この出血の量では、もうだめかもしれない……。

佐藤美咲の目から光が消え、瞼(まぶた)が眠たげに閉じようとする。

「気を失ってはならん! 母親だろ!? 頑張るんだ! 死ぬんじゃない!! 頼むから、死なないでくれ!」

車谷一人は、必死で呼びかけた。

「ああ……、親爺さん……」

大量のパトカーが住宅街の生活道路を埋め、警視庁及び世田谷署所属の警察官たちが忙しく動き回る向こうに、川崎署刑事課の係長である大仏が現れるのが見えて、渋井が口の中でつぶやくように言った。

大仏は、現場担当の捜査員と何か短く話し合いを持ったあと、車谷たちのほうへと近づいて来た。車谷、山嵜、渋井と、三人の顔に順番に目をやったあと、

「えらいことだったな……。まさか、佐藤滋郎が兄に成り代わって暮らしていたとは……、俺も想像がつかなかった……」

「逮捕できませんでした」

車谷はそうつぶやいてから、

「射殺してしまった」

さらには、血の出るような声でつけたした。

「出会いがしらだったんです。しょうがないですよ……」

山嵜が意見を述べたが、車谷の視線に出くわし、あわてて口を閉じてうつむいた。デカ長は、山嵜が未だかつて見たことがないような怖い顔をしていた。

「東京の連中は、何か見つけましたか？　何か話が出ませんでしたか――？」

「いいや、まだのようだな」

「しかし、やつは一匹狼だ。必ず身の回りに何か隠してますよ。親爺さんから言って、俺たちにも家宅捜索ができるように交渉してください」

「まあ、そうあわてるなよ、チョウさん。何か見つかれば、すぐに報せが来るさ」

「だけど――、連中は事の重大さをわかってないかもしれない……。東京のデカなど、信用できませんよ」

「おいおい、おまえさんらしくないぜ。おまえさんがそうやって浮き足立ったら、他の連中はどうなるんだ。ちょっと頭を冷やしてくれ」

大仏が珍しくきつい声を出し、車谷は言葉を呑み込んだ。

「それにしても、十五年も一緒に暮らして、自分の亭主の本性に気づかなかったなんてことがあるんでしょうか……」

渋井が言った。大仏や車谷が何か答えることを期待していたのかもしれないが、そのくせ誰もいないほうにぼんやりと視線を彷徨（さまよ）わせていた。つまりは、自分の中だけに、こうした言葉をとどめておくことができなかったのだ。

渋井には三人の子供があった。息子がふたりに、娘がひとり。娘が生まれてからしばらくはそわそわし、捜査が終わったあとは一刻も早く帰宅したがっていたことを車谷も覚えていた。

「あるんだってことを、たった今、目の当たりにしたばかりじゃないか」

山嵜が言った。なぜか腹立たしげな顔をしていた。

「でも、つまり……、ほんとは何か感じていたとか――?」

「わからねえな……」車谷が言った。「そういうことは、あの奥さん本人が、これから時間をかけて考えるんだろうさ」

「大丈夫なんでしょうか、あの奥さん……。つまり……、その……、たとえ命を取りとめたとしても……」

「何がだ――?」

「だって、長い間ずっと、殺人者と寝床をともにし、そして、ふたりの子供まで産んだんですよ」

「子供がいるから大丈夫だよ。な、渋チン、そういうもんだろ」

ぼんやりした様子でふたりのやりとりを聞いていた渋井は、デカ長から急に話を振られてあわてて顔を上げた。

「そうですね……」

つぶやきながら、改めて自分の胸に問いかけたのち、「たぶん、そういうものでしょう」と、かさつく声を押し出した。本当は、「そうであって欲しい」と言いたいらしかった。

あの妻が一命を取り止める保証など何もないのだが、誰もその点に触れようとはしなかった。

そのとき、私服の警官がひとり飛んで来た。ちょっと前に大仏と話していた警官だった。

「出ましたよ。庭の物置小屋の壁の一部が取り外せるようになっていて、その奥に現ナマが隠してありました。使い古しの紙幣で、百万ほどあります」

警官が低く抑えた声でそう報告するのを聞くと、車谷はすぐに走り出した。大仏があわてて声を上げて引き留めたが、聴く耳を持たずに家の建物の脇を回り込んで走った。

裏手には、建物から二間幅ほどの長方形の庭があり、その端っこに物置小屋が建っていた。

その物置小屋の入り口付近に、数人の捜査員がうずくまり、地面に置いた布袋を見つめていた。まとめ役のデカ長らしき男が既にその布袋の口を開け、輪ゴムでとめられた使い古しの紙幣の束を中から出していた。

「見つかったのは金だけか……。何か、今度の依頼についての覚え書きはないのか？」

車谷の問いかけに、何人かがチラッとこっちを見たが、誰も何も答えなかった。

「おい、訊いてることに答えろよ。縄張り意識など出してるんじゃねえぞ」

食ってかかろうとする車谷の右腕を、走り寄ってきた大仏が強くとめた。

「チョウさん、あんたらしくないぞ」と、耳元で口早に指摘する。

車谷は、自分を抑えきれなかった。

「放してくれ、親爺さん。俺が殺しちまったんだぞ。息子たちの前で、父親を殺しちまった。野郎は変態で、血も涙もない殺し屋だったが、だけど、あの子たちにとっては、かけがえのない父親だったんだ……」

「あんたが撃ってなかったら、その子たちのひとりが死んでたんだぞ。いや、もうひとりだって危なかったかもしれない。チョウさん、あんたは、デカとしてすべきことをしただけだ」

車谷は突然悟った。こうして話すことで、自分は大仏に重荷を分かち合って欲しいと願っている。大仏は、それをわかっていてこうして話している。気心の知れた上司なのだ。

この大仏のような上司がいるからこそ、車谷のようなデカ長が自分のやり方で捜査を進めることができる。そのことを、車谷自身が誰よりもよくわかっていた。

（だが、撃ってしまったのは俺なのだ……）

その絶望的な言葉が、胸からどうしても離れなかった。

「隣の主婦が一部始終を目撃していて、つぶさに証言してくれたそうだ。チョウさんたちの対応に落ち度はなかった」

「――――」

大仏が言った。敢(あ)えて事務的に保ったように聞こえる言い方だった。

「チョウさん、今夜はもう帰ったほうがいい。ザキ山、渋チン、おまえらもだ。ここは、あとは俺がやっておく。ふたりを連れて、あんたは今日は引き上げてくれ」

車谷は、首を振った。

「いいや、まだだ。やつは一匹狼の殺し屋でした。羊の皮をかぶって、こうして日常生活を送ってやがった。おそらく闇社会とのつながりは、自分が定めた方法に限定していたはずです。それを逆手に取って、依頼人をあぶり出す手が何かあるはずだ」

「チョウさん、今夜はとにかくゆっくりと休め。これは命令だぞ」

「すぐにやらなければ駄目なんです。今すぐに手を打たなければ……。ただのサラリーマンがおかしくなって、家族を殺害しようとして射殺されたというニュースがしばらくは出回るでしょう。だが、じきに闇社会には、あれが《名無し》だったとの噂が確実に広まる。そうなってからでは遅いんだ。《名無し》が死んだことを我々しか知らないうちに、何か手を打たなければ……」

物置小屋の前に集まっていた刑事たちのひとりが、遠慮がちに口を開いた。

「残念ながら、見つかったのは金だけでした……。メモや覚え書きの類は、一切ありません」

目を合わせないようにして言ったあと、すぐにこうつけたした。

「鋭意、捜索をつづけます。何か見つかったら、見つかり次第すぐに連絡しますよ」

大仏が礼を述べ、車谷を促して歩き出した。裏庭を離れ、建物の横の隙間を通って表を目指す。

そうする間も、車谷は、熱に浮かされたようにつぶやきつづけていた。

「何か手があるはずだ……。何か手が……」


フロントガラスに川崎のけばけばしいネオンライトが広がると、重苦しい沈黙が漂っていた覆面パトカーの中に、少しだけほっとした空気が流れた。いつもの見慣れた、そして時にはうんざりした気分になる川崎の繁華街の雑踏が、なぜだか今は懐かしいものに思われた。

「おい、とめろ。俺はここで降りるぞ」

車谷が言って、ハンドルを握る渋井に車を路肩へと寄せさせた。酔っ払いたちが、車の脇を流れていた。

「チョウさん」山嵜は、ドアを開けて半身を車の外に出した車谷を呼びとめた。

「もしかして酒ですか。それならば、俺たちもお供を」

車谷が苦笑した。

「渋チンは、家族の顔を見たがってるよ。そうだろ。それからな、俺も一杯やるわけじゃねえんだ。事件が解決したら、浴びるほど飲ませてやると言ったろ。おまえも、今日はたっぷりと休め。まだ、捜査が終わったわけじゃねえんだぜ」

「チョウさんはどこへ行くんですか?」

「このままじゃ、捜査が暗礁に乗り上げる。だが、そんなことはさせねえぞ。そのための糸をつなぎに行くんだ」

「どこへ?　お供させてくださいよ」

「おまえが必要なときは、必要と言うよ」

「でも、チョウさん――、親爺さんの了解は取ってるんですか……?」

山嵜はためらいがちに訊いたが、無言で一睨(ひとにら)みされて黙るしかなかった。


「うちへ来ますか?」

デカ長の背中を見送ると、運転席の渋井がふと思いついたように言った。ギアを入れ直そうとして手をとめ、助手席を向き、山嵜にそう持ちかけたのだ。

「こんな時間に邪魔をするほど、野暮じゃねえよ」

山嵜のほうは、雑踏に紛れて消えたデカ長の後ろ姿を、まだ目で追っていた。

「それにしても、あの人は強い人だな」

「俺は尊敬するが、チョウさんのようにはなれませんよ」

山嵜ははっとし、渋井のほうに顔を向けた。渋井がそう漏らした口調の中に、反発心とも嫌悪感ともつかない何かが、微かに紛れ込んでいるように感じられたのだ。

渋井は山嵜と目が合うと、気まずそうに顔をそむけた。

「ほんとにいいんですか、うちへ来なくて――?」

「そうだな……。やっぱりやめにするよ。今夜、幸せそうな家族を見たら、俺はどうにかなっちまいそうだ……」

「じゃ、自宅の前で降ろします。俺もそのあと、今夜は直帰しますよ」

渋井はクラッチを操作し、走り出した。

だが、車が動き出すとすぐに、山嵜は急に不安になった。頭の中に、男所帯の汚れた自室の景色が浮かんでいた。

「ああ、俺も家庭を持とうかな……」

助手席で両手を組み合わせ、背筋を伸ばすようにしながら言った。

「ザキ山さん、相手がいなけりゃ家庭は持てないんですよ」

渋井が言い、軽口だと強調するように自分で小さく笑って見せた。

「わかってらい、そんなことは。やっぱり、おまえのとこに寄らせて貰おうかな……。平和な家庭の邪魔をしたくなったぜ」

山嵜が言い返し、それも軽口だとわからせるために笑いを漏らす。だが、車内はやけに静かだった。

「いいですよ。ほんとに来てください」

少ししてから、渋井が言った。

今度は笑ったりせず、生真面目な声になっていた。

「どうしようかな……。ワリいしな……」

「早く決めてくださいよ。来るのならば、かみさんに電話して、夕食をひとり分多く作って貰わなくては」

「あ～あ、そういうことを言われると、なんだかみじめになるぜ……」

「ザキ山さん……。チョウさん、大丈夫でしょうか……？」

山嵜は、はっとして渋井を見た。渋井は運転に集中するかのように振る舞い、助手席の山嵜を見ようとはしなかった。

「大丈夫に決まってるだろ。チョウさんだぞ」

「そうですよね、チョウさんですから」

「大丈夫でいて貰わなけりゃ、しょうがねえじゃねえか」

「そうですね。しょうがないですね……。チョウさんですから……」

「ああ、チョウさんだからな——」

6

《王将倶楽部(クラブ)》は、旧東海道沿いにある将棋クラブだ。国鉄川崎駅から徒歩で二、三分ぐらいの繁華街の中にあるため、商店会の老人を中心に、会社帰りのサラリーマンやちょっと一杯ひっかけた酔客、将棋好きな高校生や大学生、それに週末にはもっと年齢が下の子供たちも立ち寄り、わいわいと一局楽しむ場所だった。

ラーメン屋の二階に位置しており、このラーメン屋が大家だということもあって、将棋クラブにはこの店のメニュー表がいつも置いてあって注文することができる。

品数が少ないときには、出前用のおかもちをわざわざ使うこともなく、店員の女の子が丼や皿にラップをかけて盆に載せて運ぶ。

今もそんなふうにしてラーメンと餃子(ギョウザ)を運んだ店の若い女の店員が、店に戻るために階段を下りかけたところで、下から上がって来る陰気な男と出くわした。

壁際に寄って男に道を譲るとき、男の服にまとわりついたたばこと酒の匂いが強烈に鼻をついた。

彼女とすれ違った男は二階の扉を開けると、それぞれ熱心に将棋盤を見つめる客たちの姿を見回してちょっと顔をしかめた。先客の数人が、誰か馴染(なじ)みが入って来たものと思って男のほうを見たが、その全員があわてて逃げるように視線をそらした。

男は壁際を回り、奥の壁にあるドアを目指した。

ドアの前に立ち、チラッと背後の様子を窺ってから、ノックもせずに開けた。

中には、川崎署の車谷一人が待っていた。

「こんなところへ呼び出して、いったい何の用だ？」

男——曙興業の立花が、後ろ手にドアを閉めながら不快そうに訊いた。

「おまえさんは、将棋はやるのかい？」

「まあ、嗜む程度はな」

立花の答えを聞き、車谷はにやりとした。

「俺はおまえのそういう謙虚なところが好きだよ。ほんとは、アマ五、六段の腕前だと評判だぜ。組長が、時々、おまえに教えを乞うらしいじゃねえか。たぶん、ここで指してる連中は、誰ひとりとしておまえにゃ敵わないよ」

「けっ、つまらんことを調べるなよ――」

「刑事の地獄耳ってやつさ」

「俺はおまえのそういうところが嫌いなんだ。訊いてることに答えろよ。なんでこんなところに呼んだんだ？」

「ま、坐れって」

車谷は向かいの椅子を勧めた。

だが、立花がそこに坐る前にすぐに切り出した。

「《名無し》について、教えて貰いたいことがある」

「おい、それは話が違うぞ。その件は喋れないと、昨日、はっきり言ったはずだ」

「事情が変わった。《名無し》は死んだ」

「――」

立花は坐るのをやめ、横の壁に寄りかかって立った。車谷の様子を観察するためだった。ズボンの太腿や裾にかけて、転々と黒ずんだシミがついていることには、部屋に入ったときから気づいていた。窓際のデスクに無造作にかけてある上着の袖にも、シミがある。

「その血は、そのためか？」

「ま、血自体はやつのものじゃないがな。やつは、俺がこの手で殺したよ。頭に銃弾をぶち込んだんだ」

立花は驚き、改めて暗い目を車谷に向けて様子を観察した。この小部屋で車谷を見た瞬間、どこかいつもと違う気がしたのだった。ほんの少し前に人を殺して来た人間にしては、その変化が非常に小さく抑えられていたことが驚きだった。

「《名無し》は自分の兄に成りすまして、普通の家庭を築いていた。綺麗なカミさんと可愛い息子がふたりいたよ」

「――――」

「明日の新聞にゃ、そうした男が妻と息子を殺害しようとして、警官に射殺された記事が載る。仕事のストレスによって、頭のネジが飛んでいたとしてな」

「家族の目の前で射殺したのか？」

立花は反射的にそう尋ねてから、馬鹿なことを訊いたことに胸の中で舌打ちした。車谷は、何も答えようとはしなかった。

「この男が殺し屋だと知っている人間は、誰もいない。緘口令が敷かれている」

「――何が言いたい？　あんた、何が狙いだ？」

「つまり、今、《名無し》がもうこの世にいないと知ってる極道は、おまえひとりだけってことだ」

「――――」

「さて、ところで今回、やつが引き受けた仕事の依頼の裏には、国枝大悟楼と、その息子の和摩がいる」

立花は、警戒した。

「おい、よせよ、そんな話をするのは。デカが手の内を明かすのに、ロクなことはないんだ」

両手を前に突き出してとめたが、車谷はにやりとするだけで聞かなかった。

「おまえは、もう聞いてしまっただろ。依頼人は、国枝大悟楼と息子の和摩の周囲にいる誰かさ。それは、間違いない話だ。バカ息子を守るために、誰かが《名無し》を雇ったのさ」

「俺は帰るぜ」

背中を向けて部屋の出口へと向かう立花を、車谷の声が追って来た。

「帰ったら、あとで一生後悔することになるぜ。幸運の女神にゃ、後ろ髪はねえって言うだろ」

立花は、ドアノブに手をかけた姿勢で振り向いた。

「何が狙いだ？」

「おまえにとって、千載一遇のチャンスだと教えてるんだよ。俺は頼み人をパクりたい。今度のヤマで、《名無し》に殺しの依頼をした野郎をな」

「殺し屋の話は何もできないと言ったはずだぞ。それは掟に反するし、そんなことをしたとわかれば命が危ない」

「だが、《名無し》は一匹狼の殺し屋で、そして、もう死んじまったんだぜ。よく考えろよ。死人に口なしさ。それは、殺し屋だって例外じゃない。それにな、俺は何も難しいことを望んでるんじゃねえんだ。どうやって《名無し》につなぎをつけることになってたのか。それは、あんただって知ってるはずだ。それだけ教えてくれたらいい。ここは将棋会所だぜ。将棋ファンのあんたが来たことが、もしも誰かに知られても、誰も怪しむやつはいねえよ。おまえはただ、それだけ教えてくれて帰りゃいい」

「連絡方法を教えて網を張ったところで、雇い主がもう一度《名無し》に連絡を取ろうとするとは限らねえだろ」

「余計な心配をするなよ。そういうことは、こっちでやる」

「──」

「もう一度言うぜ、おまえは、ただ、依頼主が《名無し》にどうやってつなぎをつけるのかを教えてくれたらそれでいいんだ。頼み人をパクれば、国枝和摩までつながる。国枝和摩をパクれば、この馬鹿息子を庇(かば)ってる国枝大悟楼へとつながる」

「そう上手くいくとは思えんがな……。国枝は盤石(ばんじゃく)だぜ」

「かもな。しかし、最低でも盤石じゃなくなる。それは警察にとっても、おまえの商売にとっても、新たな展望が開けるってことだ。そうだろ?」

「──」

「竜神会がデカいツラをしてるのは、バックに国枝につながる連中がいるからだ。国枝が失脚するか、最低でもその力が弱まれば、勢力構造が変わるぜ。竜神会も、今までのようにゃしていられなくなる。そしたら、曙興業は、艀の上前を撥ねるなんていうせこいシノギで満足している必要はなくなるぞ。京浜運河の利権そのものを奪ったらどうだ。俺が手を貸すぜ。警察を上手く使えよ。組同士でドンパチやるよりも、ずっと安上がりだろ」

「ほんとに国枝を叩けるのか――?」

「やれるさ。今回は、県警の二課が動いてる。連中も手ぐすね引いて関係者をパクりたがってるよ。ただ、やつらにゃ汚れ仕事はできないが、ここは川崎だぜ。俺がいる。俺とあんたがな。どうだ、一枚噛めよ。いつまでも、ヒラ幹部で満足してていいのかよ」

立花は、もう一度車谷に視線を据えた。計算高い顔になり、戸口を離れて椅子に坐った。

7

客たちから評判のいい女だった。「気立てがいい」という言い方で、彼らは彼女のことを褒めた。体にはそれなりに自信があった。顔はまあ、月並みだろう、というのが、自分自身の評価だった。三十を過ぎて皮膚の張りが減り、十代や二十代前半の女たちとは体つきが変わってきたが、彼女はそれを雰囲気作りやテクニックで補っていた。つまりはそういう女だった。

多くの客が彼女を指名し、忙しいときには朝までフル稼働で働く。当然のことながら、年齢が上がった今でも店の稼ぎ頭のひとりであり、かなりの金を貯めているという噂だった。

親しい仲間と飲んで酔ったときには、ある程度の金が貯まったら小料理屋を開きたいといった話を口にすることがあったが、それは未だに実現していなかった。

それを誰か悪い男がついているためだと噂する者もあった。親兄弟がロクデナシで、彼女から金をむしり取っているという噂もあった。そうした噂が本当かもしれないと思わせるような暗い翳りが彼女にはあったが、それは色気にもなっていた。

「悪い男」に当たると思われるのには、具体的な男がいた。その男が来ると店長はすぐに飛んで行き、いつでもやけにへりくだった姿勢で話をした。この店にはもちろん、ここを縄張りとする暴力団の息がかかっており、店長はその組に毎月決まった額を納めていた。だが、男は眼つきの悪さや身に沁みついた雰囲気からして組関係の人間と思われたが、不思議なことに「集金」の男たちとは完全に別のスジらしく、決して一緒に顔を出したことはなかった。

店長だけが、この男の正体を知っていた。警察の手入れがあるときには前以て教えてくれるし、店が何らかのトラブルに巻き込まれたときにも、店長は暴力団ではなくこの男に相談をした。そうすると、あっという間に解決するのだ。

今夜も、最近足が遠のいていた男が久しぶりに店を訪れると、店長はあわてて飛んで来た。

「すみませんね。今夜はたまたま御指名つづきで。でも、今の客が帰ったあとは、しばらく体が空きます」

「その言い方だと、まだ予約があるってことかい？」

男は低い声で訊き返し、店長は少し困ってしまった。

「はい。遅い時間にひとつ」

「そしたら、その予約はキャンセルだ」

「はあ、しかし……」

困ってしまい、大げさな困惑顔をして見せたが、それぐらいでは何の効果もない相手だとはわかっていた。

男はふたつ折りにした万札を数枚、ポケットから抜き出し、店長にそっと握らせた。

「これで上手くやってくれ。半分は、あんたが取ればいい。足りるはずだぞ」

店長はチラッと紙幣を確かめ、にんまりした。

「わかりました。任せてください。上手くやりますので」

「じゃ、いつものところで飲んでると伝えてくれ」

「いつもとは?」

店長は愛想を振りまくつもりと、念のために確かめておくつもりで尋ねたのだが、

「そう言えばわかるんだよ」

男にぎろりと一睨みされて、背筋が冷えた。今夜は何かあったのかもしれない。男は、なんだかピリピリしていた。

美沙子はいつものように客を愛想よく礼儀正しくお見送りしたところで、店長から耳打ちされた。

彼女は男が自分を待っていることを知ると顔を輝かせた。ヴェテランのトルコ嬢は誰でも、お客の前以外では表情がどこか気怠いのが常で、彼女もまた例外ではなかった。だが、店長から男のことを耳打ちされた途端、さっと陽が差したように顔を輝かせたのである。

「ありがとう、恩に着るわ」

次の客の件は自分に任せろと言ってくれた店長に手を合わせ、彼女は控室へと飛んで行った。

店長は、彼女の後ろ姿を見送り、ふっと短い微笑みを浮かべた。酸いも甘いも知り尽くした美沙子のような女が、あの男のことになると、まるで十代の無垢な娘のように新鮮な感情を露わにすることが微笑ましかった。

店長は、彼女のそういうところに好感を持っていた。この仕事をするうちに、女という生き物について様々なことを知るようになった。その大部分は、知りたくもなかったようなことばかりだった。たとえば女の見栄、嫉妬、恨み等々、それを手放せないばかりに自分が益々不幸になるというのに、まるでわざわざ望むかのようにして雁字搦めになっている女たちがいる。だが、彼女は違った。それなりの不幸を背負っているのは他の女たちと一緒だが、なぜだかあの美沙子は妙に明るいのだ。いや、温かいというべきだろう。それは気持ちの根っこのところに、人を恨もうとしない強さがあるからではないだろうか。

美沙子は洗面所の鏡の前に立ち、液体歯磨きを使ってよく口をすすいだ。この季節には、私服はラフなTシャツにジーンズ姿だった。液体歯磨きをシンクに吐き出し、鏡の前を離れる前に、彼女は胸の膨らみを下から持ち上げ、乳房がブラジャーにしっくり納まるように整えた。

男が待っていると言い置いた飲み屋まで、急げば店からほんの二、三分の距離だった。そこは所謂「焼き鳥バー」と呼ばれる形態の店で、大箱の店の壁際に、焼き鳥屋だけではなく、おでん屋、魚屋、煮物屋など、つまみになる品を売る屋台型のブースが並んでいた。飲み物に関しては、お祭りの法被にホットパンツ姿の若い娘たちが、テーブルで注文を取っては運ぶのだ。

店の戸口に立った美沙子は、ちょっと目をすがめて客たちを見渡した。最近、視力が悪くなってしまって遠くが見難いのだ。眼鏡をかけたらどうだと、時々、男から薦められるのだが、かけたら視力がもっと悪くなるような気がして、できるだけ長く裸眼で通していたかった。

大勢の客で賑わう店の片隅で、男は手酌で酒を飲んでいた。男のほうでも彼女に気づき、小さく片手を上げて振った。美沙子はテーブルの間を縫って、愛しい男の元へと急いだ。

「ああ、車ちゃん。悪かったわね、待たせちゃって」

「いいさ。好きに飲んでただけだ」

車谷一人は、美沙子に向かって微笑み返した。いつも部下や犯罪者たちに見せている厳しい顔つきではなく、目に温和な光があり、目尻には細かい皺がのびていた。

「何を呑む？」

「私も日本酒を貰うわ。冷やでいい。それと、チェイサーにビール」

車谷は法被の娘を呼び寄せ、美沙子の注文を伝えた。自分の猪口を空けてそれを美沙子に手渡し、自分がこれまで飲んでいた銚子を傾けた。

「腹は減ってないのか？」

車谷が言いながら、テーブルにある焼き鳥の皿を美沙子のほうへとずらしてくれた。

法被の娘が戻って来て、ビールと日本酒をテーブルに置いた。ここは現金制だ。車谷が勘定をし、釣銭を受け取った。瓶を持ち上げ、美沙子のグラスに注いだ。

美沙子はグラスを掲げ、車谷が猪口を軽く掲げ返した。美沙子は一気にビールを呷り、冷やの酒を味わい、少しするとまたビールを呷った。彼女は、アルコールに強かった。

そのうちに仕事の緊張が解けて、この男の前にいるときの安らかな気持ちだけがじんわりと広がり始めた。

「どうしたのさ、しけたツラして？」

「どうもしねえよ。いつもこういうツラだ」

「だから女が寄りつかないんでしょ」

「なんでそんなことがおまえにわかる」

「わかるわよ。あんたみたいな怖い顔したデカに、女が寄りつくわけないじゃない。それに、もしも誰か優しくしてくれる女がいるのなら、トルコ嬢をわざわざ呼び出して一緒に酒を飲もうなんてしないわ」

「俺がおまえと飲むのは、おまえがいい女だからだよ」

美沙子は車谷がそんなことを言うのを聞いて、びっくりした。こうした周囲に人がいる場所ではもちろん、ふたりきりで過ごすベッドの上ですら、憎まれ口しか利かない男だった。

「どうしたのよ、気持ち悪いから、そんなこと言うのやめてよ」

「なんでだ、ほんとの気持ちだぜ」

「あら、じゃあ、今夜はうんと優しくしてあげようかしら」

としなだれかかると、車谷は照れ臭そうに顔をしかめた。美沙子は相手が僅かに体を硬くしたことに敏感に気づき、なんとも言えない気持ちになった。

これだけ暴力団の連中からも恐れられている強面の刑事であるのにもかかわらず、この人は表に出せない何かを心の奥底に抱えている。暴力で来る相手には、ためらいもなく暴力で返す男だった。しかし、こうしてそっと触れられると、反射的に体を硬くするのだ。美沙子には、そんな男が愛おしくてならなかった。この男のこんな面を知っているのは、この広い川崎でもきっと自分ただひとりだけにちがいない。

車谷は、しばらくすると焼酎をロックで飲み始めた。しかし、美沙子がトイレを使って戻って来ると、テーブルに頬杖を突いて眠ってしまっていた。

美沙子は車谷を起こしてしまわないように注意してそっと元の席に坐り、猪口に残っていた日本酒を口に運んだ。手酌で注ぎかける手をとめ、車谷の顔を見つめた。

朝、当たったにちがいないひげが、深夜のこの時間には全体にうっすらと伸びていた。剃刀負けの痕が、下顎の左側に残っていた。

美沙子は男の顔を眺めながら、ちびちびと酒を飲みつづけた。何があったのか知らないが、この男は今夜、疲れ果てている。

そろそろ電車が終わる時間が近づき、彼女が店に入ったときに比べるとテーブルに空きが出始めていた　法被の娘たちの数も、心なしか減ったようだった。

店の電話が鳴るのが聞こえ、車谷が急に眼を開けた。すうすうと寝息を立てていたのに、眠りが浅かったらしい。

店主が、「あんたにだよ」とでも言いたげに、車谷に向かって受話器を振って見せ、車谷は電話の元へと飛んで行った。

電話で応対する車谷の背中を見つめ、美沙子は孤独感に襲われた。何か事件が起こり、急に呼び戻されたのかもしれない。そんなことを告げられるのかと覚悟すると、寂しくてやりきれなくなった。

電話のやりとりは長くはかからず、車谷は彼女の元へ戻って来た。

「なあに、事件？　戻らなければならないの……？」

席に坐り、完全に氷が溶けてしまった焼酎のグラスを口へ運ぶ男に訊いた。

「いいや、そうじゃねえよ。ただ、ちょっと気になってることがあってな。結果がはっきりしたら教えて欲しいと頼んで、ここの店の番号を教えておいたのさ」

「何の結果？」

「いいじゃねえか、それは」

「悪い結果だったのね……？」

気持ちを察したことを伝えたくて尋ねたが、美沙子はすぐにそれを後悔した。車谷は、物凄い顔で彼女を睨みつけた。まるで抜身の刀みたいに恐ろしい目をしていた。

だが、すぐにそれを打ち消し、痛みに必死で堪(た)える顔つきになった。この人は、本当はとても不器用な人なのだ……。

車谷は、隣の椅子に置いていた上着を取り上げ、内ポケットから何かを取り出した。何枚かのポラロイド写真だった。それらをふたつに、三つに、破り始めた。刈り上げの生真面目(きまじめ)そうな男が、頰を叩かれて真っ赤に腫(は)らせ、涙と鼻水を流している写真だった。

「何それ？　誰なの——？」

「てめえの地位を鼻にかけてる野郎だ。こうして写真に撮っておけば、悪さをしないと思ったんだ」

「ふうん……。でも、それじゃあ破ってしまったらまずいんじゃないの……？　要らなくなったの？」

「そういうわけじゃないが、嫌気が差した」

「何に？」

「こういう小細工をする自分にさ」

「————」

「今日、子供の前で父親を射殺した……」

「えっ……」

「やつはイカれた殺し屋だったが、ふたりの子供を持ついい家庭人でもあったんだ……」

「そんなこと、信じられないわ。イカれた人間は家庭なんか持てないはずよ」

「ある種の二重人格かもな……。そういうことは、俺にはわからねえよ……。とにかく、俺が撃たなければ、野郎は子供を殺してた」

「じゃあ、車ちゃんが子供を守ったんじゃない」

「しかし、子供の前で親父を殺したことには変わりはない」

「――――」

「しかも、母親のほうは守り切れなかった。今の電話は、病院に運ばれた母親が死亡したことの報せさ」

「――――」

「今夜はもう、仕事のことは考えたくねえんだ……」

捨て鉢な、どこか子供のような口調で言い、すっかり薄くなった焼酎を喉に流し込んだ。

お代わりを頼んでしまいそうな雰囲気を感じ、美沙子は男の腕をそっと押さえてとめた。

「もう充分に飲んだでしょ。一緒に私の部屋に帰りましょ。私が忘れさせてあげるわ」

こんな陳腐(ちんぷ)な台詞(せりふ)を自分が吐くなんて……、と、美沙子は気恥ずかしくなったが、股の間の敏感なところが、そう口にするとともに濡(ぬ)れ始めたことに気がついた。

「さ、出ましょ。それとも、今夜は別にしたい気分ではないのかしら?」

「いいや、とてもしたい気分だ」

「あら、素直だから、許してあげる。じゃ、天国に連れて行ってあげるわね。だけど、それには、うんといい子にしてなくちゃダメよ。できる?」

「できるよ」

美沙子は、相手の体にそっとしなだれかかった。

車谷は、やっぱり体を硬くした。

四章

1

街が明るくなるとゴミが目立った。生ゴミをカラスが漁り、やがてそのカラスを押しのけてゴミ収集車がやって来て、街を少しだけ綺麗にした。

東京近郊のどの駅とも同じように、午前六時を過ぎると駅へ向かう人の数が増えていき、七時台は猛烈なラッシュアワーとなった。

ただし、川崎駅のあり様はいくらか違っていた。東京へ通勤する人間たちが駅舎へと吸い込まれる一方、バスターミナルがあるこの東口には、川崎の東部、湾岸部の様々な工場群に通勤する人間たちが、駅舎から逆に吐き出されて来る。川崎駅の西口は、早朝はほぼ東芝の堀川町工場に通勤する人間専用となり、通称「東芝口」と呼ばれるほどだ。

東京へ通勤する主にホワイトカラーたちと、川崎に通勤して来る主にブルーカラーたちとが、毎朝、かち合う駅なのだ。だが、双方向の流れがぶつかるこの東口駅前でも、誰が指示するわけでもないのに、おのおのが滞りなく進み、道や駅舎の構造上、人同士がかち合いそうな場所であっても、水が低きに流れるように自然な流れが生じていた。

駅のホームでは、ミカン箱ほどの大きさの台に乗った駅員がホームの際に立ち、降客と乗客の流れを仕切っている。電車が入って来るのに目を光らせ、白線より外にいる客には笛を吹いて注意を促す。

この時間は大概が定期券の客だが、何十人かにひとりは切符を買った客もいた。改札に立つ駅員は、右手に握った改札鋏(ばさみ)をカチカチ打ち鳴らしてはリズムを取りつつ定期券を確認しているが、時折、目の前に現れる切符には、素早くその端っこに切り口を入れる。「鋏痕(きょうこん)」と呼ばれるこの切り口が、改札を通った証拠となるのだ。

駅前のバスターミナルからは、工場群行きのバスがひっきりなしに出ていた。ターミナルの周辺にはオフィスビルが林立し、ネクタイ姿のサラリーマンたちがそこに吸い込まれて行く。

そうした通勤の波に一段落つき始めた頃からは、駅前通りに露天商が並び始めた。雨戸とか、それに匹敵する大きさのベニヤ板一枚を、大概はビール箱を台にして置き、そこに様々な品を並べるのだ。ラッシュアワー時には、通勤客相手の売店と、その横に靴磨きがふたり坐るだけだったが、いつの間にかその周辺を埋めて、ラッシュアワーに捨てられた雑誌を並べて売る者や、本物の古本屋、古着屋、バナナ売りに瀬戸物売りなど種々様々な店が連なり、靴磨きの数も増えていた。

駅前の広い通りから脇の路地に入ると、そこには肉屋、八百屋、魚屋などが点在し、電気屋、クリーニング屋、文房具屋、本屋など、大概の買い物はこの駅前で用が足りるようになっている。そのため、朝の洗濯が終わるぐらいの時間からは、赤ん坊や就学前の幼子を連れてそうした店を訪れる主婦たちが姿を見せ始めた。

駅周辺の通りには、昼食時には定食屋として営業する飲み屋がたくさんある。昼頃には、今度は付近のサラリーマンたちが昼食を取りにわっと姿を見せようになった。

――そうした移り変わりの一部始終を、この東口が見渡せるビルの二階に陣取った刑事たちが、じっと息を殺して見つめていた。

その中には、川崎署の面々に加え、県警二課の捜査員である斉藤と田中のふたりも交じっていた。斉藤たちは、国枝大悟楼、和摩親子の周辺にいる人間たちを知り尽くしている。《名無し》への連絡に、そうした連中の誰かが出て来る可能性が考えられると判断し、このふたりにも協力を依頼したのだった。

それに加えて、早朝の通勤時間帯からずっと売店の横に陣取ったふたりの靴磨きもまた、東口の出入り口に置かれた伝言板にじっと注意を向けていた。

実はこのふたりは、川崎署の山嵜と渋井の変装なのだ。靴磨きの道具一式と、それらしい衣装は、いつでも使えるように署の備品室に保管してある。

変装とはいえ、実際に靴磨きとして営業している以上、客が来れば革靴を磨くことになるが、それも手慣れたものだった。ふたりとも、靴磨きに変装しての張り込みは、もう何十遍となくやっているのだ。

「国鉄の川崎駅の東口だ。中央通路の出口に、伝言板がある。そこに、《千代田商会》の名前で書き込みをする。電話番号を書き、《名無し》が連絡をくれるのを待つんだ」

昨夜、曙興業の立花から聞き出した《名無し》の連絡方法とは、以上のようなものだった。

その伝言板は、早朝、川崎駅のシャッターが開くとともにここに出された。壁に固定式の伝言板も多いが、ここはそれとは異なり、脚に車輪がついた移動式のものだった。罫線で縦に区切られ、日、時、用件の順で書くようになっており、下部の溝に白墨と黒板消しが用意されていた。

そして、一番左には、「六時間後には消します」との文言がある。

片田舎の駅とは違い、伝言板の活用率は高かった。とりたてて目立つ待ち合わせ場所がない川崎駅東口の場合、元々出口付近を待ち合わせに利用する者が多いのだ。到着後、相手が遅れた場合に伝言を残して先に移動したり、何か緊急の要件の場合には、駅に電話をして駅員に頼めば、代わって伝言を書き込んでくれたりもする。

ビルの二階に陣取った刑事たちは、交代で双眼鏡を使い、伝言板に書かれる文言に注意しつづけていた。

靴磨きに変装した山嵜、渋井両刑事のところからは、肉眼で文字が確認できる。

言うまでもなく、全員が、そこに《千代田商会》の五文字が書かれるのを、根を詰めてじっと待ちつづけているのである。

昼食を交代で取り、双眼鏡で様子を窺う者以外は、だらっと体を弛緩させて目を休めた。山嵜と渋井も、途中で一度別の刑事たちと張り込みを交代して貰って休憩を取った。そして、ふたりが再び配置についてしばらくした頃――。

黒いサングラスをかけた小太りの男が伝言板の前に立つのを見て、県警二課の斉藤が喉に何か詰まらせでもしたような妙な声を漏らした。

「おい、まさか――」

そんな言葉を小声で漏らしつつ、斉藤と田中が互いの顔を見合わせた。

「どうしたんです……。知った顔ですか？」

大仏が訊いたが、斉藤はすぐには答えなかった。大仏の質問を手で制するようにして、あわてて双眼鏡を両目に当て直した。

サングラスの男が白墨を取り上げ、伝言板に何か書き終えると、斉藤と同様に双眼鏡を目に当てていた刑事たちの間からも低い声や溜息が漏れ、無線から、山嵜のささやき声が聞こえて来た。

「書きましたよ。あのサングラスの男です。伝言板に、《千代田商会》と書きました。電話番号等はなく、あとはただ『連絡を乞う』とあるだけです」

つまり、連絡先は、前に殺しの依頼をしたときと同じという意味だ。

「野郎だ。親爺さん――。依頼人ですよ」

車谷が言い、大仏が全員を見渡した。

「距離を置いて、あとを追え。いいか、絶対に相手に気取られるなよ」

大仏に命じられ、その場にいた捜査員の半数が動いた。あとの半分はこのままここに待機し、あの伝言を読んで反応を起こす人間を見張る役割を、予め割り当てられている。

「サングラスの男だ。遠巻きにして行き先を突きとめろ。ザキ山、渋チン、おまえらもだ」

その後すぐに大仏は、ターミナルの周辺を張っている捜査員たちへ向けて無線で命令を発した。相手がタクシーかバス、もしくは自家用車を使用したときのために、ターミナルの両端には一台ずつ覆面パトカーが待機していた。大仏が上にかけ合い、多くの人手を割かさせたのだ。依頼人は、《名無し》からの連絡を待つため、必ずどこかに落ち着くはずだ。相手に気づかれぬよう、遠巻きにそっとあとを尾けてその場所を確認するのだ。

斉藤が、いきなり動いた。

「斉藤さん、どこへ？」

大仏が引き留めるのを無視して出口に向かい、所轄の捜査員を押しのけるようにして飛び出して行った。

「くそ、勝手なことを……。田中さん、斉藤さんは何をするつもりです？」

そこに残った斉藤の部下に大仏が問うも、田中は何も答えなかった。

車谷は、斉藤を追って部屋を飛び出した。階段を駆け下り、表に駆け出す。斉藤は、伝言板のある駅通路の出口の方角へ向けて小走りで進んでいた。

（勝手な真似をしやがって……）

車谷は胸の中で罵りながら、そのあとを追った。

「おい、待て。待ってくれ。勝手な真似をするな。手筈はわかってるはずだぞ。やつの身元を確かめ、《名無し》からの連絡を待つ場所で取り押さえるまで、こっちの動きに気づかれちゃならねえんだ」

斉藤の隣に並び、周りの通行人たちに聞かれるのを嫌い、耳元で早口で告げながら説得を試みるが、斉藤は歩みをとめようとはしなかった。くそ、大声で怒鳴りつけたいぐらいだ……。だが、あろうことかターミナル周辺の道を、伝言板に伝言を書いたあのサングラスの男がこちらに向かって歩いて来る。

「待ってくれったら、斉藤さん。あんた、この間のことを怒ってるんだな……？」

困り果てて尋ねると、斉藤は急に足をとめ、体ごと車谷へと向き直った。

「怒ってるんだな、だと――。激怒してるに決まってるだろ！　貴様のようなやつは、いつか必ず警察から放り出してやるからな」

「おい……、大声を出すな……」

「だがな、今はそんなことはどうでもいい。やつを肉眼で確認する」

「あの男を知ってるのか……？」

「サングラスをしてるし、まだ断言はできん……。他人の空似ということもある……。それに、まさかあの男が……。とにかく、確認する」

車谷は、言い返そうとしてやめた。

ふたりして店の際へと寄り、それぞれ素知らぬ様子を装って立った。サングラスの男は、タクシー乗り場でいったん足をとめたが、午後の車が少ない時間帯で列ができていたために少しするとそこを離れた。

　車谷はたばこ屋へと移動し、ショートピースを二箱買った。五百円札で払い、店の老婆が小銭を探す間に、サングラスの男が車谷の背後を通り過ぎた。身長一六〇センチちょっとで、小太り。刈り上げ頭が年齢不詳の所謂「とっちゃん坊や」っぽいが、おそらく三十過ぎぐらいだろう。この季節だが、あまり日には焼けていない。

　その程度のことを一瞬で見て取り、釣りを受け取った車谷は、男が遠ざかるのを待って斉藤へと近づいた。

　斉藤は、いくらか顔を上気させていた。

「確信が持てたんだな――？　今のは誰だ？」

「ああ、この目ではっきり確かめた。やつは、国枝和摩本人だ」

　答える斉藤の声は、体の底から湧き上がって来る興奮を抑えるため、微かな震えを帯びていた。


　人質を取った立てこもり事件等に使用するロングワゴンは、ここを前線基地として小会議が持てるようにと後部シートが対面式に作り直されており、真ん中には取り外し可能な簡易デスクが据えつけられている。

　その片側には今、大仏と車谷が並んで陣取り、交番勤務のヴェテラン巡査が向かいにいた。

彼はこの任務のためにここに特別に派遣されて来たため、今は制服ではなく私服姿だった。

兄の佐藤以知郎の名前で長年にわたって暮らして来た佐藤滋郎が、家族とともに録音した大量のカセットテープと8ミリフィルムを、車谷たちは捜査のために押収した。丸山が中心となり、総務の人事担当者にも協力を求めた上でこれらを再生し、じっくり聞き込み、面接をし、《名無し》と声の質や喋(しゃべ)り方が似ている職員を選び出した。そして、この巡査に、白羽の矢を立てたのである。

「ただ落ち着いて喋ればいい。こっちが言いたいことだけを告げればいいんだ」

大仏が、警官に言い聞かせるように静かに告げた。

「大丈夫だよ。相手は、あんたを《名無し》だと思って喋るんだ。ただ、堂々としてりゃ、疑われはしないさ」

助手席から、丸山が、体を捻(ひね)って笑いかけ、巡査の緊張をほぐそうとする。

巡査はふたりに順番にうなずくと、気持ちを集中させるために目を閉じ、長く息を吸い込んで吐いた。背筋を伸ばして坐(すわ)り、膝(ひざ)に両手を置いている姿勢からも、生真面目(きまじめ)で几帳面(きちょうめん)な雰囲気が伝わる男だった。

「もう大丈夫です。準備がよければ、始めてください」

「よし、じゃ、やろう」車谷が言った。「なあに、大丈夫だよ。丸さんも言ったが、相手はあんたを《名無し》だと思ってるんだ。簡単なやりとりだけすりゃ、それで終わりだ。台詞(せりふ)は、頭に入ってるな――?」

「はい、大丈夫です」

巡査が力強くうなずき、車谷はテープレコーダーの録音スイッチを押した。そして、メモを確かめつつ、ロングワゴンに電話線を引き込んで設置した電話機のダイヤルを回した。

この電話番号は、ワゴン車の斜め向かいにあるマンションのものだった。そのマンションの五階の部屋に、国枝和摩が暮らしている。

車谷は、ダイヤルを回し終えて呼出音が始まると受話器を巡査に差し出しかけたが、何を思ったのか、急にその手を引っ込めた。

「いや、待て。俺が自分でやろう」

巡査に告げ、受話器を耳に押し当てつつ、視線を大仏から丸山へと巡らせた。大仏は驚いたらしかったが、すぐに車谷と同様に意を決した顔になってうなずいて見せ、丸山のほうは、「ほお」とでも言いたげにニヤニヤした。

電話がつながり、大仏が録音機につないだイヤフォンを耳に押し込み直した。

「もしもし、何の用だ」

車谷が前置きもなく、ただ思いきり不機嫌そうに言うと、相手は気圧(けお)された様子で一瞬、黙り込んだ。

「すまない……。だが、どうしても確認しておきたいことがあって……」

国枝和摩は、おずおずと切り出した。

「疑ってるわけじゃないんだが、あんたに頼んだ仕事は、ほんとに綺麗に片づいたのだろうね……?」

「どういう意味だ?」

と、車谷は益々不機嫌そうに訊き返した。

「いや……、なんというか……、間違いだとは思うんだが、龍田雅恵が病院へ運び込まれたという噂があるんだ……。だが、容態は大したことがなくて、警察に証言し始めていると……。あんたの仕事は確実だと聞いてるが、もしかしたらと思うと心配になって……。怒らないでくれよな……、でも、こっちは、高い金を払ってるんだ……。万が一があったら困るんだよ……」

「おまえ、俺を疑ってるのか?」

「いや……、だから、そういうわけでは……」

「仕事はいつでも完璧にこなす。それとも、おまえ、何か企んでるのか? つまらん考えを起こすと、どうなるかわかってるんだろうな?」

「何も企んじゃいないよ! ほんとだ、信じてくれ。ただ、あんたがこっちの依頼通り、榊田信夫につづいて龍田雅恵も始末してくれたかどうかが心配で……、だから、つい……」

車谷と大仏が、互いの目を見てうなずき合った。

「逮捕だ。国枝和摩の身柄を押さえるぞ」

大仏が無線を操作した。既にマンションに入り込み、和摩の部屋の傍で待機している山嵜たちに指示を出し、丸山もロングワゴンの助手席を降りた。

車谷は唐突に電話を切った。

「わざわざスタンバイして貰ったのに、悪かったな。何も、あんたのせいじゃないんだ。あんたなら、立派にやり遂げると思ったさ。ただ、あんたと話してるうちに、自分で気づいたんだよ。慎重にやり過ぎるより、勢いで押すべきだってな」

頭を下げる車谷を、巡査は簡易デスクの向こうから手を差し出して抑えるようにした。

「いいんです。わかってます。お見事でしたよ、チョウさん」

車谷は巡査に頭を下げ、今度、交番に一升瓶を届けることを約束して車を降りた。ちょっと前に降りていた大仏とともにマンションを目指すが、エントランス付近で待機する大仏とはそこで別れ、車谷は非常階段の昇り口へと駆けた。

ちょっと前にロングワゴンを出た丸山が、三階から四階にかけての踊り場付近を、息を切らしながら昇っているのが見える。車谷は、そのあとを追って駆け上がり始めた。

マンションや宿泊施設等の非常階段は、最近では防犯機能強化のために自動ロックがかかり、表からでは開けられないドアが増えている。五階のドアには新人の沖が待機していた。

「右側の三番目です」

そして、車谷にそっと耳打ちした。車谷は無言でうなずき、そのドアへと急いで開けた。中には、刑事たちの脱いだ靴が散乱していた。

ちょっと前に入ったばかりの丸山が、こちらに背中を向けて立っていた。車谷が上がると、横に避けてくれた。

政治家の三男坊は、広い部屋に暮らしていた。その部屋の真ん中で、今は背中に回した両手に手錠をされ、山嵜と渋井のふたりによって押さえ込まれていた。

「おい、いったい、何なんだおまえら!? 俺を誰だか知らないのか? こんなことをしてどうなるか、わかってるんだろうな!?」

テーブルに上半身を押しつけられた国枝和摩が大声で喚き立て、車谷は顔をしかめた。

「そいつに猿轡を嚙ませろ」

「ガサ入れはどうしますか?」

山嵜の問いに、車谷はすぐに首を振った。

「それはまだ待て」

電話のやりとりは録音したが、日本の裁判制度では、そういった録音は正式な証拠として認められないことが多いのだ。

この先、いかに自白を引き出すかが勝負だ。しかも、短時間のうちにそれをやらなければならない。

「引っ立てろ。非常階段から降りるぞ。親爺が管理人の様子を窺ってる。何か動きを見せるようなら適当に言い繕ってくれるが、気づかれないのが一番だ。署にも、裏口から入る。ブン屋たちに気をつけろよ」

車谷は山嵜たちに命じ、入って来たばかりの玄関へ戻った。

国枝和摩の身柄を確保したことを、しばらくは関係者の誰にも気づかれてはならないのだ。

気づかれれば、すぐに弁護士が動き出し、さらには国枝大悟楼の線から上層部に連絡が行く。即席ラーメンが煮えるぐらいの速さで横やりが入るのだ。

2

「弁護士だ。弁護士を呼べ。俺にゃ、その権利があるはずだ。弁護士が来るまで、一言も喋らねえからな」

案の定、国枝和摩は取調室で猿轡を外されるや否や、そう喚き立て始めた。

車谷はその前に陣取り、大きな書類袋を取調べデスクに置いた。壁際には、県警の斉藤が寄りかかって立ち、腕組みをしてじっと国枝を睨んでいた。

「はめるなんて、汚いぞ。弁護士が来るまで、何も話さないぞ。弁護士に電話させろ」

「心配するな。いつでも弁護士は呼んでやるよ。それまで、取調べは始めない。これはいわば、俺とあんたの世間話だ」

「刑事と話すことなど、何もないよ」

「まあ、そう言うなって。あんた、絶体絶命だぞ。弁護士が来たら正式な取調べになるが、その前に、少し耳に入れておいてやったほうがいいと思ってな。こう見えて、俺は人情派なんだ。みすみす、若い命がひとつ死刑で失われるのを見てはいられないのさ」

車谷が言って相手の目を見据えると、国枝和摩は落ち着きなくまばたきを繰り返した。

「口車には乗せられないぞ。何だっていうんだ――」

突っかかって来るが、内心ではびくびくと怯えているのが簡単に見て取れた。

車谷は書類袋の口を開けて傾け、机に大量の写真を出した。どれも八つ切りサイズに拡大された大判のモノクロ写真だった。

「川崎駅の伝言板に書き込みをするあんたを写した写真だ。見ろ、はっきりと《千代田商会》に連絡を乞うと書き込む様が撮影されてる」

「それが何だって言うんだ……」

「とぼけても無駄だぞ。これが《名無し》との連絡方法であることは、もうネタが上がってるんだ。その後、あんたは《名無し》からの電話を受け、龍田雅恵の息の根をとめるように依頼したのは自分だと言った。彼女が死んでいないという噂を聞いて不安になり、《名無し》に連絡を取ったんだ。だがな、《名無し》はもう逮捕したぞ。そして、おまえとの電話も録音してある。やつは、罪を軽くして貰うことと引き換えに、俺たちの前でおまえに電話をしたのさ」

「――――」

「つまり、おまえはもう、絶体絶命ってわけだ」

「弁護士だ……。弁護士が来るまで、何も喋らないぞ」

「わかってないようだな。おまえが喋る必要はないんだ。これだけ証拠が揃っているんだからな。おまえは、死刑だ。自分の手を汚さず、金で他人に依頼して始末をつければ、それで問題がないと思って来たんだろ。おまえがどんな人間か、俺にゃ手に取るようにわかるよ。おまえは、ガキの頃からずっとそうやって生きて来たんだ。親父の力をかさに着て、自分じゃ何もできないくせに、面倒なこと、辛いことは何もかも他人に任せ、楽して甘い汁を啜ることだけを繰り返して来た。だがな、今度ばかりはそうはいかないぞ。法律ってのは、そんなふうにはできちゃねえんだ。依頼殺人は、依頼した人間も実行犯と同罪になる。つまり、おまえは自分の手で矢代太一と榊田信夫を殺害し、そして、龍田雅恵を殺そうとしたことになるのさ。おまえの親父に頼まれた弁護士が、たとえどんなに優秀だったとしても、ふたり殺せば死刑というのがこの国の相場だ。いいや、ふたりじゃなかったな。その前に、おまえの捩れた性欲の犠牲になって死んだ女性が何人かいるだろ。知らないとは言わせんぞ」

血の気の失せた顔でうつむく国枝和摩は、その姿勢で固まった。頑なに何も見ず、何も聞かず、何も考えまいとしている姿勢だったが、両手が小刻みに震えている。

「国枝和摩。いいことをひとつ教えてやろう」車谷は、甘い声を出した。「信じるか信じないかは、おまえが考えて決めればいい。死刑囚は未決囚だ。死刑が執行されて初めて刑の確定になる。だから、それまでは未決囚の独房に監禁される。そこで誰もが何をやるか知らんだろ。減刑の嘆願書を書くのさ。弁護士に相談し、上告し、なんとか死刑の判決を無期懲役に覆すように努力する。命欲しさに、毎日、毎日、反省の意を示し、自分が殺した人間の家族に手紙を書き、司法に減刑を嘆願するんだ」

「俺は……、俺には……」

「俺には親父がいるってか？　さすがの国会議員の親父も、ムショにいるおまえに救いの手を差し伸べることなどできないさ。おまえは、ひとりぼっちになる。そもそもおまえの親父は、おまえをそんなに深く愛しているとは限らんぞ。おまえは親から愛情とは何かを教わらずに生きて来たんだ。そうでなけりゃ、こんな人間ができるわけがないからな。おまえの親父は、これからおまえのせいで大変な目に遭う。もしかしたら、今の地位を失って失脚するかもしれない。それを避けるためならば、おまえを容易く見捨てるだろうさ。おまえのような息子など、なかったものにするだろう」

「父さんはそんな人じゃない……」

「いいから、もう少し黙って人の話を聞け。金はいくらでもあるだろうから、親父が弁護士は雇ってくれるだろうさ。だが、それだけだ。おまえは親父の顔にドロを塗った。おまえの親父は、これから何年もかけてそのドロをすすぐのに必死になる。おまえのことなど考えもしないし、むしろ考えたくないだろう。想像してみろ、独房で、親からも兄弟たちからも忘れ去られ、ひたすら自分が殺される恐怖に怯えながら暮らす自分の姿を。死刑と無期懲役は、天地ほども違う。無期懲役には、生きられる希望があるんだ。しかもな、この国の無期懲役ってやつは、実際には何十年かで出獄できる場合だってあるんだぜ」

　国枝和摩はうつろな目を上げた。

「それは、ほんとなのか――」

「ああ、きちんと模範囚で務め上げ、充分に悔恨の情を示したならば、この国のおカミは無慈悲じゃねえんだ」

「――――」

「いいか、ここからが本題だ。大事な話だから、よく聞けよ。死刑か無期懲役を分ける大きな要素は、おまえの反省がどれだけ裁判官に酌量されるかにかかってる。それに影響を与えられるのは、弁護士じゃない。俺たちなんだ。弁護士ってのは、おまえの側の人間だ。まあ、親父がそれなりの金を払えば、それ相応の仕事はしてくれるだろうさ。だがな、それにゃ限りがある。それよりも、取調べに素直に応じることが、結局はおまえに有利に働くんだ。テレビで見たことがあるだろ。俺たちデカは、取調べ調書とともに、情状酌量を求めることができる。今からおまえが協力すれば、検察にもそれを頼んでやろうじゃねえか。おまえにも、色々と言い分があるんだろ。おまえをこんなふうにしたのは、おまえの家庭環境なのか。それとも、何か過去に、深い心の痛手を負ったんじゃないのかい。心のうちをすべて吐き出し、捜査に協力しろよ。弁護士と話すのは、それからだって遅くないんじゃないのか。俺たちだって人間だ。おまえが最初から弁護士、弁護士と言い立てて、対抗心を剝き出しにするようじゃ、こっちだってなかなか歩み寄ることはできなくなる。わかるだろ、和摩。俺と一緒にいるのは、県警の刑事さんだ。俺たちで何でも聞いてやる。いいな、わかったな」

「はい……」

国枝和摩がうなずいたとき、部屋のドアにノックの音がした。

ドアが細く開き、渋井が顔を覗かせた。車谷は、斉藤に目配せしてふたりでドアへと歩み寄った。

「物証が出ました。国枝和摩の指紋が、《名無し》の家の隠し金庫から見つかった札束に付着していた指紋のひとつと一致しました」

「よし」

斉藤が、小さくガッツポーズを取った。

「札束に指紋が残っていたとは、榊田信夫と一緒ですね。結局、人ってやつは、原始的なところでつまずくもんなんでしょう」

そう感想を述べる渋井にうなずき返し、車谷はチラッと国枝和摩を盗み見た。

国枝和摩は虚ろな目をし、太いぶよぶよした手の指先でしきりと下顎の無精ひげを抜いていた。

なんで我が子をこんなふうになるまで放っておいたのだ……。なんでこんなふうに育てたのだ……。そう思うと、会ったこともない国枝大悟楼という政治家への怒りがいや増した。この若造は、金や権力だけは与えられても、親からきちんとした善悪の判断だとか、自分よりも弱いものを思いやる心だとか、他人への誠意だとか、そういったものは何ひとつ教えられずに生きて来たのだ。

取調デスクに戻った車谷は、国枝和摩の前に坐り直し、鑑識の報告書を提示した。

「《名無し》が隠し持っていた札束から、おまえの指紋が検出されたぞ。おまえがやつに殺しを依頼したことを示す動かぬ証拠だ。さあ、覚悟を決めて、何でも話してみろ」

国枝和摩は、自分の五指の指紋が並んだ指紋鑑定書から虚ろな目を上げた。

「わかりましたよ……。でも、そうしたら、最初にひとつ聞いて欲しい話がある」

「何だ。言ってみろ」

「刑事さんはさっき、矢代太一の名前を挙げたろ。だけど、俺はあの男を殺させたりはしてません」

「何だと――？」

車谷の鋭い目に射られて、国枝和摩は首をすくめた。

「俺はそんな依頼はしてない。ほんとです。矢代が死体で発見されて、警察がそれを不審死として捜査し出したと知って、それで怖くなって《名無し》に殺しを依頼したんだ……」

「いい加減なことを言うな」

「ほんとです。英子のことで、色々わかってしまうと思って……」

「ちょっと待て、それはどういうことだ……？　英子とは、朴暎洙のことか？」

「そうです……」

「なぜおまえが、朴暎洙を知っているんだ？」

国枝和摩が、はっとした。警察の知らないことを自分から言い出してしまったことへの後悔と、これを隠すことで何かまた上手い取引ができるのではないかと頭を巡らせ始めたことが、その顔つきから見て取れた。

（くそ……）

車谷は、胸の中で罵声を噛んだ。この事件の背景には、まだ自分たちの知らないことが隠れていたのだ。

だが、車谷の頭がフル回転し、自分で答えに近づいた。

（そういうことか……）

もつれ合っていた細かい糸がほぐれ、一本の線へと結びつこうとしている。

「おまえは、朴暎洙にも手を出してたんだな？」

「出そうとしただけだよ……。だけど、そもそも女は納得してたんだ。それなりの金と引き換えに、納得してついて来たのさ。だが、とめられた。だから、あの娘にゃ、俺は指一本触れてません。ほんとです……」

「誰にとめられた。矢代太一にか？」

「そうです。それと、《夜城》の早乙女のふたりにだ。ふたりであわてて乗り込んで来やがって、この娘だけはやめてくれと頼まれたんだ」

「なぜだ？　矢代と早乙女は、おまえに何か理由を説明しただろ？」

「ええ。親友の娘だし、それに、生まれたばかりの赤ん坊がいて、暮らしのために《夜城》で働いてると言ってた。俺のほうでも、子持ちかと思うと、気持ちが冷めたんだ。だって、乳の出る女なんて、不潔でしょ……」

「おまえの気持ちなどどうでもいい」車谷は、和摩の言葉を遮（さえぎ）った。「おまえはそれを素直に聞き入れたのか？　そうじゃあるまい。そのときは大人しく手を引いたが、朴暎洙に執着（しゅうちゃく）し、彼女が赤ん坊と暮らす家を探し出したんだろ？　それを矢代に責められ、おまえが自分で矢代を殺した。そうだな」

「そんなことはしてませんって……。あんな女との関係は、それで終わりさ。あとは何にも知りません。それに、代わりの女がやって来たから、それでよかったんだ……」

「代わりの女を要求したわけか」

「ええ……」

「その女と関係したのは、そのときだけか？」

「いえ……、金を払って、何度か……」

「わかったぞ。そして、その女を誤って殺してしまった。何か異常なプレイをして、その結果として女が死んでしまったんだ。それで、おまえはその死体の処理を、矢代太一、榊田信夫、それに龍田雅恵の三人にやらせた。そうだな？」

「そうです……」

「《夜城》の早乙女も、一枚噛(か)んでるんだな」

「ええ。お膳立(ぜんだ)てしたのは、全部あいつですよ」

「おまえが殺した女の名前は？」

「――――」

「ここまで話したんだ。言っちまいな。どうせすぐにわかることだ」

「ミミ、とだけ名乗ってた。本名は知りません……。早乙女が連れて来たんです。ねえ、刑事さん、あれは事故だったんですよ。事故なんだ。お互い、納得した上でやってたプレイなんだから。ミミのやつだって楽しんでた。ただ、ちょと力が入り過ぎてしまって……」

くどくどと言い訳を始める和摩の言葉を、車谷は聞き流した。

「おまえは、朴暎洙の始末も《名無し》に依頼したのか？」

念のためにそう確かめると、今度は必死で否定を始めた。

「そんなことはしてません……。ほんとです。信じてください……。暎洙はミミのことは何も知りません……。だから、殺す理由なんかないでしょ」

車谷は、席を立った。

「斉藤さん、あとはあんたたちの腕の見せどころだろ。よろしく頼むぜ」

斉藤にそう声をかけて取調室を出た。所轄が担当するこの男の捜査は、ここまでだ。矢代太一殺しについては、これで振り出しに戻ってしまったのだ……。

「ちょっと待て」

廊下を歩き出しかけたところで、斉藤があとを追って来た。

「これでもう共同の捜査は終わりだ。おまえが撮ったポラロイド写真を返せ」

「あれはもうないよ」

「嘘をつくな」

「ほんとさ。あの写真は破った。自分に嫌気が差したんでね。だから、あんたが俺を潰す気なら、障害になるものはないってことさ。ただし、潰しに来たら、こっちもとことん噛みつき返すぜ。あんたも共倒れってことだ」

斉藤は驚き、疑い深そうに車谷を見てから、結局、最後には微笑んだ。

「面白い男だな。だが、あれから俺は怒りで眠れない。水に流してもいいが、それにはひとつ条件がある」

目は笑ってはいなかった。

「何だ？」

「俺にも、おまえの頰を思いきり張らせろ」

車谷は、にやりとした。

「わかったよ。やってくれ」

言い終わらぬうちに、拳骨が飛んで来た。反射的にかわす余裕はあったが、それを我慢して動かなかったため、頰骨に拳が命中した。

斉藤が顔をしかめ、手首を押さえて少し前屈みになった。人を殴ったことなどない男なのだ。

車谷は、よろけ、痛がっている振りをして見せてやった。

3

「暎洙が行方をくらましているのは、これだったのかもしれませんね」

刑事部屋で、丸山がそう意見を述べた。「彼女は、ただ単に矢代太一が死体で見つかって怖くなったからというだけではなく、矢代が国枝和摩絡みで危ない仕事をして金を得ていたことを、薄々気づいていたんでしょう。それで、矢代の行方が知れなくなったとき、自分の身にも何か危険が及ぶことを感じたのではないでしょうか」

「ええ、俺もそう思います。その辺りのことも、早乙女徹が知っているはずだ。やつを問い詰めに行きます」

車谷が言い、係長の大仏がうなずいた。

「そしたら、私は、諫見茂と保の兄弟にもう一度会って来たいんですが」

丸山が言った。「《日の出》で聴取した話が気になってましてね」

「ええと、一昨年、弟のほうが矢代さんを問い詰めに行って殴りかかったんだったな」

「ええ」

「茂と保の写真は、矢代に離れを貸していた大家夫婦に見て貰ったな？」

と、大仏は山嵜に確かめた。

「見て貰いましたよ。念のために、矢代兄弟のほうの写真も一緒にね。しかし、年格好はこれぐらいだった気がするってだけで、顔はよくわからないってことでした」

大仏は、ちょっと思案した。

「チョウさんの意見はどうだね？」

車谷は、大仏から話を振られて口を開いた。

「兄の茂のほうはともかく、弟の保ってやつは、かなり血の気の多い男ですね。かっとすると、何かしでかしかねない感じですし、まだ、父親が亡くなったことについて、矢代太一が火をつけた疑いを払拭しきれていませんよ」

「うむ、人の気持ちってのは、理屈じゃないからな。何かきっかけがあれば、矢代太一に対して怒りを爆発させかねないわけか……。しかし、保にはアリバイがあったはずだが――」

「ええ、赤ん坊が高熱を出して、矢代太一が暎洙たちの暮らす離れに駆けつけた日の夕刻から深夜にかけては、ずっと掃除の仕事先を回っていたことになってます。ただ、それは勤務予定表で確認しただけで、仕事の相棒や仕事先には未確認です。捜査の矛先が、矢代殺しは《名無し》が依頼を受けて実行したものだという方向に向いてましたのでね」

「よし、アリバイを再確認しよう。ザキ山と渋チンで当たってくれ。それと、朴暎洙が、離れを覗いていた若い男を見ている可能性があるな」

「ええ、そう思います。こうなると、一刻も早く暎洙の居所を探すことですよ」

大仏が、自分を取り囲んで立つ車谷、丸山、山嵜、渋井、沖たち「車谷班」の面々を改めて見回した。

「よし、もう一度気を引き締めてかかるぞ。矢代殺しについちゃ空振りだったわけだが、これは振り出しに戻ったわけじゃないからな。まさかそんなことはないと思うが、誰も気落ちしたりしてないだろうな。もう、すべての手がかりは、我々の手中にあるはずだ。あとは、その中から解答を見つけ出すだけさ。そうそう、一応、伝えておくが、あの伝言板の書き込みをチェックしていたつなぎ役は、サンドイッチマンだったぞ」

車谷たちがターゲットの国枝和摩へと移動した後も、そのまま国鉄の伝言板を見張りつづけていた捜査員たちがいた。彼らから、大仏に報告が上がって来たのだった。

「街のおどけ者ってやつさ。街をふらふらしてても、誰も気にとめない人間のひとりだ。だが、あの伝言板をじっと見つめ、あわてて電話ボックスに走ったのが目についた。念のため、職務質問をかけると、伝言板に《千代田商会》の名前があったら、すぐに連絡しろと命じられて金を渡されていたらしい。連絡先は、川崎競馬場近くの〝ノミ屋〟だった」

「ノミ屋ですか……」

車谷がつぶやいた。このノミ屋とは、もちろん酒を飲ませる店ではなく、こっそり顧客に馬券を売りつけて配当金を支払う、闇商売の馬券屋を指す。無論のこと違法行為なので、常連客も皆、本名を名乗ることはない。

《名無し》は、匿名(とくめい)の客のひとりとして、そのノミ屋に登録していた。そして、ノミ屋がサンドイッチマンから連絡を受けた場合には、匿名の顧客の中に紛れ込んでいる《名無し》に一報を入れることになっていたのだ。

「もう伝言が書かれることはないと知ったら、サンドイッチマンの男は意気消沈してたらしい。毎日、伝言板を数時間置きにチェックするだけで、かなりの金を貰(もら)っていたんだ」

相談を終えた車谷たちが、連れ立って署を飛び出そうとしたときのことだった。

「あ、刑事さん」

表玄関の受付で何かやりとりをしていた初老の夫婦者っぽいふたり連れが、彼らを見て反応した。ともに還暦前後ぐらいで、ふたりともまるで裁判所に証人として呼び出されでもしたみたいに、生真面目で鯱張(しゃちこば)った服装をしていた。

丸山がはっと足をとめ、「おい」と、真っ先に建物を走り出ようとしていた沖を呼びとめた。

「チョウさん、朴暎洙と結婚していた沢井邦夫君の御両親ですよ」

そして、車谷に小声で素早く告げた。昨日、朴哲鉉(パクチョルヒョン)に話を聞いたあと、丸山は沖を連れてこの両親に会いに行ったのだった。

だが、目ぼしい収穫はなく、哲鉉が車谷に告げた通り、息子と暎洙の結婚には今なお反対で反感を持っており、けんもほろろの対応だったとの報告を受けていた。

「昨日はどうも、お時間を取っていただいて、ありがとうございました」

丸山が丁寧に頭を下げ、車谷を紹介してから、「それで、どうかされましたか？」と、早速、質問を向けた。

「刑事さんたちに直接お話ししたくてやって来たんです。お忙しいところを申し訳ありません。どこかへお出かけでしたか？」

こうしてわざわざやって来たのだから、何かある。そう判断した車谷は、丸山たちと一緒に話を聞くことにした。

「いや、大丈夫ですよ。そしたら、お話をうかがいましょう。どうぞ、こちらへ」

丸山が受けつけの婦警に「相談室」が空いていることを確認し、ふたりをそこへいざなった。

そこは市民からの相談を受けつける小部屋で、取調室などとは違って壁には安物の絵が掛けてあり、応接ソファが置いてある。

丸山と車谷がその一方に坐り、向かいを夫婦に薦め、沖は入口の横に控えて立った。

「で、何でしょう、話とは？」

丸山が改めて促すと、夫婦は互いの顔をちらっと見合わせた。予め話すことを決めて来て、それを切り出そうとしている感じがした。

「はい、実は、他でもない、英子さんと怜奈ちゃんのことなんです」夫が、そう切り出した。「昨日は、あんなことを言ってしまいましたが、刑事さんたちがお帰りになったあと、夫婦ですっかり考え込んでしまいました。英子さんは私たちにとっては嫁ですし、それに、何といっても怜奈ちゃんは私たちの孫です」

そこまで一息に話すと、目配せし、妻のほうがそのあとをつづけた。

「息子を失って初めてわかりました。自分たちの希望を押しつけるのではなく、息子が望むことを大切にするべきだったと。刑事さん、私たち、間違っていたのかもしれません」

今度は妻が、そう言って言葉を切った。

「と仰ると？」

相手からそう尋ねられることを期待した言葉の切り方と察した丸山が、尋ねることで先を促した。こんなふうに話を運ぶことを、予め夫婦で相談していたのだ。

「英子さんが怜奈ちゃんを育てるのに、我々もそれぞれ祖父と祖母として加わりたいと思い直したんです」

夫婦はまた互いの顔を見合わせてから、夫がそう決意を表明した。

「それに、まだ英子さんは十九です。これから先、新しい出会いだってあるかもしれない。そんなときには、子供が足かせになることだって考えられます」

妻が言った。

「つまり……？」

「もしも英子さんが望むのならば、彼女にはこれから自由に生きて貰って、私たちが息子の忘れ形見である怜奈ちゃんを、息子に代わって育ててもいいと、そう心を決めたんです」

夫がそう決意表明するのを聞き、車谷は内心がっかりし、顔に出さないようにして退席する頃合いを窺うことにした。どうやら、捜査にとっては何の足しにもならない話らしい。

そもそも、自己本位という意味では、結局は朴哲鉉と同じなのだ。いや、ある意味、哲鉉よりも始末が悪いかもしれない。この夫婦は、一見、暎洙や怜奈のことを考えているように振る舞いながら、その心の底で考えているのは自分たちのことだけなのだ。

「それは御立派な考えですな」

丸山が言い、同意を示すように小さく何度もうなずいた。

「それにしても、昨日とはずいぶん御意見が変わったのですね。よろしければ、なぜそう思うようになったのかを教えていただけますか？」

何の皮肉もないような口調で問いかける丸山を横目に見て、車谷は感心した。こういう芸当が、自分にはできないと思う。

「いや、それはですね……」夫が言った。「実は、昨日、遅い時間になってから、英子さんの叔父さんが訪ねて見えたんですよ」

「えっ、朴哲鉉がですか？」

車谷は驚き、丸山に代わって問いかけた。

「韓国名は存じ上げないのですが、日本名は木下さんです。英子さんの亡くなったお父さんの弟のはずです」

哲鉉に間違いなかった。

「なぜ訪ねて来たのですか？」

「いや、他でもない、英子さんと怜奈ちゃんのことですよ。英子さんと怜奈ちゃんの将来について、どういった考えを持っているか、改めて話を聞きたいと言って来たんです」

「ええと、朴哲鉉とお会いになったのは、初めてなのですか？　それとも、以前にも——？」

「前にも一度……」

夫がそう答えたきりで、あとは話したくない様子だったが、「そのときには、どういった用件で？」と、車谷は促した。

「はい……。英子さんのお腹に子供ができたときでした……。孫ができたのだから、息子と英子さんの結婚を認めてくれないかと……」

「あの男が、そんなことを言いに来たんですか？」

刑事たちが驚くのを見て、夫婦はなぜだか溜飲を下げたらしかった。

「はい、私たちも驚きました……」妻が言った。「英子さんは早くに両親を亡くし、あの叔父さんが父親代わりだと聞いてました。でも、反日感情がすごくて、息子が挨拶に行っても、ろくろく口も利かずに追い返されたと言っていたものですから……。しかし、そのときには、私たちの前で手をついて、頭を下げたんです。そして、赤ん坊ができたのだから、息子と英子さんの結婚を認めてやってくれと」

「それで、昨日は？」

「怜奈ちゃんを養子に出すつもりだが、それで構わないかと尋ねに来ました。自分が英子さんと怜奈ちゃんの面倒を見ることは簡単だけれど、在日の仲間で、赤ん坊を欲しがっている家族があるので、そこに養子に出すことを考えているという話でした。英子さんの将来にとっても、それが最もいいと判断したけれど、私たちもそれで構わないかと訊かれたんです。最初は、なんでわざわざそんなことを言いに来たのかわからなくて、難癖をつけられているのかと思い、主人と険悪なムードになりかけたのですが、血族の話だから、ちゃんと確認をするのだと言われて納得しました。朝鮮の人は、私たちよりもまだ家族とか、血のつながりを重視する考え方が残っているんでしょうね。私たちが忘れていたものを、思い出させて貰ったような気がしたんです……」

「それで、夫婦で改めて話し合いまして」と、夫がつづけた。「怜奈さんを私たちで引き取ることを考えたんです」

（そうか、そんなふうに動いていたのか……）

車谷は、あの朴哲鉉という男を少し見直した。

「馬鹿なことをしました……」

父親のほうが泣き声になった。「学費も生活費もとめると言えば、息子が諦めると思ったんです。諦めて、私たちのところに帰って来ると……。でも、かえって親子の亀裂を広げてしまっただけでした……。そのあとは、それをどうやって埋めたらいいのかわからないままで時が過ぎて、そして、あの事故で、息子を失ってしまったんです……。悔やんでも、悔やみきれません……」

「実は、私たちもクリスチャンなんです。ですから、教会で、神父様にも相談しました。でも、どうしても自分たちで自分たちを許すことができません……。あの子たちとちゃんと早くに向き合い、気持ちをわかって上げようとしなかった自分たちが許せないんです……」

刑事たちは、しばらくじっと息を詰め、夫婦の感情が落ち着くのを待たねばならなかった。

「わかりました。とにかく、暎洙さんの意思が大切だと思いますので、本人を見つけ次第、気持ちを聞いてこちらから御連絡しますよ。そういうことで、いかがでしょうか――」

頃合いを見計らって、丸山が言った。

「そうしていただけますか……。ありがとうございます。よろしくお願いします」

夫婦が揃って頭を下げ、腰を上げかける。

そのとき、戸口近くに控えて黙って話を聞いていた沖修平が手振りでそれを押しとどめ、遠慮がちに口を開いた。

「あのぉ、ちょっとよろしいですか……。私たちもクリスチャンとだと仰いましたが、それはどういう意味なんでしょう？　他には誰が？　もしかして、息子さんや英子さんもですか？」

「はい、息子も生まれてすぐに洗礼を済ませていました。英子さんもです。なんでも、朝鮮の人たちのほうが、日本人よりもずっとキリスト教の普及率が高いそうです。それが何か？」

「英子さんが暮らす集落には、教会があるんです。そうすると、彼女はそこで洗礼を行なったのでしょうか？　そこの神父さんと、親しくつきあっているのかどうか、何か御存じではありませんか？」

「さあ、私たちにはちょっと、そういったことはわかりませんが……」

夫婦は顔を見合わせてから、夫のほうがすまなそうに答えた。

「ただ、息子の親友だった子に訊けば、何かわかるかもしれません。息子の幼なじみで、英子さんとの結婚式の幹事をやってくれたのも、彼なんです」

4

照明に明るく照らされることで、やけによそよそしく見える店のフロアを、ワイシャツにネクタイ姿の捜査員たちが数人、段ボール箱を両手に抱えて出口へと足早に向かって来るところだった。車谷は入り口付近の短い廊下で彼らと出くわし、壁際に寄って道をあけた。

車谷の背後の壁にはガラス戸棚の奥に高級な酒が並び、対面の壁は鏡だった。その鏡に、足早に通り過ぎる捜査員たちと車谷の姿が映っていた。

　車谷はフロアに入った。そこには客もホステスもおらず、数人の捜査員を残すだけで閑散としていたが、各テーブルにはグラスとボトル、それに客が適当に食い散らかしたつまみの類がそのまま残っていた。

　フロアを横切った。奥のドアを開けると急に事務的な味気ない壁の廊下があり、その先の小部屋へと歩いた車谷は、部屋の入り口に立つ捜査員に耳打ちして中に入った。

　そこにぽつりとひとり坐っていた早乙女徹が、顔を上げて車谷を見た。

　フォックス眼鏡は外していた。前に会ったときに予想した通り、あれはただの伊達眼鏡なのかもしれない。いや、擬態というべきだろう。さすがに疲労が顔に滲み出ていたが、それでもなお眼鏡をしているときよりも、ずっと精悍な感じの顔つきになっていた。

「ああ、あんたか——。今度は県警のデカが来て、引っ掻き回して何もかも持って行きやがった。これじゃ、商売、上がったりだぜ」

　車谷は、唇の片端を持ち上げた。

「商売のことより、自分のことを心配するんだな。国枝和摩が、既に自供を始めたぞ」

「ああ、そういうことか……。あのバカ息子とつきあっていたら、どうせ最後はこうなるだろうと思っていたよ……」

　早乙女は車谷よりもずっと見事に皮肉な笑みを浮かべ、デスクから取ったグラスを口に運んだ。

「あのバカ息子のせいで、大勢の人間が引っ掻き回された。大勢の人間の人生がな」

「だが、その見返りに、美味い汁を吸って来たんだろ」

「それはどうかな。あんな野郎がいなくても、それぞれ美味い汁は吸えたはずだ。世の中ってのは、そういうもんだろ。だが、あいつがバカだったために、誰も彼も四苦八苦させられ、手を焼きつづけて来たんだ。くそ、俺は何も答えないぜ。何も知らなかったんだ。こんなことで、店を潰されてたまるか」

「そんな言い訳は通らないぜ。あんたは店のホステスや、ホステスとして働きたがって面接に来た中から何か事情のある娘を見つけ、金で釣ってバカ息子への貢ぎ物にしてたんだろ」

「ふん、たとえそうだとしても、本人が納得ずくでやってたことだ。自由恋愛ってやつさ。売春の斡旋は証明できないぜ」

「かもな。だが、その先もあるだろ。女が死んで、矢代太一、榊田信夫、龍田雅恵らを使い、死体を東京湾に沈めさせてた」

「俺がやったような言い方はやめろよ。誰が何を言ってるか知らないが、俺は無関係だぜ。言っておくがな、俺はこんなことじゃ終わらないぞ。必ず店を再建してやる」

投げやりに言い、グラスの酒をひょいと喉に流し込む早乙女を、車谷は黙って見ていた。

車谷は、部屋の片隅にあった応接セットから椅子を両手で持ち上げ、早乙女が坐る執務デスクの斜め前へと運んでそこに腰を下ろした。

「国枝和摩絡みであんたをパクるのは、俺の仕事じゃない。俺は所轄のデカだぜ。政治家の馬鹿息子など知ったことか。だが、俺の仕事がまだ済んじゃいない。往生際よく、協力しろ」

「矢代殺しの件だな——？　和摩のバカが口を割ったんじゃないのか？」

「割ったさ。榊田信夫と龍田雅恵の殺しを依頼したことは認めたが、だが、矢代殺しは別件だった」

「嘘だろ。あんた、和摩の口車に乗せられてるんだよ。シラを切ってるに決まってる」

「いいや、あれはやつじゃない。やつは、矢代太一の死体が見つかったことにあわてて、芋づる式に悪事が発覚することを恐れ、《名無し》に殺しを依頼したんだ」

「間違いないのか——？」

「ああ、間違いない。矢代を殺させたのは、あいつじゃない」

早乙女は顎を引き、床の一点をじっと見つめた。グラスにまた手を伸ばしたが、今度は口に運ぼうとはせず、グラスに手を添えたままでつぶやいた。「じゃあ、誰がいったい……」

「それを知りたいのさ」

「俺じゃないぜ」

「どうかな。その疑いもある。あんた、矢代のやつから長い間金をせびられてただろ？」

早乙女が車谷を見つめ返してくる。その目には、一瞬、凶暴な色が湧いた。

だが、すっとその目をそらし、手元のグラスに酒を注いだ。

バーボンのボトルをテーブルに戻す前に、差し出して来た。

「あんたも飲むかい？」

「いや、いい。それよりも話せよ」

「なんで俺がやつに金をせびられてたと思うんだ？」

「矢代太一にゃ、キャバレーやクラブに通いつづける金などないよ。それなのに、やつは地元の安酒場で飲んだあと、週に三日や四日はそういった店に顔を出していた」

「秘密のバイトで得た金だろ」

「いいや、それじゃあ時期が合わない。雅恵の亭主が死んだのは、去年だ。つまり、矢代が雅恵の亭主に代わって船を操縦し、あんたに頼まれた秘密の荷を海に捨てるようになったのは、それ以降ってことだが、やつの金遣いが荒いのはそれよりもずっと前からだった」

「だとしても、何で俺がやつに小遣い銭を渡さなけりゃならないんだ」

「昔の話をされたくないからさ」

「――――」

「矢代とあんたは、漁業権放棄の補償交渉をするに当たり、組合の代表と副代表を務めていた。役所や企業との交渉役だ。だが、他の組合員たちの知らないところで、あんたたちふたりだけが金を受け取り、交渉をスムーズに運んでいたのさ。諫見茂と保の親父もかつては、やっぱり交渉役だった。そして、全エリアの組合が一致して交渉に当たるべきだと主張していたのに、あんたたちの組合が抜け駆けし、先に妥結してしまった。そのために足並みが乱れ、その後、次々にあとを追う者が出た。諫見は、それでずっと憤っていたそうだな」

「ああ、あの親父の言い分かい。確かにやつは、俺と矢代が裏で金を貰ったと言い立ててたよ。

だがな、そんな事実は証明できない」

「俺だって、証明しようなどとは思わんよ。誰が金を貰おうと貰うまいと、俺にゃ関係のないことだ。ただ、国会議員の国枝大悟楼とあんたの関係は、その頃に始まってるんだろ？」

「あんた、名刑事だな」

早乙女は、ニヤッとした。

グラスを手の中で回し、香りを楽しむかのように鼻先に持って行きつつ、ふと思い出したみたいに語り出した。

「陸に揚がった漁師なんぞ、何の使い道もない。水から揚がったカッパってやつさ。龍田雅恵がなんであんな貧乏をしてるか、知ってるか。あいつら夫婦は、補償金であの艀船を手に入れた。亭主も、雅恵も、海から離れたくなかったのさ。だが、艀だって、昔のように稼げるわけじゃねえ。しかも、労働者を保護するためだとか言って七面倒臭い法律で雁字搦めにして、結局は沖仲仕を暮らしにくくしている一方だ。ああいう仕事の連中も、段々いなくなってしまうってことさ。あんた、雅恵たちをバカだと思うかい？　しかし、世の中がいくら変わったって、変えられない生き方ってやつはあるんだ。あいつらは海が好きなのさ。こんなに汚れちまった海でも、やっぱり好きなんだ。それは、俺だって矢代だって同じさ。諫見のやつらだってな。補償金を貰ったところで、次の人生など開けやしねえよ。ただ、この川崎って街から、漁師がいなくなっただけの話だ。諫見の親子みたいに、自分たちで何か仕事を始められたのはマシなほうさ。目の敵にしていた製鉄所や、どこかの工場に拾われてサラリーマンになったやつもいる。タクシー運転手になったり、日雇いをしたり、それで人生が開けたと言えるか。

　俺と矢代は、裏金を元手にそれぞれ商売を始めた。俺の店は四軒にまで増えたが、ほんとの話をしようか。矢代がカミさんとふたりで小さな食堂をやってた頃、俺はあのふたりが羨ましかったんだ。仕事の前に、ふらっと夕飯を食いに行ったものさ。できたカミさんだった。あのカミさんが死んで、矢代は終わった。金は、カミさんの治療費でほとんど使い果たした。じきに店を閉めちまって、その後は飲んだくれさ。そして、時々、俺のところへ金の無心に来た」

「だけど、あんたは、御清潔を売りにする四角四面の仕事じゃない。飲んだくれがひとり、あんたの過去をばらし、裏金を受け取ってたと言いふらしたところで、考えようによっちゃ痛くも痒くもなかったんじゃないのか？」

「なんで金を渡してやってたか、不思議だというのか？」

「まあ、少しな。同情か？　あるいは、友情だとでも言うつもりか？」

「友情だと？　バカバカしい。俺はあいつに金を渡しながら、何かに復讐してる気でいたんだよ。いいや、自分に復讐してたのかもな。やつは、俺だったんだって気がするよ。こう見えても、俺は成功者さ。笑えるだろ。だが、一歩間違えば、矢代のようになっていたかもしれん。早乙女徹と矢代太一は、鏡の表と裏みたいなもんさ。おっと、これは喩えが変かな……。だが、言いたいことはわかるだろ？」

「俺にゃ、安っぽい御託に思えるぜ」

「ふん、なんとでも言え。なあ、あんた、ほんとに酒は要らないのか？」

「ああ、寝不足なんでな」

早乙女は唇の片方を吊り上げて笑い、また新たにウイスキーを注いだ。

「なあ、そうしたら、そろそろひとりにしてくれないか。取調べになったら、延々と色々訊かれるんだろ。可哀そうだと思って、しばらくひとりにしてくれよ。ここで、ひとりで酒を味わいたいんだ」

早乙女は、今はもうほとんど氷もなくなりストレートに近い状態のウイスキーを喉に流し込んだ。

「一応忠告してやるが、これ以上飲むのはやめろ。取調べで、言っちゃまずいことをぽろっと喋ることになるぞ」

早乙女がニヤニヤした。

「ならないよ。そのために飲んでるのさ。取調室に入ったときにゃ、俺はべろべろだ。何を訊かれても、勝手に何か話すだけで会話は成り立たない。しょうがねえから、今夜はブタ箱で頭を冷やさせろってことになるさ。で、明日一番に弁護士と話すつもりだ」

「なある、そういう算段かい。なら、飲みたいだけ飲むがいいや。じゃ、最後にもうひとつだけだ。あんたと矢代太一で、国枝和摩から朴暎洙を救ったときのことを聞かせろよ。あんたらは、和摩に、暎洙は親友の娘だと話したそうだな」

「親友か……。そう言ったかもな。だが、正確には違う。戦友さ」

「戦友って……、しかし……」

「しかし、何だね？　暎洙は在日の娘だというのか」

「――――」

「刑事さん、どうやらあんたも知らない口か。大戦の末期、在日の人間も、日本の兵隊として一緒に闘ったんだぜ。今それを言えば、連中は頭から湯気を立てて怒るし、日本人の中にも怒り出すやつがいる。だが、当時はやつらだって日本人だったんだ。朴正鉉（パクジョンヒョン）、日本名は木下正雄。俺たち三人は同じ小隊だった。いい男だったよ」

「暎洙の叔父の哲鉉は、それを知ってるのか？」

「無論、知ってるさ。やつとだって戦前からの古いつきあいだ。だが、在日たちを束ねてりゃ、何かと言いたくないこともあるんだろうさ。自分の兄貴が日本のために闘ったなんてのは、仲間の手前、決して言われたくないんだろ。刑事さん、あんたは終戦のときは？」

「俺はまだガキだったよ。尋常小学校で、いきなり墨と筆を持たされ、教師の言うままに教科書を黒く塗り潰（つぶ）してた口だ」

「そんなふうにする自分に疑問は覚えなかったかね？」

「疑問を覚えるような歳じゃなかったさ。綺麗に塗り潰（つぶ）せば褒（ほ）められるので、夢中で教科書を真っ黒にした。塗り残しがあると、お互いに教師に言いつけたりしてな」

「戦争に負けた日を境に、何もかもひっくり返ったんだよ。俺は戦前のこの国のほうがいいとか、戦後のこの国のほうがいいとか、そんな話をしたいんじゃない。敢（あ）えていえば、どっちにも、いいところも悪いとこもある。それが世の中ってもんだ。そうだろ？　だが、ひとつ言えるのは、戦が終わったからと言って、勝った側がいきなり乗り込んできて、負けた側の教科書を塗り潰していいわけがないってことさ。物事ってのは、そんなふうにして変えるもんじゃないからだ。だけど、この国の人間は、大人も子供もみんな揃ってそれを喜んでやった。そして、何もかもが、たった一日を境目にしてひっくり返っちまった。例えば、俺たちと在日の連中の関係がそうだ。戦前、戦中と、確かに連中の中にゃ虐げられてた人間もいたのかもしれん。だけど、そんなことをいやあ、日本人の貧乏人だって同じように虐げられてたぞ。この川崎にゃ、職を求めて、日本のあっちこっちから人がやって来た。東北もそうだし、沖縄だってそうさ。そして、半島からもたくさんの人間が渡って来た。希望者が多いので、来日できるのは厳しい審査に通った人間だけだったし、家族を同伴するのだって大変だった。今じゃ誰も認めないがな、連中は、喜んでこの国に来たんだ。正鉉だって哲鉉だってそうだ。東北や沖縄など、日本のあちこちから来た労働者たちと一緒さ。しかし、あの日から、誰もそれを言わなくなった。哲鉉ってのは、その代表のような男だよ。だから、姪っ子である暎洙が俺たちに助けられても、内心はどうか知らないが、少なくとも表面上は少しも喜ばなかったし、暎洙をすぐに俺たちから引き離した。日本人の世話になる必要はないと言ってな」

「そうすると、矢代太一が暎洙と赤ん坊の面倒を見るようになったのは？」

「哲鉉が赤ん坊を養子に出し、暎洙には新たな人生を歩ませると言って譲らなかったため、暎洙はそれが堪えられずに逃げ出したのさ。それ以上の詳しい話が知りたいなら、あとは哲鉉本人に聞くんだな。やつが何を思ってるのか、機会があれば、俺もいつか知りたいよ」

戸口に、県警二課の田中の姿がチラッと見えた。田中は車谷に気を使い、自分から中へ入って来ようとはしなかった。

「お迎えが来たようだぜ」

「ちぇっ、結局、ひとりで飲む時間はなかったか……」

早乙女は残りの酒を一気に呷り、事務机の椅子から立った。わざとなのか、ほんとなのか、足がふらつき、机の角に摑まった。

ちょうどそのとき、卓上の電話が鳴った。早乙女が取り、短く応対し、受話器を車谷に向けて差し出した。

「あんたにだ」

車谷が受け取って耳に当てると、大仏の声が聞こえて来た。

「修平から報告が入った。沢井邦夫の幼馴染みに会って話が聞けたぞ。例の神父は、まだあの集落の教会では四、五年の新参者らしいが、暎洙たちとは親しくしていて結婚式にも出席したそうだ。出席名簿で名前がわかった。金耿求。韓国読みはわからねえや。苗字は普通の金、それに日夏耿之介って詩人がいたろ。あの耿に求めるだ。修平が集落の入り口で待ってるので、合流して神父に話を聞いてくれ」

5

まだ暮れ残った西の空を、ムクドリの群れがV字形を描いて飛んでいた。鳥は見事に隊列を崩さないが、空を渡るのにつれて見える角度がずれるため、そのVの形は平たくなったり天地の方向に縦に伸びたりした。日暮れが近づき、カラスの声が増えていた。

沖修平は土手の端っこに腰を下ろして、空を行く鳥を眺めていた。

彼の前には、今日も前回同様に、たくさんの子供たちが遊び回っていた。一方、土手を歩く人の数は元々多くなかったが、日暮れを迎えてさらに減っていた。下流に架かった国鉄の鉄橋を、一定間隔で電車が通るのが見えた。既にラッシュアワーが始まっていて、電車の窓はみっちりと人の頭で埋まっていた。

空はもう群青(ぐんじょう)色に変わり、星がきらめき始めていた。河川敷の闇は、いつの間にかすっかり濃くなっている。バラック小屋の窓に明かりが灯(とも)り、そのひとつひとつがぽおっと温かな光を振り撒(ま)いていた。

少し前から川風に運ばれて、食欲をそそるいい匂(にお)いがしていた。唐辛子を使った香辛料の匂いが強かった。そろそろ夕食どきだが、母親に呼ばれるまではこのまま居座るつもりの子供たちはみな、てんでに気ままに遊び回り、少しも帰る素振りを見せていなかった。土手滑りをする者、ビー玉やメンコに興じる者、ボール遊びをする者、それぞれが日が暮れきるまでのひとときを、一瞬たりとも無駄にしない情熱で遊びに熱中している。

修平は、自分もかつてそうだったことを思い出した。あともう少し、あともう少しと遊んでは、暗くなってから帰宅し、母親の叱責を買ったものだった。

(子供はみんな一緒だな……)

胸の中でそうつぶやいてみると、捜査の緊張が心なしかほぐれ、自然に頬が緩んできた。

刑事課の仕事は、交番勤務だった頃には想像もしなかったほどに過酷なものだった。体力だけは自信があると思っていた修平だったが、昨日は署の道場で仮眠を取るうちについ寝過ごしてしまった。先輩刑事たち、特にデカ長である車谷のタフさには驚かされるばかりだ。

(頑張らなくては)

修平は、はっとし、川沿いの広い葦原を凝視した。黄昏の暗さが増す葦の間から人影が覗いたような気がしたのだ。異様な気がして注意が行ったのは、その人影が、スーツにネクタイ姿だったように見えたためだった。

しかし、いくら目を凝らしても、川原はもうほとんど全体が夕闇に沈んでしまっていて、再び人影を捉えることはできなかった。

(あんなところで、何をしていたのだろう……)

どうも気になる男たちだった。ヤクザ者には見えなかったが、国枝和摩かその父親の依頼を受けて、朴暎洙の行方を探している人間という可能性はないだろうか。あるいは、《名無し》以外の殺し屋を雇っている可能性は……。

（いったい、何者なのだ……）

葦原を凝視していた修平は、けたたましい子供の泣き声に注意を引き戻された。

段ボールを尻に敷いて土手を滑って来た男の子が、たまたま下を横切りかけた幼い女の子に衝突し、女の子が地面に跳ね飛ばされてしまっていた。

修平は反射的に土手を駆けおり、幼子のもとへと駆けつけた。だが、いきなり走り寄って来た大人の男に驚いたらしく、幼子は泣きやむと逆に息をとめたみたいに固まり、上目遣い（うわめづかい）にじっと修平を見つめて来た。

兄なのか、年上の友人なのか、少し大きな男の子が走り寄って来て、修平を押しのけるようにして女の子の手を引いた。チラッと、しかしきつい視線を投げつけて遠ざかる。修平は、苦笑しながら土手へ戻りかけた。

そのときだった――。

修平は、集落へとつづく砂利道を歩く男に気がついた。男はいつの間にやら土手を下りきり、この時間にはもう荷を積んだトラックの走行が途絶えた河川敷の砂利道を歩いていた。トラックの侵入路にもなっている坂道を下ったのならば、いくら何でも途中で気づいたはずだから、どこかもっと先で土手を下り、あとは河川敷を歩いて来たらしかった。

その姿にはどことなく見覚えがあった。それ以上に、男の正体をはっきりと確信させたのはその服装だった。男は詰襟（つめえり）の神父服を着ていることが、河川敷の薄暗がりでも見て取れた。

「すみません――」

神父服の男は、声をかければ聞こえる範囲にいた。

とはいえ、咄嗟に呼びかけてしまってから、修平は内心で「しまった……」と思った。ひとりでは決して動くな、と命じられていたのだ。

金耿求という名のこの集落の神父が、朴暎洙と沢井邦夫の結婚式に出席したことを教えてくれた邦夫の幼馴染みは、この神父は暎洙と親しくしており、邦夫との交際や結婚について、暎洙から直接相談を受けていたことも話してくれた。

この神父ならば、彼女の居所を知っているかもしれない。いや、彼自身が、暎洙をどこかに匿っているのかもしれない。そう期待し、大仏に報告を上げたところ、車谷の到着を待ち、ふたりで話を聞くようにと指示を受けた。

教会の建物は、日暮れ時を迎えても明かりがつかなかったので、留守かもしれないと判断し、ここで帰りを待っていたのである。

声をかけられ、男が修平を振り向いた。首を傾げ、目を凝らしてじっと修平を見つめて来た。

「私ですか……？　何か？」

「すみません。恐れ入りますが、神父の金耿求さんですか？」

腹を決めるしかないと決めた修平は丁寧に尋ねながら、少し速足になって近づいた。

「はい、そうですが——」

怪訝そうなだけでなく、警戒する感じもにじんできた。

修平は、思い切って神父に近づき、その前に立った。

「川崎署の沖と申します。実は、朴暎洙さんのことで、少しお話をうかがいたいんです。神父さんは、暎洙さんの結婚式に出席されたと聞いたのですが」

「ええ、確かに出ましたけれど。それが何か……？」

「その後も、暎洙さんから、何かと相談に乗っていたのではありませんか？　もしかして、暎洙さんの居所について、何か御存じなのでは？」

　修平が単刀直入に尋ねると、神父はドキッとしたらしかった。

「いいえ、僕は何も知りませんよ」

　そう答えつつ、神父は再び歩き始めた。

（もしかすると、これは……）

　修平の中で、期待が高まった。ここに車谷がやって来たときには、既に話を聞き出していて、車谷から褒（ほ）められる自分の姿が思い浮かんだ。

　修平は、神父の横について一緒に歩いた。言葉を選び、改めてこう切り出した。

「実はですね、暎洙さんは危険を感じて身を隠していたのかもしれませんが、もうその危険は去りました。ここで詳しくお話はできませんが、暎洙さんを怯（おび）えさせていた男は、逮捕されたんです。ですから、もう隠れる必要はありません」

　神父は修平が話すのを、ただ黙って聞いているだけだった。しかし、その表情や仕草からは、この話を受けて、自分からも何か言うかどうか迷っているようにも感じられる。

（もうひと押しだ）

と思いかけたとき、主婦らしい感じの四十女が、いきなり暗がりから現れた。

女のほうでも修平たちと出くわして驚いたらしい。だが、その片方が神父だとわかると警戒を緩め、ともに朝鮮語で挨拶を交わした。神父と一緒にいる修平に対しては、訝しむ目を向けたままで通り過ぎた。修平からすると、どう挨拶するかためらっているうちに行き違ってしまった感じだった。

バラックが連なる集落へと消えて行く女の後ろ姿を見送った神父が、顔をそちらに残したままで口を開いた。

「刑事さんが何をお考えになってここにいらしたのかわかりませんが、僕は暎洙さんの居所は知りませんよ。ほんとです」

口早にそれだけ告げると、教会の建物に向けて歩調を早めた。教会とはいっても、周りはトタン張りで、しかも端のほうは川岸から水上へと一間ほどは張り出したあばら家だった。

「ほんとにもう彼女の身に危険はないんです。もしも集落を束ねる哲鉉さんのことを気にしてらっしゃるのでしたら、我々警察があの人と話します。ですから、暎洙さんの居場所を教えて貰えませんか」

修平はそう食い下がりながら、神父のあとを追った。

「そんなことを言われても、ほんとに僕は何も知りません。刑事さんは、何か誤解しているんですよ」

神父は教会の建物の裏口に回り、あわててポケットから出した鍵をドアに入れてがちゃがちゃとやった。

ドアの鍵が外れると、ノブをつかみ、いつでも開けて中に入れるようにした状態で修平を見た。

「もう、お帰りになってください」

「ちょっと中で話させていただけないでしょうか？」

「いえ、それは勘弁してください。刑事さん、お願いですから、もう帰っていただけないでしょうか……」

修平は目を伏せ、考えた。じきに車谷がやって来る。ここはいったん引き揚げ、車谷と一緒にまた訪ねるべきかもしれない。

しかし、それでは自分がいかにも能無しに思われた。

（俺はもう制服警官じゃないんだ）

刑事になった以上は、もう少し自分の力で突き進みたかった。

「沢井邦夫君の幼馴染みから聞きました。神父さんは、暎洙さんと邦夫君の結婚式に出席されたそうですね。彼女から、何かと相談を受けていたとも聞きました」

そう切り出してみると、神父は居心地が悪そうに目をそらした。

「ええ、まあ……。でも、私などは、ここではまだ新参者のほうですから……。暎洙のことは、集落のみんなのほうが、よほどよく知っていますよ」

「しかし、神父さん以外は、結婚式にも出なかったんですよね」

「それは、色々あったからです……」

「実は、亡くなった邦夫君の御両親が、今日、署を訪ねて来まして、暎洙さんに会いたがってるんです」

「御両親が……？」

「ええ。できれば、暎洙さんと怜奈ちゃんについて、自分たちも何か援助をしたいと仰ってました。息子さんが生きていた時分、感情的な応対をしてしまったことを後悔していました。暎洙さんにとっても、一度、亡くなった御主人の両親と会って話してみるのは、大切なことだと思うんです」

神父はうつむいて考え込んでしまったが、修平にはそれは大きな前進に思えた。やはりこの人は、暎洙の行先を知っている。少なくとも、何か手がかりは知っているはずだ。

「やはり、暎洙さんの居場所を御存じなんですね？」

「いや、私は……」

神父は、落ち着きなく暗闇へと目を走らせ始めた。

「刑事さんは、ひとりでお出でになったのですか？」

「ええ、まあ……。そうですけれど……」

「もう、すっかり暗くなりました。とにかく、今夜はお帰りになってください。明日、私のほうから、改めて御連絡いたしますので」

「暎洙さんの居場所を聞いたらすぐに帰ります」

修平は、はぐらかされたような気がして語気を強めた。

「参ったな……。そしたら、とりあえず中に入ってください」

神父が言い、裏口のドアを開けたときだった。

修平は、異様な物音を聞いた。多くの足が砂利を踏み、すごい勢いで迫って来る足音だった。

ちょっと前に神父が凝視（ぎょうし）していた闇のほうを振り向くと、いくつもの懐中電灯の明かりが揺れていた。

明かりの大半は足下を照らしていたが、中には上向きにしているものもあり、その光が修平たちの姿を捉えた。ひとつが捉えると、我も我もとでもいうように明かりが集まって来た。

朝鮮語でなされる会話が、やけにきんきんと耳についた。皆が、声高に何かを言い合っている。

「いたいた、あそこだぞ」

その中に、そういった日本語が混じっていた。

あっという間に、修平は、大勢の人間にみっしりと取り囲まれてしまった。懐中電灯が眩（まぶ）しくて、相手の顔がよく見えない。大半が男なのはわかるが、中にはちらほらと女も交じっているらしい。顔つきがよくわからないのに、射るようにこちらを睨んで来る無数の目の存在は、痛いほどに強く感じられた。

「おまえ、明洙の足の骨を折った警官か――」

真ん中ぐらいに立つ男からいきなりそうぶっつけられ、咄嗟（とっさ）に言葉が出て来なかった。

「違う……。あれは……、明洙と兄の賢洙があわてて逃げようとして、誤って金庫を足の上に落とし、自分で折ったんだ」

からからに乾いて口蓋にひっついてしまった舌を必死で引き剝がし、なんとか答えた。

「それにしたって、警察は明洙を病院に運ぼうとはせず、その場で尋問したそうじゃねえか」

「そんなことはしてない……」

「しかも、その折れたところを踏んづけて、痛めつけたりもしたらしいぞ」

別のところからそんな主張が飛んで来て、修平が何か応える前に、「まあ、ひどい」とか、朝鮮語で何か言う女たちの声が渦巻いた。

修平は、頭の中が真っ白になるのを感じた。何か言い返すべきなのに、その言葉が見つからない。

何と言えばいいかわからないまま口を開こうとした瞬間、胸を強く突かれ、修平は後ろによろめいて尻餅をついた。

「なんだ、こいつ。足腰が弱えな。デカなんて、こんなもんなのか――」

修平は、あわてて跳ね起きた。屈辱感に頭がぽおっとなり、顔が熱を持ったように火照っていた。

「公務執行妨害だ……。逮捕する……」

くそ！　自分でも声が震えているのがわかる。相手は武器を持っているわけでもないし、凶暴なヤクザというわけでもなかった。それでもこうして大勢の人間に取り囲まれ、敵意を剝き出しにした目で睨みつけられると、こんなにも恐ろしいものなのか……。

「なんだと、聞こえねえよ」

ひとりが冷ややかに言った。小馬鹿にした笑いを浮かべていた。

「何て言ったんだ、こいつは？　逮捕か？　ここでこいつが、俺たちを逮捕するって言うのか？　おまえ、ここをどこだと思ってんだよ？　そんなことができるもんならやってみろ」

再び強く押された。

修平は踏ん張り、今度は転ばなかった。だが、膝ががくがくする。

「いい加減にしないか、智勲さん。この人は、仕事でここへ来たんだぞ」

「そして、暎洙の行方を探してるんだろ。知ってるさ。だが、それは俺たちの問題だぜ。そもそも、なんであんたを訪ねたんだ。神父さん、あんた、まさか俺たちに何か隠してるんじゃないだろうな？」

「いや、私は……」

「まさか、俺たちがこれだけ必死で探してるのに、暎洙の行方を知ってて隠してるなんてことはねえよな」

「もちろんですよ。そんなことはありません」

修平は、強い後悔に襲われた。神父をここに訪ねるのではなく、どこか外で会って話を聞くべきだった……。さっきからこの神父が見せていたためらいは、自分がこの集落から弾き出されかねないという恐れ故のものだったのかもしれない。

「ほんとだろうな、神父さん。あんた、まさか俺たちを裏切ったりはしてねえよな」

智勲と呼ばれた男は、筋骨隆々の外見とは裏腹に、ねちねちと神父に言い募った。

「神父さんは何も知らない。自分も諦めて帰ろうとしていたところだ。この人に暴力を振るうなど許さないぞ」

修平は神父を庇って、智勲という男との間に割って入った。

「許さないなら、どうすると言うんだ？」

智勲が肩を怒らせた。

「他人の心配をするより、自分の心配をしろよな。だいたい、おまえ、明るいうちからずっと俺たちの様子を窺っていただろ。女子供だって怖がってたんだ。腕の一本もへし折ってやろうか。それとも、明洙にしたように、足の骨を折ってやるか」

そのときだった。土手から河川敷へと下る道を、土煙を上げつつ、物凄い勢いで車が一台走り下りて来た。河川敷にたどり着くと、急ブレーキの音を響かせて方向を変えた。ヘッドライトが河川敷の闇を切り裂き、修平たちがいるほうへと向き直り、河川敷の砂利道で激しくバウンドを繰り返しながら、猛烈な勢いで突進して来た。

懐中電灯が一斉に車のほうを向き、修平たちを取り囲んでいた人間たちの間にどよめきが広がった。

人だかりが、車の進路から逃げてふたつに割れた。それでもなお轢かれる恐怖で女たちが悲鳴を上げ、中にはバランスを崩して地面に倒れる者もあった。

車は再び急ブレーキで車体をきしませ、ここに集まった人間たちのほんの鼻先で横向きになって停止した。黒のセダンだ。覆面パトカーだった。

運転席のドアから、転がるようにして車谷が飛び出してきた。

「おい、貴様ら、何のつもりだ!? その若い男が何者だかわかってるだろ。デカに手を出したらどうなるか、一々教えなけりゃならねえのか!? そういうバカは、この俺が相手だ! 前へ出ろ!! 逮捕なんてナマッちょろいことじゃ終わらねえぞ!」

鬼のような形相で睨みつけられ、男たちが後ろへ退(しりぞ)いた。車谷は、左右に道を譲った男たちを交互に睨(ね)めつけながら、ずかずかと近づいて来て智勲の前に立った。

「おまえか、煽動したのは?」

「いや……、俺は……」

と言いかける智勲の左耳を摑み、捻(ひね)り上げた。

「哲鉉は、おまえのやってることを知ってるのか?」

「痛えよ……。放せよな……」

「知ってるのかと訊いてるんだ、このタコ!」

「ちょっと、からかっただけじゃねえか……」

「デカをからかうだと、この野郎。ふざけたことをぬかしやがって。おまえのツラは覚えた。遠くからでもわかるからな。覚えておけ!」

「――――」

「行け！　ほら、帰れ。全員、とっとと家に帰るんだ」

車谷は智勲を強く押しやり、野良犬を追っ払うように両手で全員を追い立てた。

その後、ひとり、またひとりと散って行くのを見ながら長くため息をついた。修平は、デカ長の肩が、それにつれて大きく動くのをその目にした。

「ありがとうございます……」

と礼を言いかけると、鋭い叱責の言葉が飛んで来た。

「馬鹿野郎、ひとりでこの集落に入るなと言っただろ！　なんで俺の言いつけが守れねえんだ!?」

「すみません……」

「何かあってからじゃ、遅えんだぞ」

「すみません。私がこの刑事さんをここに引き入れてしまったみたいなものです」

神父の金耿求がそう説明し、礼儀正しく頭を下げた。

「あんたがここの神父さんか？」

「はい……」

「あんた、暎洙の居所を知ってるな？」

修平が口を開きかけたとき、それよりも早く、車谷みずからがさらにこう指摘した。

「朴哲鉉が、姪っ子の暎洙をどこかに匿ってるんだろ」

6

追分は国鉄川崎駅からは離れているが、駅から《大東亜製鉄》への通勤路に当たり、また、《大東亜製鉄病院》に近いため、その影響で道の両脇に商店が連なり映画館などもあった。

大通りから一本裏手の生活道路にあるそのマンションは、復興期の建設ラッシュに建った一棟らしく、造りは古めかしいがそれなりの風格を備えた五階建てで、周囲にはたっぷりと余分な空間が取ってあった。

「ここの五階で間違いないな？」

エントランス付近の路肩に覆面パトカーを寄せてとめ、車谷が神父の金耿求にそう確かめた。

「はい、間違いありません」

耿求が答え、部屋番号を口にした。

「神父さん、あんたはここで待っててくれ。なあに、哲鉉にゃ、俺からちゃんと説明するから大丈夫だよ」

車谷はそう言い聞かせ、「来い、修平」と命じて一緒に車を降りた。

だが、マンションの上階を見上げてエントランスに向かいかけた車谷は、チラッと背後を振り向き、足をとめた。ほとんど態度や顔色には現さなかったが、何かに気づいたらしかった。

たばこを取り出し、口に運んで火をつけつつ、

「おい、修平。おまえも一本喫(す)え」

小声で素早く修平に命じた。

修平が命じられた通りにたばこを喫い始める間に、車谷は煙を吐きあげながら立つ位置を変えた。

「相手に気づかれないよう、俺の肩越しにそっと見ろ。少し先に、黒いセダンがとまってるだろ。中に、男がふたり乗ってる。どうも気になる。似たような車を、集落の近辺でも見た気がするんだ」

修平は驚き、たばこを味わう振りをしながら、車谷の肩越しにそっと様子を窺(うかが)った。車のフロントガラスの奥に、ワイシャツ姿の男がふたり坐っていた。

「しまった……。報告し忘れてましたが、さっきチョウさんが来る前に、川原の葦(あし)に隠れて、集落の様子を窺ってた連中がいるんです。おそらく、あのふたりだと思います」

顔つきまではわからなかったが、髪型や着ているもの、それに雰囲気から、同じ男たちだという気がした。

「もう藪(やぶ)っ蚊(か)が出てるだろうに、御苦労なことだぜ。くそ、迂闊(うかつ)だったな。俺たちのあとを尾(つ)けて来たにちがいない。おい、ナンバーを読み取れるか？」

「はい」

修平は目を細めて読み取ったナンバーを、たばこのパックに走り書きした。

「それにしても、何者なんでしょうね、チョウさん――」

「俺は千里眼じゃないぜ。わかるかよ」

「どうしますか?」

車谷は、素早く結論を出した。

「こうなると、神父をひとりにしておくのも心配だ。おまえは車に戻り、無線で親爺に連絡して、至急、付近の交番から制服を二、三人寄越して貰え。いや、署からも誰か応援を呼ぼう。正体がわからない以上、慎重に対処したほうがいい。車の持ち主が割れたら、その先は親爺がやってくれるはずだ。おまえは、とにかく車に陣取り、連中に妙な動きがないか目を光らせとけ」

「はい、了解しました」

車谷はたばこを靴の踵ですり潰して消した。沖修平をその場に残し、ひとりでマンションのエントランスへと向かった。

インタフォンを押すと、じきに男の声が応答した。その声音から、朴哲鉉だとすぐに判断できた。

「俺だ、車谷だ。ここを開けろ」

短く沈黙が降りた。

「なぜここがわかったんだ……?」

「警察だからだよ。つべこべ言ってねえで、ここを開けろ」

いかにも嫌々開けると言いたげな間を置いてロックの外れる音がし、思いきり迷惑そうな顔つきの哲鉉が姿を見せた。

「暎洙はここだな。おまえ、随分と手間をかけさせてくれたじゃねえか」

「色々事情があったんだよ」

「もう、それは片づいた。国枝和摩をパクったぞ。暎洙がやつを怖がっている必要はなくなったんだ」

哲鉉は車谷の言葉に驚きを表し、それから、大して時間もかからずに明確な結論にたどり着いた。

「そうか……。早乙女もパクられたんだな。そして、やつから、話を聞いたか？」

「ま、そんなとこだ。中へ上げろ」

「ここは、どうやってわかった？」

「神父に、事情を話して連れて来て貰った。表の車にいて、あんたに叱られるのを恐れてるが、俺が説き伏せて協力させたんだ。どうか責めないでやってくれ」

「わかったよ。あの人も、あそこじゃまだよそ者だからな。色々と苦労が多いんだ。この件で責めたりはしねえよ」

哲鉉はそう応じつつ、体の向きを変えた。車谷は三和土に入り、玄関ドアを閉めてロックし直した。靴を脱ぎ、哲鉉のあとにつづいた。

短い廊下の先に、かなりの広さのリビングダイニングがあった。高級家具や調度品で埋まった部屋だった。向かって左側がカウンターキッチンになっていて、そこの棚にある食器類もまた値の張るブランド品であることを、車谷は刑事の習慣で素早く見て取った。

「ここは姉貴の部屋さ。亭主が、輸入雑貨を販売してる。今、ふたりは旅行中だ」

哲鉉が、訊かれもしないのにすらすらと説明した。

「大分、羽振りのいい男みたいだな。もしかして怜奈を引き取ると言ってるのは、その姉夫婦なのか？」

「いいや、それはまた別さ。そもそも、暎洙が首を縦に振らないから、話がとまったままだ」

「で、暎洙は？」

「奥で乳をやり、赤ん坊を寝かしつけてるところだ。あまりデカい声を出すんじゃねえぞ。少ししたら来る」

哲鉉は、部屋の片方の壁にある三枚引き戸を目で指した。壁紙と同じ張り紙で設えてあり、閉じてるときは壁に溶け込み、開けると二部屋が大きなひと部屋となる造りらしかった。

車谷は部屋を横切り、革張りのソファに体を沈めた。

「昨日のあれは、智勲って若造を使っての小芝居だったのか？　暎洙を連れて来ようとしたら、隙を突いて逃げたってやつだよ」

「あれか、まあな。ああでも言って見せとかねえと、あんた、俺が暎洙を見つけてどこかに匿ってるものと疑ってただろ」

「クソが。警察を騙して喜んでるんじゃねえぞ。今度やったら、しょっ引くからな。そうすると、矢代太一が借りた離れから逃げ出したあと、ずっとあんたが匿ってたのか？」

「いや、それは違うよ。暎洙は俺を頼ったりしねえさ。俺に怜奈を取り上げられると思って恐れてたのは、ほんとだぜ。うちの馬鹿息子ふたりが、ダチのアパートに匿ってたんだ。だが、馬鹿ふたりが捕まり、そのダチの親が俺に相談を持ちかけてきた。俺は在日の顔なんだぜ。困ったことがあれば、みんな俺に相談を持ちかけて来るし、金のない若い娘がどこにいるかなんて情報は、放っておいても聞こえて来るのさ。で、俺が暎洙を訪ね、腹を割って話した。赤ん坊の件は無理強いはしねえって約束で、ここにこうして連れて来た」

「沢井邦夫の両親にも、会いに行ったそうだな」

「――――」

哲鉉は無言で車谷を見るだけで、何も応えようとはしなかった。

「両親がさっき、署に来たよ。息子たちに対して、頑なな態度を取りつづけてしまったことを悔やんでいた。そして、できれば自分たちも怜奈ちゃんを育てるのに加わりたいと、そう希望を述べていたぜ」

「それは、怜奈を引き取るってことか？」

「まあ、そんな希望も話していたな」

「けっ、都合のいい話だぜ。息子が生きてる時分にゃ、相手が在日の女だってだけでさんざん息子を詰って（なじ）おいて、死んで寂しくなったら、今度は忘れ形見を育てたいって算段か」

「俺はただ話を伝えただけだ。あとは、おまえさんや暎洙本人がどう考えるかさ。警察の仕事じゃない」

　車谷が言い終わるか終わらないうちに、引き戸の向こうから声が飛んで来た。

「怜奈を誰にも渡したりはしないわ。あの人の両親にだって渡さないし、叔父さん、あんたの勝手にもさせない。わかってるわね!?」

「ええい、くそ!　乳をやりながら、デカい声を出すんじゃねえ。それに、何ていう口の利き方だ。母親がそういう下品な声を出して、赤ん坊に悪い影響が出たらどうするんだ!?」

　哲鉉が呆れ顔で怒鳴りつける途中で、けたたましい泣き声が聞こえて来た。

「ああ、起きちまったじゃねえか……。ちゃんと乳をやって寝かしつけろ。だいたいおまえは、乳のやり方がなってねえんだ」

「うるさいわね、乳、乳って。叔父さんに何がわかるのさ。だいたい、ふたりとも、声がデカ過ぎるのよ。もうちょっと小さな声で話してちょうだいよ」

　何か言い返そうとする哲鉄を、車谷は手で制した。

「赤ん坊にゃ勝てねえよ。デカい声を出して悪かったな。急がねえから、赤ん坊をしっかり寝かしつけたら、出て来てくれ」

　引き戸越しに暎洙にそう声をかけてから、大声で喋らなくて済むように哲鉉と隣り合わせて坐った。

「早乙女から、矢代と早乙女とあんたの兄貴は、戦友だったと聞いた。弟であるあんたともダチ同士だったとな」

車谷が静かに切り出すと、哲鉉は大げさに顔をしかめ、見えない霧でも払うみたいに両手を振った。

「そんな話は、どうでもいいじゃねえか……」

「なんでそんなにこの話を嫌がる？　別段、隠すようなことじゃないだろ」

「そう思うのは、それはあんたが日本人だからだ。だが、俺たちゃ、征服された側なんだぞ。どうしたって、そこは違う。兄貴は立派な男だったが、あれだけは許せねえ」

「立派な男だったから、一緒に闘おうとしたんじゃないのか？」

「日本人としてか？　冗談じゃねえや」

「まあ、いいや、その話をしたかったわけじゃねえんだ。国枝和摩はパクったが、矢代太一を殺したホシがまだわからないままだ。おまえ、ほんとは何か早乙女や矢代から、手がかりになるようなことを聞いてたんじゃないのか？」

「いいや、聞いてねえよ。早乙女は何か言ってなかったのか？」

「やつは、国枝のガキが、殺し屋を雇って矢代のことも殺したもんだとばかり思っていたよ。だが、違うとわかり、うろたえていた。こうなると、あとの頼みは暎洙だな。おい、どうだね。赤ん坊が寝付いたのならば、そろそろ出て来ちゃくれねえか」

赤ん坊の泣き声がやみ、隣室は静かになっていた。車谷は、引き戸越しにそっと呼びかけた。

やがて、引き戸の一枚が横にずれ、そこから暎洙が顔を見せた。

（やっと会えた……）

車谷は、胸の中で、そんな言葉をつぶやいた。

来年に二十歳を迎える娘は、子育てに追われて構う閑などないのか、スポーツをしている女子高生みたいに短い髪をしていた。

その髪型のせいもあって、やはり外見的には十七、八ぐらいにしか見えなかったが、芯の強さが、きりっとした両眼や引き締まった口元に滲み出ていた。ちょっと前の哲鉉との引き戸越しの会話からも明らかな通り、十九歳の娘の中には、赤ん坊の母親というもうひとり別の生き物がいるのだ。

「やっと寝てくれた。日本語で、疳の虫って言うんでしょ。この子、疳の虫が強いみたいで、いったん泣き始めると結構大変なのよ」

車谷は立って暎洙を迎え、ついでに引き戸の隙間から隣の部屋を覗いた。座布団にバスタオルを敷いた上に、赤ん坊がすやすやと寝息を立てていた。

「川崎警察の車谷だ。朴暎洙さんだな。探したぜ。あの離れを貸してた大家夫婦も、あんたと赤ん坊のことを心配してたぞ」

「大家さんたちには、とっても良くして貰ったの。改めてちゃんとお礼に行かなきゃ」

「ああ、それがいいだろ」

車谷は暎洙を哲鉉の隣に坐らせ、自分は向かいのソファに移った。

「捜査中なんでな。率直に訊くぞ。矢代太一を殺した犯人について、何か思い当たることがあったら聞かせてくれ」

そして、そう質問を向けると、暎洙は隣の哲鉉に目をやった。

「あのことを話せよ。聞いて貰ったほうがいい」

哲鉉に促され、暎洙は小さくうなずいた。

「刑事さん、私、色々考えたのだけれど、矢代さんって、自殺したんじゃないかと思うの」

車谷は、じっと暎洙の顔を凝視した。

「なぜそう思うんだ？」

話し方を考えていると思わせる間を置き、暎洙は改めて口を開いた。

「矢代さんには感謝してるわ……。行き場のない私と子供を、ほんとに親身になって面倒見てくれた。だけど、あの人……、段々、私と赤ん坊に家族を求めるようになったのよ……。でも、そんなふうにはできないでしょ。だって、家族ではないんだもの」

「ああ、そうだな……」

「あそこにいる間、大家さんたちもよくしてくれたし……、矢代さんは、とにかくよくしてくれたわ。でも、週に二、三回顔を出していたのが、三、四回に増えて、最後のほうは、仕事が済んでから毎日やって来るようになって……。そんなふうにされたら、不安になっちゃうでしょ……」

暎洙はちらっと哲鉉を見てから、車谷に視線を戻して言葉を継いだ。

「矢代さん、寂しかったのよ……。だから、あの人が自殺したと聞いても、私、少しも驚かないわ……。きっと、自殺だったのよ……。そうでしょ、刑事さん……」

車谷は無言で何度かうなずいて見せ、頃合いを見計らって口を開いた。

「しかしな、あんたの意見はわかったが、死体を解剖して調べたんだ。その結果、矢代太一の頭部には、複数回にわたる打撲の痕(あと)があった。つまり、誰かに殴られて殺された可能性が高いってことだ」

「それは、ほんとに確かなの……？　川に落ちて流れる間に、あっちこっちにぶつかってできた傷って可能性はないんですか？」

「完全にないわけじゃないが、可能性は低いだろうな。頭部にのみ傷が集中するのは不自然だし、流される間にあちこちにぶつかってできた傷ならば、それぞれ形状が異なるはずだが、傷はどれも同じ形をしていた。つまり、同一の凶器によって、複数回殴られたと考えるほうが筋が通っている」

「――――」

「だから、自殺ではなく、何らかの事件に巻き込まれて殺された可能性が疑われるのさ。それで尋ねるんだが、赤ん坊が熱を出した夜、あんたが電話で助けを求め、矢代さんが駆けつけてくれた。そうだな？　あの夜、離れの外で、中の様子を窺っていた若い男が目撃されているんだ。きみは、その若い男を見なかったかね？」

暎洙の顔に力が入り、助けを求めるようにして視線が哲鉉のほうへと動くことに、車谷は気がついた。

「そいつがホシなのか？」

哲鉉が訊いた。

「まだ何とも言えない。だが、現在のところ、有力な手がかりのひとつだ」

「事故って線はないのかよ？　検死が、そんなに完全だとは言えないんじゃないのか？」

なぜか執拗に言い立てようとする哲鉉に、車谷は軽い苛立ちを覚えて睨みつけた。

だが、哲鉉と目が合った瞬間、胸の中で何かがふっと小さな音を立てた。ピースが収まるべき場所に納まろうとしている音だった。

「――――」

「刑事さん、検死の結果って、そんなに信じられるものなの？　私が子供の頃、同じ集落の子で、多摩川で溺れ死んだ友達がいるわ。油断して、水に呑まれてしまったの……。今だって、毎年、どこの川でも必ず溺れ死ぬ人が出るでしょ。川に呑まれたら、河底を転がって、ひどいことになるんじゃない？　そういう傷を、人に殴られた傷と見間違うことだってあるんじゃないのかしら……？」

叔父に代わって、今度は暎洙がそう言い立てた。言い方を変えているだけで、内容はちょっと前に主張したことと変わらない。

車谷は口を開きかけて、閉じた。

（まさか……、そういうことなのか……）

自分らしからぬと思いながら、じっと見つめて来る暎洙の視線の重圧に耐えかね、一瞬、目を逸らしてしまった。

暎洙の目には、必死に訴える光があった。それを目にすることで嫌な予感は益々大きくなり、それとともに　ふとこんな考えも思い浮かんだ。

暎洙が逃げ回っていたのには、国枝和摩やその取り巻き連中から身を隠したい気持ちもあったのだろうが、それに加えてもうひとつ、居場所を警察に見つかって、矢代太一の死について訊かれたくないという気持ちが潜んでいたのではないのか……。

事件の真相を、自分の口から語るのを恐れる気持ちが……。

矢代太一はつれあいを亡くし、夫婦でやっていた店を失ったあと、生き方を見失っていた。思い出したように時折土方仕事に出る以外は、明るいうちから酒を飲み、外で酔い潰れて帰宅しないことも度々あるような男だった。

かつて一緒に先頭に立って漁業権放棄の補償を勝ち取る裏で、こっそりと私腹を肥やしていた仲間である早乙女徹に時々金をたかり、クラブで遊び回っていたが、ある日、かつての戦友だった男の娘と再会し、国枝和摩の魔の手から救い出した。そして、彼女の置かれた苦境を知り、全力で支えようとした。

それは車谷たちが最初に想像したような男と女の関係ではなかった。少し前に暎洙自身が言ったように、矢代太一はそこに失われた「家族」を望んだのかもしれない。

そんな父親の姿を許せないと思う人間が、この世の中にひとりだけいる。いや、ふたりだけ……。

（くそ、こんなことが、今度の事件の真相なのか……）

（こんな事実を知るために、俺たちは必死でこのヤマを追って来たのか……）

車谷は目を閉じ、息を吸った。目を開くまでの間に、決意を固めた。

「立っていたのは、息子なんだな？」

暎洙が息を呑み、顔を強張らせた。

「あの夜、離れを覗き込んでいたのは、矢代太一の息子なんだろ？」

暎洙は唇を噛んだ。隣に坐る哲鉉が、姪っ子の手をそっと握り締めた。

「教えてくれ、ふたりの息子の、どっちなんだ――？」

車谷は、静かに問いを繰り返した。

あとはじっと待つしかなかった。

「それはわからないの……」

「おい――」

「嘘じゃない。ほんとよ……。日暮れどきで、顔はよくわからなかったの……。でも、矢代さんにあれは誰って訊いたら、息子だって……」

「きみに訊かれて、そう答えたのか？」

「ええ、そう。私が怯えて訊いたものだから、そう教えてくれた。安心しろ、あれは息子だって……」

（長男か……）

（それとも、次男なのか……）

長男は漁師をつづけることを望み、千葉の浦安に越したが、次男の隆太は父親をずっと傍で見つづけて来た。飲んだくれる父親と暮らしをともにする間に、自身は婚約が破綻になり、婚約者は別の男に嫁いでしまった。それにもかかわらず、あの夜、父親が親子以上も歳の違う女と親しくしている様を目の当たりにし、自制心が切れたにちがいない。

あの夜は、アパートの部屋で食事をして眠ったと本人は主張したが、それを裏づける証人はいなかった。一方、長男の宏太のほうは千葉県の自宅におり、九時には一膳飯屋で軽く飲みながら食事をしていたことが確認されていた。

7

「矢代隆太です。ホシは、ガイ者の息子の矢代隆太でした」

大仏は車谷の報告を聞き、さすがに一瞬沈黙した。神父は制服警官に言って送らせることにし、修平の運転で覆面パトカーを発進させるとすぐ、無線で大仏に連絡を取ったのだった。

車谷は、ちょっと前に朴暎洙に確認した事柄を、改めて大仏に話して聞かせた。車谷自身、そうすることで、改めて自分を納得させる必要があった。

(納得だって……。くそ……)

車谷は、奥歯を嚙み締めた。いったい、何を納得するというのだ……。刑事としてはあり得ない考え方だとは思っても、国枝和摩が《名無し》に依頼し、矢代太一を殺害していたのならばよかったのにと、そんなことさえ思わずにはいられなかった。

ただし、それは心の奥底へと納めて、冷静に確認した。

「親爺さん、長男の宏太には、アリバイがあるんでしたね」

「ああ、向こうの所轄が調べてくれた。あの夜は、九時頃に、行きつけの一膳飯屋で焼酎を数杯飲んでる。千葉県の浦安と川崎だからな。片道二時間近くはかかる。九時に地元にいるためには、遅くとも七時頃にはこっちを出てなけりゃならないが、大家夫婦によれば矢代太一が離れを出てどこかへ向かったのは七時半から十時の間なので、長男の宏太には犯行は無理だ」

「では、矢代隆太の手配をお願いします」

「わかった。すぐにザキ山と渋チンを矢代隆太の自宅に向かわせよう」

係長とデカ長は、淡々とやりとりを終えた。


《日の出》は賑わいを見せていた。どのテーブルも所狭しと食事やつまみの皿が埋め、様々な種類の酒を注がれたグラスが林立し、隙間なく坐った客たちが陽気に騒いでいた。店の中に入りきれなかった者たちが、入り口の外にまで溢れ返り、ビール箱をテーブル代わりに使って飲んでいた。

そうした連中をよけて入口から覗くと、山嵜と渋井のふたりが女将を相手に話を聞いているところだった。山嵜たちが自宅のアパートを訪ねたところ、部屋は留守だった。同じアパートの住人によると、いったん帰宅してから出かけたので、たぶんいつものように風呂と食事だろうとのことだったので、この《日の出》に見当をつけてやって来たのである。

車谷と沖に気づいた渋井が、テーブルの間を抜けて店の入り口のほうにやって来た。

「どうも、チョウさん。一足違いでしたよ。ちょっと前までここで飯を食って飲んでたらしいんですが、ほんの少し前に帰ったそうです」

「どこへ行ったか、何か手がかりは？」

「いやあ、わかりませんが、でも、女将によると、もしかしたら誰かと待ち合わせだったんじゃないかって」

「なぜそう？」

「チラチラと時計を気にしているようだったし、それに店に来てすぐビールを一本注文しただけで、つまみの類はほとんど頼まず、食事が終わったあとはしばらく薬罐の水を飲んでるだけだったと」

渋井がそう答えている間に、女将がこちらに近づいて来た。

「そうなんですよ。誰かと会うんで、あんまり酔っぱらわないようにしてたんじゃないかって気がするんです」

渋井の話す声が途中で聞こえたのだろう、女将は自分からそう言って話に加わって来た。

「誰に会うんだろうな？」

車谷が一応そう話を振ってみると、

「さあ、それはわかりませんよ。何も聞かなかったし」

そう答えて口を閉じかけたが、「だけど、もしかしたら諫見さんに会いに行ったんじゃないかしら」と、推測を口にした。

「なぜそう思うんだ？」

女将は刑事たちを目で促して表へ出た。近くのテーブルの客が、それとなく耳を澄まして話を聞いていることを気にしたのだ。

「刑事さん、ごめんなさい。実を言うと、私、ひとつ隠していたことがあるのよ」

客が屯（たむろ）する店の前から適当な距離を離れると、いくらかひそめた声で彼女は言った。

「諫見兄弟の保が、隆太に食ってかかってたって話したでしょ。あれ、ほんとはもう少しつづきがあって、ほんと言うとね、隆太は、諫見さんとこの亜紀ちゃんとこっそりつきあってるの」

「じゃあ、保がただ因縁をつけてただけじゃなかったのか？」

「ええ……、でも、ふたりは真剣なのよ。亜紀ちゃん、今の亭主とは上手く行ってないの。そもそも、あの火事があって、兄貴たちが強引にふたりの仲を引き裂いてしまったのがいけなかったんだわ。でも、最近、特に長男の茂のほうは、段々とふたりの仲を認めるようになって来たのね。それで、隆太とちゃんと話してみる気になってるって」

「それを、誰から聞いたんだ？」

「隆太と亜紀ちゃんからよ」

「ふたりで、ここに飯を食いに来たのか？」

「ええ、そう。先週ね。保が隆太に食ってかかったのは、その噂が耳に入ったんでしょ。でも、茂はもう許す気になってるんじゃないかしら。亜紀ちゃんたちだって、だから大っぴらにここに来たのよ」

「なるほどな。わかった、貴重な話をありがとう」

車谷は、女将に礼を述べて店へ帰らせた。

「とにかく、至急、矢代隆太の身柄を押さえるぞ。矢代隆太がここで時間を潰してたってことは、誰に会うにしろ、この近くの可能性が高い。おまえらは、手分けしてこの辺を訊き込んでみてくれ」

そう命じつつ、路駐した覆面パトカーへと向かいかけたとき、諫見たちのところへ話を聞きに行っていた丸山が路地の先から走って来るのが見えた。

「丸さん、《日の出》の女将によると、矢代隆太はどこかこの近くで諫見茂と会ってるのではないかと言うんだが」

車谷の言葉に、丸山はしきりと顔の汗を拭いながら首を振った。

「いや、それはありませんよ。諫見茂は、ついさっきまで私と話してました。やつは自分が妹の気持ちを踏みにじり、強引に矢代隆太との仲を裂いてしまったことを悔やんでいました。それよりも、チョウさん、矢代太一殺しのホシは、隆太じゃありませんよ。矢代隆太にゃ、あの夜の確固たるアリバイがありました」

「ほんとですか……？　アリバイとは？」

「あの事件の夜、矢代隆太は、諫見の妹の亜紀とホテルで会ってたんです。亭主と上手く行かなくて、彼女は先月から実家に帰っていたそうなのですが、あの夜は兄弟はふたり揃って徹夜作業だったので、兄嫁に口裏を合わせて貰って隆太に会いに行ってたんです。六時頃に一緒にホテルに入り、朝までずっと一緒にいたという話で、私がホテルのフロントで確認を取りました。宿帳にもちゃんと本名を書いてありましたし、係の女を呼んで貰い、隆太と亜紀の風体を告げて確認しましたので、間違いありません」

「それじゃあ――」

「ええ、矢代隆太はシロですよ」

丸山が押し殺した声で告げ、山嵜、渋井、沖たちの間を、小さなため息が伝染した。

「だけど、そうしたら矢代太一が朴暎洙に言った『あれは息子だ』という言葉は……」

修平がつぶやくように言い、はっと思い至った様子で口を閉じた。

矢代太一には、もうひとり息子がいる。

「だが、千葉県警に協力を頼んで、確認を取ってますよね。矢代宏太のほうは、あの夜は千葉の自宅にいたのでは――」

山嵜が指摘し、車谷と丸山の顔を交互に見た。

「九時に、行きつけの一膳飯屋で酒を飲むのが確認されていたはずですよ。千葉県の浦安からこの川崎では二時間近くかかります。ですから、兄には犯行は無理ですよ」

渋井が言うのを聞きながら、車谷は死体が発見された翌日に矢代宏太と会ったときのことを思い出していた。

交番で行なった聴取の中で、浦安から川崎までは二時間近くかかると、他ならぬ矢代宏太自身が話していたのだ。あのときは聞き流してしまったが、わざわざそれを印象づけたとも取れる。

「おい、俺たちゃ、とんでもないことを見過ごしてたぞ。遺体は多摩川の汽水域で見つかったが、河口の川岸が犯行現場とは限らねえぞ」

「何です？　どういうことですか、チョウさん？」

「あの死体は、多摩川河口の汽水域を漂っていた。それは、遺体が膨張していたことからも、肺に海水が入っていたことからも明らかだ。だが、東京湾が満潮のときには、河口からおよそ二十キロ上流の丸子橋付近まで潮が上がると言われているんだぞ。それなのに俺たちは、あの死体は、河口のどこかで川に落ちたものだという固定観念に囚われていた。汽水域ってのは、川と海の境目だ。海に落ちて死んだ土左衛門が、上げ潮に運ばれ、河口に漂着することだって考えられる」

「つまり、現場は、海だと……」

「あの夜、矢代宏太は、自分の船で千葉からこの川崎まで、東京湾を横断して来たにちがいない。房総半島の金谷と三浦半島の久里浜を結ぶフェリーは、わずか四十分ちょっとで東京湾を横断する。浦安から川崎も、同じぐらいのはずだ。浦安で漁師をする矢代宏太は、漁船を操り、三、四十分ほどで川崎に来られる。あの夜は、きっとそうしたのさ。今までだって、時々やってたかもしれない。それを俺たちに悟られたくなくて、父親の死体が見つかった日には、電車でここにやって来て、二時間かかったとわざわざ強調したんだ」

「しかし、弟の隆太ならば、やがて、そのことに思い当たりますね……。チョウさん、矢代隆太は、兄の宏太に会いに行ったのではないでしょうか」

丸山がそう推測を述べた。

「そうだ。きっとそうにちがいない――。兄の宏太は、今夜もきっと船でこの川崎に来てるんだ」

車谷は、《日の出》へ引き返した。

「なあ、矢代隆太の兄の宏太は、時々、漁船でこっちに遊びに来てることはなかったか？」

女将をもう一度捉まえて、尋ねた。

「えっ、船で……。ちょっと待って……。ああ、そういえば、確かにそうすることもあったみたいね」

「そんなとき、船をどこに係留するんだ？　どこかこの近くに、係留場所があるんじゃないのか？」

「さあ……、私も詳しく聞いたことはないから――」

「ちょっと店を騒がせるが、勘弁してくれ」

車谷は女将に許しを乞うと、警察手帳を頭上に掲げ、大賑わいの客たちを見回した。

「飲んでるところを悪いが、川崎署の者だ。ちょっと協力してくれ」

近くの客たちはそれで注意を払ったが、遠くのテーブルではまだ勝手に盛り上がっていると、女将が代わってが鳴り声を上げた。

「ちょっとみんな、話を聞いておくれよ。そこのテーブル、うるさいよ！　こっちの川崎署の旦那が、みんなに聞きたい話があるんだってさ。緊急なんだよ。聞いておくれ」

ツルの一声で静まり返った客たちを前に、車谷は改めて口を開いた。

「飲んでるところを悪いな。勘弁してくれよ。大至急、知りたいことがあるんだ。この川崎で、未登録の小型船舶がこっそりと着岸できる場所があるだろ。その中で、ここから一番近い場所を教えてくれ。この中にゃ、元漁師だった人間がいるはずだ。それに、護岸工事などに駆り出されてるような連中もいるだろ。こう訊かれてすぐに閃くはずだ。小型船舶を人知れずに着岸できる、ここから一番近い場所はどこだ？」


サイレンを鳴らした二台のパトカーが、多摩川を目指して走っていた。旧東海道から大師道へと曲がって、第一京浜を越えた。港町駅入り口の変わりかかる信号をすり抜け、タイヤの音を響かせて左折し、その後は僅かに右折、大師線の踏切を越え、多摩川まで直進。土手に沿って下流方向へと曲がった。

だが、あと数十メートルで水門というところで、行く手を塞がれた。

「しまった！　ここは緊急車両専用道路だ」

道路の真ん中に杭が打ち込まれ、まさにそう表示されていた。

「どうしますか？　引き返して迂回しますか？」

ハンドルを握る修平が訊く。

「いや、時間がもったいねえ。構わねえから、土手に乗り上げて行け！」

「はい」

修平はハンドルを回してアクセルを踏んだ。土手の斜面に車体を半分乗り上げて進む。

「擦ったって構わねえ。一気に踏み込めよ。そうしねえと、後輪がめり込んで身動きが取れなくなるぞ!!」

車谷の命令に背中を押され、修平は一気にアクセルを踏んだ。車谷は、斜めになった車内で踏ん張って体を支えた。タイヤが土手の土を削る音がする。空回りし、ヒヤッとした瞬間、杭を迂回して向こう側の地面へと車体が降りた。

「よし、行け！」

走り出した車内で体を捻って振り向くと、渋井がハンドルを握った後続車も、たった今車谷たちがしたのと同様に車体を土手へと乗り上げようとしていた。

「こっから一番近いとなりゃ、《河港水門》さ」

ちょっと前——。

《日の出》の酔客たちに意見を求めたデカ長に対して、年配の男たちが数人、口を合わせてそう主張したのである。

正確な名称は、《川崎河港水門》で、昭和の初期に建造された高さおよそ二十メートル、幅およそ十メートルの水門だった。大正から昭和にかけて、水運を積極的に利用する目論見があり、川崎を対角線に横切る三筋の運河計画が起こった。だが、工場の増加によって運河用の土地の取得そのものが困難となって計画は頓挫し、現在では、水門からおよそ八十メートルほどが、運河の名残りとして残るだけだ。

しかし、そこは現在、船溜まりとして使用されているし、そのすぐ周辺では砂利船の陸揚げも行なわれている。――《日の出》の常連である元漁師の老人が、話の口火を切ってそう教えてくれたところ、別のテーブルで飲んでいたダンプの運転手や土木工たちが、確かに係留されている小型船を時折見かけることがあるし、あそこならばああして係留していても、特に咎められることはないはずだと太鼓判を押した。

「チョウさん、あれ――」

コンクリートの水門が見えて、修平がハンドルから片手を放し、フロントガラスの先を指差した。

その水門のすぐ足下付近に、小型のオート三輪が停まっていた。矢代太一の遺体が発見されたとき、その現場に駆けつけて来た息子の隆太が乗っていたものだった。

二台の車を連ねて走って来た刑事たちは、そのオート三輪の近くに車を停めて表に飛び出した。

それぞれが懐中電灯を点灯し、水門に集まって周囲を照らすと、この水門寄りの岸辺に係留されて揺れる何艘かの小型船が見えた。

どの船にも灯り（あか）はなく、人けはまったく感じられない。

「手分けして周りを探せ。どこか近くにいるはずだ」

車谷は部下たちに命じ、下流に向かって移動を始めた。

河川敷のほうへと土手を降りると、梅雨がもたらした雨で地面がまだ全体にぬかるんでいて、あっという間に付着した泥で革靴が重たくなった。刑事たちは、少しずつ左右に拡（ひろ）がりながら多摩川の流れを目指した。

「矢代――。どこにいるんだ!? 返事をしろ、矢代！」

車谷が第一声を発し、それをきっかけに他の刑事たちもそれぞれが大声で「矢代」と口に出して呼びかけ始めた。

「矢代――。矢代、どこだ!?」

車谷が何度目かの呼びかけを行なったとき――。

悲鳴とも怒声ともつかない声が聞こえ、

「チョウさん――」

沖修平が懐中電灯で指す先に、殴り合いをする男たちの姿が浮かび上がった。

ひとりの拳（こぶし）がもうひとりの男の頰（ほお）を捉え、殴られたほうは大きく背後に仰（の）け反（ぞ）った。ぬかるみに足を取られて背後によろめき、泥の中に倒れる。だが、殴ったほうがそこにのしかかろうとすると、反対に胸を蹴（け）りつけられ、今度はこの男が背後に倒れた。

「来い、修平！　渋チン！」

山嵜がやる気を見せ、先頭を切って走り始めた。

車谷ももう走り出していた。だが、泥に足を取られてなかなか進まない。

結局、年が若い沖修平が、やがて山嵜を追い越した。

「行け、修平！」

チラッと背後を振り返った修平に、車谷は命じた。

沖修平が、兄弟に躍りかかった。兄にのしかかって殴ろうとしている矢代隆太を引き剝がし、力任せに投げようとしたが、自身も一緒にもつれ合って倒れた。

「兄さんの馬鹿野郎！　なんであんなことを……、なんでなんだ、馬鹿野郎……」

そんな言葉を熱に浮かされたように繰り返す矢代隆太が、体を起こしてまた突っ込もうとするが、それを山嵜と渋井も加わり三人がかりでとめた。

「よせ、矢代！　もう充分だ！　冷静になって、あとは警察に任せてくれ」

車谷はそう声をかけた。

兄のほうは、刑事たちの姿をその目にしてからは、腰から力が抜けてしまったように動かなくなっていた。泥の中にぺたりとしゃがみ込んだまま、気怠そうに刑事たちに顔を向けていた。

「弟を向こうに連れて行け」

泣き叫ぶ矢代隆太を、沖と渋井のふたりが両側から半ば抱えるようにして移動させた。

車谷は、ここから程近い川岸に係留された一隻の漁船を認め、

「あれがきみの船か？」

矢代宏太に訊いた。

「そうです」とうなずくのを確認し、丸山と山嵜がその船に向かって走る。

車谷は、矢代宏太に向け、そっと腕を差し伸べた。

「立てるか？」

矢代宏太は差し出された手から車谷の顔のほうへと、ぼんやりと視線を移動させた。

「すみません……。父を殺したのは、俺です……。俺がやりました……」

三十男は、脱力したような状態でぬかるみにぺたりとしゃがみ込んだまま、まだ動こうとはしなかった。車谷は、その前に膝を折って坐った。

「先日、諫見保に食ってかかったのは、あれは自分への疑いを逸らすためか？」

矢代宏太は、少し考えてから口を開いた。

「それもありますが、でも、馬鹿な話ですが……、そのうちに、あれは本当に諫見がやったように思えて来て……。親父を殺したのは俺じゃなく、諫見の仕業だという気がしたんです……」

「事件当夜、何があったのかを話してくれ。きみが、お父さんが赤ん坊を連れた朴暎洙のために借りた離れを覗き、中の様子を窺っていたことはわかっている。どうやってあそこを知ったんだ？」

「親父のあとを尾けました……。俺は、隆太から相談を受けて、親父を説得すると約束したんです。でも、親父に訊いても、のらくらと答えるばかりで何をやっているのかまったくわかりません。それで、自分の目で確かめるつもりで、あの日、親父のあとを尾けたんです。そしたら、あんなふうに若い娘を囲っていたばかりか、赤ん坊までいるのを見て、頭に血が昇りました……」

「親父さんから、ふたりとはどういう間柄かをきちんと聞かなかったのか――？」

「聞きましたよ。船に乗ってから……」

「親父さんときみは、ふたりできみの船に乗ったんだね？」

「そうです。漁師だった頃の気持ちを思い出して欲しかった。昔のように、海に出てふたりで話せば、お互いに心からわかり合えると思った……。だから、ここから船に乗って東京湾に出たんです」

「順を追ってもう少し詳しく話せ。そうすると、きみと親父さんは、ふたりであの離れからこの船へと移動したのか？」

「いえ、俺はすぐにあの場で話したかったが、今は赤ん坊に熱があるから、どうしてもここから離れることはできないと言われたんです。そして、必ず行くからどこかで待っていろと言われ、俺だけ先にここに戻りました」

「それで、どれぐらい待ったんだ？」

「二時間は待ちました。八時ぐらいになって、親父は現れました」

「待ってる間、酒を飲んだりは？」

「いえ……、はい……、ちょっとは……。でも、疲れていて、少し飲んだらすぐに眠くなって寝てしまったので、それほど飲んではいません……。親父がやって来て、起こされたんです――」

「うむ。それで、もう一度尋ねるが、船に乗り、ここから海へ出たのはなぜだ？　一緒に千葉に移動するつもりだったのか？　それとも、最初から父親を殺害して、海へ捨てるつもりだったのではないのかね？」

「いいえ、違います。海に出れば、漁師だった頃のようにざっくばらんに話せると思ったからです。あの頃みたいに、俺も親父も、何のこだわりもなく話せると……」

「まあ、いいだろう。で、船で海へ出て、それで何があったんだ？　親父さんと、どんな会話をしたんだ？」

「あれは、俺が想像しているような女性じゃあないと言われましたよ。昔、一緒に軍隊に行った親友の娘だと……」

「その通りだ。それは、我々も確認を取った」

「わかってますよ。朴さんでしょ。もう十五、六年以上前に病気で死んでしまったけれど、何度かうちに遊びに来たのを覚えてましたから」

「きみは……、じゃあ……、父親が若い娘を囲っていたと誤解して、かっとなったわけではないんだな」

「そんなんじゃありませんよ。でも、親友の娘ならば、何だって言うんです……？　父が言ってることは、バカげてました……。あれは好きだった男を事故で亡くし、頼る者が誰もいない気の毒な娘だと言うんです……。自分との間には、何も疚しいことはない。ただ、亡くなった戦友のために、あの娘には幸せになって貰いたいだけだと、父はそう言いました。あの赤ん坊が大人になるまで見守りたい。だから、おまえと隆太も協力してくれと懇願しました。俺たちは、みんなでひとつの家族になるんだと、そんな話を、まるで熱にでも浮かされたみたいに語って聞かせたんです……。バカバカしい……」

「それできみは、かっとなったのか？」

「かっとなんかなりません。すっかり冷めました……」

「――――」

「かっとなったのは、親父が海に落ちてからです」

「なぜ親父さんは海に落ちたんだ？　かっとなって押したんじゃないのか？」

「違います。押したりしません。親父は、自分で落ちたんです。大波が来て、船がぐらっとした。そして、ふらつき、このヘドロだらけの海に落ちました。わかりますか、信じられますか、刑事さん。親父は漁師だったんですよ……。それなのに、あの程度の波でグラッとするなんて……。俺は、親父を助けようとしたんです。それで、すぐに、いつも漁に使う鉤棒を差し出しました。その鉤で引っ掛けて魚を揚げるんです。でも、鉤のほうを出したら親父を傷つけてしまうかもしれないので、ひっくり返して出しました」

車谷は、矢代宏太の包帯を巻いた右手に視線を落とした。

「もしかして、そのとき、その手を傷つけたのか？」

「はい……、夢中でしたし、鉤のほうを持つことなど普段はなかったので、ふっと気がついたら、手の皮膚が切れてしまってました」

「くそ、うっかりしたぜ……。そうすると諫見兄弟のところに怒鳴り込んだときにガラスを割って手を切る前にも、そこに別の傷があったんだな」

「はい……」

「元々あった手の傷を隠すために、諫見さんのところでわざとガラスを割ってまた傷を作ったのか?」

「そんなことはありません……。あそこに怒鳴り込んだら、頭に血が昇ってしまって……。そして、本当に諫見保が父を殺したように思えて……」

「わかった。その点はもういい。話を戻そう。親父さんの頭には、何カ所かの打撲痕があった。きみが、その鉤棒で殴ったんじゃないのか? 嘘はいかんぞ。鉤棒を差し出しただけではなかったんだろ」

「はい、殴りました……」

「なぜだ。きみは、親父さんを助けようとしたのではないのかね?」

「そのつもりでした。ほんとに、そうするつもりだったんです……。でも、親父は……」

どちらかといえば淡々と質問に答えていた矢代宏太が、初めて言葉に詰まった。

「親父は、溺れていたんです……」

やがて、込み上げて来るものを必死で飲み込み、なんとかそんな言葉を押し出した。

「なに……?」

「親父は、海に落ちてすっかりパニックになり、溺れて必死で助けを求めてきたんです……。刑事さん――。海の上なら無敵だったはずの親父が、溺れたんです……。情けなく両手をバタつかせ、必死で俺を見て、口をぱくつかせて水を飲みながら、助けてくれと懇願しました……。あとで考えると、もしかしたら足がつるか、あるいは心臓に何か異変があったのかもしれませんん……。だって、漁師が溺れるはずがありませんから……。俺の親父は、漁師だったんですよ……。この川崎で一番の漁師だった……。それが、溺れるなんて……。俺は、何がなんだかわからなくなりました……。頭が真っ白になって……、気がつくと、手にしていたあの棒で、親父の頭を殴りつけていました。殺すつもりなんかなかった……。ただ、このおかしな事態を終わらせたい。これは何かの間違いだから、自分の目の前から消し去ってしまいたい……。そんな気持ちでした……。気がついたら、親父の姿が見えなくなっていて、俺は怖くて、そのまま船で千葉まで帰ったんです……」

途中から感情が激高し、涙声になった矢代宏太は、ぜいぜいと肩で息をつきながらうつむいた。

車谷は、腰を上げ、矢代宏太に向けて再び手を差し出した。

「立てるか?」

矢代宏太は、今度は立った。

「手錠をはめるぞ」

車谷は、わざわざそう断ってから手錠をはめた。

「チョウさん――」

ちょっと前に矢代宏太の船から戻って来て、傍らで話を聞いていた丸山が、証拠保存用の手袋をした手で握った鉤棒をそっと車谷のほうへと差し出した。

「これを見てください。血痕が、鉤のついた先端だけでなく棒の握り部分にもついています。鉤の血痕は、それで手を傷つけた宏太のもので、握り部分のは頭を殴りつけられた父親の血痕ではないでしょうか」

「うむ、鑑識で調べればすぐにわかりますね」

車谷はそれを受け取り、矢代宏太に見せた。

「これが凶器に間違いないな」

「はい……」

「いいか、よく聞け。おまえには殺意はなかった。これから先、取調べで何度も同じことを訊かれるはずだ。警察が済んだあとは、検察が訊き、そして、そのあとは裁判所だ。その間に、おまえは罪の意識にさいなまれるだろう。亡くなった両親や、そして懸命に生きている弟のことを思い、自分など重たく罰せられたほうがいいと思うときが来るかもしれん。だが、そんなときには、俺が言う言葉を思い出せ。おまえには、父親に対する殺意はなかった。この鉤棒が、その証拠だ。そして、今、おまえが俺に話したことが真実だ。おまえは、あんなに強かった父親が海に落ちて溺れ、おまえに助けを求める姿を見て、それでパニックになってしまったんだ。

親父の頭を殴ってしまったのは、そのためだ。いいな、わかったな？　決して証言を覆すんじゃないぞ！」

「はい……」

車谷は、矢代宏太の身柄を山嵜に託した。

「連れて行け。それから、無線で鑑識を呼び、船の中を調べさせてくれ」

丸山が、車谷の隣に並び、連行されて行く矢代宏太を見送った。

「鉤棒の血痕が証拠となり、ある程度の情状酌量はされるはずですよ。やつが最初は、海に落ちた父親を助けようとしていたことが認められるはずだ……」

丸山の指摘に、車谷は黙ってうなずいた。

しかし、息子が父親を殺してしまったことには、何の変わりもないのだ……。

最終章

1

事件がひとつ片づいたあとも、「裏付け捜査」は継続される。デカ長やヴェテランの捜査員が取調室で容疑者の自白を細かく取る一方、他の捜査員たちは手分けして走り回り、その自白を裏づける証拠の品や第三者の証言を掻き集めて回るのである。検察への送致及び、公判維持のために、この段階の細かい証拠集めが大切なことは言うまでもなかった。

そうした裏付け捜査をつづけて二日目の夜、署が贔屓にしている一膳飯屋の座敷を借り切り、沖修平の歓迎会が行なわれた。大仏係長と車谷デカ長の下で一緒に駆けずり回っている車谷班の面々に加えて、他の班のデカ長たちや、手の空いている先輩刑事たちも出席した。

お偉方たちからの差し入れである一升瓶などすぐに空になり、店にあったビールもあら方は飲んでしまい、お開きのあとは山嵜と渋井のふたりが修平を拉致して夜の巷へと消えた。

「チョウさん、ダメですよ。沖ってやろうは、あれはザルです。いくら飲ましても、ケロッとしてやがる。ああいうのは、飲ませるだけ金の無駄ですよ」

翌朝、真っ青な顔で刑事部屋に現れた山嵜が、酒臭い息を吐きながら車谷に告げた。三人は一膳飯屋から《日の出》へ行き、そこで看板まで粘ったあと、さらにもう一軒回ったそうだった。

矢代宏太は手間のかからない容疑者で、この段階ではもう追加の取調べはほとんどなく、あとは検察への送致を控えるだけだった。つまり、今日は車谷班は「遊軍」として、他の班が抱えた事件を手助けするのが仕事だ。だが、もちろん何か大きな事件が発生した場合には、「担当班」として出動することになる。

山嵜は車谷に命じられて洗面所で顔を洗ったのち、刑事部屋に備えつけのインスタントコーヒーを濃いめに作って飲み始めた。

車谷も取りあえず頭をすっきりさせておくため、不味（まず）いだけのインスタントコーヒーを作ってデスクに戻りかけたとき、黒縁眼鏡に刈り上げの中年男が刑事部屋の入り口に顔を見せ、きょろきょろしているのに気がついた。

顔馴染（かおなじ）みの保険調査員だった。新米はきちんと受付を通すが、この男ぐらいになると、ずかずかと刑事部屋に入って来てしまう。

向こうでも車谷に気づき、すいすいと刑事たちの間を縫って近づいて来た。

「なんだ、俺に用かい？」

車谷はコーヒーを啜りつつ、調査員の到着を待った。

「ええ、実はそうなんで――。チョウさん。ちょっとだけ今、いいですか？　大田区の《諌見清掃》を調べたと聞いたんですがね。しかも、調べた理由は、何か二年前の火事に関連したことだそうですな。よかったら、詳細を教えて貰えませんか？」

「さすがの地獄耳だな。だが、関連といっても、大したことじゃねえんだ。あの火事のとき、一時、放火が疑われたそうだな。そのときに疑われた男が死体で見つかったんでね。一応、諌見兄弟にも事情を訊きに行ったわけさ」

「矢代太一のことですね」

「そうだよ。あんた自身が調査を担当したのかね？」

「ええ、私が自分で担当しました。どうも、すっきりしない事件でしてね……。結局、親父の寝たばこによる失火ってことで片がつきましたが、俺は今でも、あれは放火だったんじゃないかと疑ってるんです」

「矢代太一がやったというのかい？　息子たちは、当時、盛んにそう騒いでいたそうじゃないか」

「いいえ、違いますよ。焼け死んだ諌見の親父です」

車谷は、コーヒーを啜る手をとめ、プラスチックのカップの縁越しに調査員を見た。

「つまり、親父は自殺したというのか？」

「ええ――。私ゃ今でも、それを疑ってるんです。あすこの清掃会社は、あの火事が起きるまでは青色吐息だったんだ。だけど、運よくと言っちゃなんだが、火事で事務所と倉庫がほぼ全焼し、社長だった親父も亡くなり、火災保険と生命保険で多額の現金が入った。その後、商売が持ち直し、今じゃ大田区のあすこだけじゃなく、鶴見にも支店を持ってますよ」

「それは、残された兄弟が頑張った結果だろ」

「ま、そりゃそうですがね……。それに、親父は絶対に寝たばこをしないと、最初は兄弟そろって強く言い張ってたんですよ。しかし、そのうちに、ふたりとも何にも言わなくなっちまった……。変でしょ。きっと兄弟のほうでも、薄々真相に気づいたんですよ。そう思いませんか、チョウさん？」

車谷は、また一口コーヒーを啜った。

「なるほど。しかし、俺にゃ何ともな……」

「どうです、今回会って話して、何か気になるようなことを言ってませんでしたか？」

「いいや、聞いてねえな」

「そうですか……」

「悪いな、力になれず」

ヴェテランの調査員は、一瞬、刺すような視線を車谷の顔に向けた。相手の真意を見抜こうとするプロの視線だったが、車谷は顔色ひとつ変えなかった。

「なあに、無駄足は、調査員の常ですよ。じゃ、また何かのときにはよろしく頼みます」

やがて調査員は元の顔つきに戻り、汗を拭き拭き引き上げて行った。

その日の昼前、沖修平に運転をさせて車谷は病院へ向かった。

病室に上がると、驚いたことに、赤ん坊を抱いた朴暎洙が明洙のベッドサイドにいた。

「おお、刑事さん。世話になったな……。暎洙が来てくれたんだよ。事件が片づき、見舞いが大丈夫になったんで、昨日も来てくれたんだぜ。今日、これから退院したら、一緒に飯を食いに行くんだ。病院の不味い飯ばっかり食ってたからな。目の前で肉を焼いて食わなけりゃ、力が出ねえよ」

明洙は誇らしげに胸を張り、そんなことをぺらぺらとまくし立てた。

「兄貴は来ないのか？」

「来てるよ。今、下で金を払ってくれてるところだ。警察が払ってくれるのかとばかり思ったのに、自腹なんだな」

「逮捕じゃねえんだから、自費になるんだよ。払うのが嫌なら、逮捕してやってもいいんだぜ。そしたら病院から刑務所へ直行で、当分、ただ飯が食えるぜ」

「冗談はやめてくれよ、刑事さん――」

「おめえがつまらんことを言うからだ」

そのとき、廊下を何か車輪をカタカタ言わせて近づいて来る者があり、兄の賢洙が姿を見せた。真ん中でふたつに折りたたんだ車イスを、力任せに押していた。

「さあ、準備万端だぞ。帰ろうぜ、明洙――」

と勢い込んで入り口から飛び込んできて、車谷と沖修平のふたりに出くわし、たたらを踏んだ。

「病院なんだぞ。もう少し静かに移動しろ」

車谷の叱責を受けて首をすくめたが、すぐに口を尖らせた。

「なんでえ……。俺たちゃ、無罪放免になったんだぜ。警察はもう関係ねえだろ」

「馬鹿野郎、おまえらを心配して来てやったんだよ。こう見えても、俺は人情刑事なんだ。ところで、今日は哲鉉はどうした？」

「変だな……。迎えに来るって言ってたんだが、何か用事ができたのかもしれねえ。まあ、いいや。さあ、明洙、これに乗れよ」

と、ふたつ折りにしていた車イスを開き、弟が坐れるようにした。

「兄貴、松葉杖で充分だよ。そんなのみっともねえだろ……」

「怪我人が生意気言ってるんじゃねえ。押してやるから、つべこべ言わずにこれに坐るんだ」

賢洙は口は悪いものの、明洙がベッドから立つのに案外と優しく手を貸した。

「おまえら、ちょっと先に行ってろ。ロビーででも会おうぜ」

「なんでだよ——？」

「いいから、ちょいと暎洙に話があるんだ」

兄弟を病室から追い立てた車谷は、ふたりの気配が遠ざかるのを少し待ってから改めて口を開いた。

「聞いたぜ。沢井の御両親の世話にはならないそうだな」

「ええ、そう返事をしたわ……。私が自分で怜奈を育てるってね」

「哲鉉は、それを許したのか？」

「許すも許さないもないでしょ。私が産んだ赤ん坊なんだもの。どうしても養子に出すって言うのならば、また赤ん坊を連れて姿を消すって言ったら、渋々うなずいたわ。絶対に途中で投げ出すな、後悔するな、っていう条件つきでね。投げ出すわけないし、後悔なんかしない。だって、見てよ、こんなに可愛いのよ」

すやすやと寝息を立てる赤ん坊の顔を、車谷と修平は覗き込んだ。

「それよりも、問題は、明洙のやつかも。従兄妹同士は結婚できないって言ってるのに、自分がどうしても怜奈の父親になるって言って聞かないの。私たちふたりを、自分が守り通していくって言って、煩いのよ。兄貴もその気になってるから、タチが悪いったらありゃしない。従兄妹だからあんまり言いたくないんだけれど、あいつら、昔からそろって馬鹿なのよ」

「まあ、それはすぐわかるがな」

「だけど、もしもいよいよ必要になったら、明洙と結婚するかもしれないわ」

車谷は、ちょっと驚いた。

「惚れてるわけじゃないんだろ？」

「バカね、刑事さん。そんなことを聞かないでよ。私はもう、母親になったのよ」

「ふむ……。だけどまだ、十九じゃねえか……」

「十九だろうと何だろうと、子供を産めば母親よ」

「その台詞は気に入ったぜ」

「それに、あいつはバカだけれど、誠実よ。朝鮮人は、結局、家族の主導権は女が持ってるの。だから、男はバカでも誠実が一番。そう思うでしょ、刑事さん」

「まあ、俺はチョンガーなんで、男女のことはよくわからんよ。ただし、家族の主導権を女が握ってるのは、日本人だって同じだぜ。最後は、家族を真ん中で支えてるのは、父ちゃんじゃなく母ちゃんなんだ」

「オモニよ。オンマかな。母ちゃんは、オンマ。私も立派なオモニになるわ」

「そうか。頑張れよ」

車谷は、手振りで暎洙を促して病室を出た。

廊下の先に看護婦の詰所があり、その向こうがエレヴェーターホールだった。賢洙と明洙のふたりは、先にロビーに降りることなく、エレヴェーターの横に陣取って待っていた。兄のほうは何か看護婦をからかっているようだが、明洙は忠犬ハチ公さながらに、じっとこっちを見つめていた。車谷は、その真剣な顔に苦笑した。

「ねえ、刑事さん……。沢井のお父さんとお母さんって、私のことをずっと英子さんって呼んでたの……。ただの一度も、暎洙って呼んだことがなかったわ……」

暎洙は唐突にそう切り出すと、足をとめて車谷を見た。

だが、その視線を廊下の先の明洙のほうへと向けてから、あとをつづけた。

「日本人には、朝鮮の名前がただ呼びにくいだけかもしれない。呼びにくくて、覚えられなかっただけかもしれない……。でも、英子は通名で、ほんとは暎洙（ヨンス）よ。もしもそれが言いにくかったのならば、暎洙（えいしゅ）っていう日本語読みでもよかった。それなのに、ずっと英子って呼びつづけてたの……。これって、差別だと思う？」

車谷に向けてそう尋ねたくせに、暎洙は廊下の先から自分を見つめる明洙を見つめ返したまま、顔の向きを変えようとはしなかった。

土手を越えて集落のある河川敷に差しかかると、眼前に異様な光景が広がっていた。公用車とわかる黒のセダンが集落の入り口付近に三台連なって停まり、さらにはパトカーが二台、その後ろに控えていた。

集落と隣接する段ボール工場へと出入りするトラックが、駐車されたこの五台の車の後ろを、窮屈そうに通っていた。

制服警官がひとり、そのトラックの誘導作業を行なっていたが、他の警官たちは全員が集落のほうを向き、いつでも何か不測の事態に対処できるようにと身構えていた。

先行していた賢洙の車が、集落付近に駐めようとしたが、交通整理の警官がそれに向かって手を振り追いやる仕草をした。通行の邪魔になるので、ここに停めるなと言っているらしかった。

「端に寄せて停めろ」

車谷はハンドルを握る沖修平に命じ、車が停まるとすぐに助手席から飛び出した。

「こりゃあ、いったい何の騒ぎなんだ……？」

早くも喧嘩腰になっている賢洙のもとへと走り寄り、さりげなく間に割って入り、警察手帳を提示して制服警官に訊いた。

制服警官は、川崎署の刑事が一緒と知り、背筋を伸ばして態度を改めた。

「御苦労様です。自分たちは、税務署からの協力依頼で来ております」

きちんと敬礼し、そう答えを口にした。

「税務署……。この集落にか……？」

「はい。何か抵抗する者があった場合に備えて、出動を要請されました」

警官がそう答えたとき、段ボール箱を両手で抱えたネクタイ姿の男たちが数人、集落の中から姿を見せ、黒い公用車のトランクにそれを積み込み始めた。

「チョウさん、やつらですよ。この間、ここの様子を窺っていて、暎洙が匿われていたマンションまで俺たちを尾けてきたふたりがあの中にいます」

修平がそう耳打ちするのに向けて、車谷は無言でうなずいた。

制服警官の説明にも、沖修平の耳打ちにも、実をいえばそれほど驚いてはいなかった。先日、修平が読み取った車のナンバーを照会したところ、国の外郭団体の登録になっていたのだ。警察でも、税務署でも、車両ナンバーから正体を知られたくない場合は、こうした登録の車両を使用する。

トランクに段ボール箱を積み終えたあのふたりが、ちらっと目配せし合い、連れ立って車谷のほうへと近づいて来た。車谷のほうからも、何歩か男たちへと近づいた。

「自己紹介が遅れて、失礼します。しかし、こちらも内偵中だったものですからね。神奈川税務署の松岡です」

ふたりは車谷の前に立つと、年配のほうが言った。かなり薄くなりつつある頭髪を、整髪料で几帳面に分け、その一部を頭皮に張りつけていた。

「川崎署の車谷です。狙いはやはり、朴哲鉉ですか――？」

「ええ、まあね……。長い間、在日の労働者をワンマンで仕切り、会社側との折衝に当たる間に、だいぶ懐に入れて来てましたよ。先日の追分のマンションが割れたのが、大助かりでした。あすこの部屋は姉の名義になってましたが、姉夫婦はソウルに暮らしていて、実際にあの部屋を使用してる形跡はありません。哲鉉が、脱税した金で買い揃えた高級品を隠していたんですよ」

「ああ、そういうことでしたか」

ふたりがそんな会話をしているところへ、両側を税務署の職員に挟まれて朴哲鉉が出て来た。哲鉉は松岡と車谷に何の関心もなさそうな流し目を送り、男たちに引っ立てられて車へと姿を消した。

「それじゃ、私はこれで――。まだ、どこかに脱税分を隠してるかもしれない。これから、みっちりと締め上げげますよ」

松岡と名乗った男は、鼻息も荒く、車谷に軽く頭を下げて背中を向けた。

「ええと、松岡さん。実を言うと、こっちでも少し哲鉉に確かめたいことがあるんですが、釈放のときには一報いただけますか」

「わかりました。そのときには連絡しますよ」と答えて、車に乗った。

「参ったな……、親父のやつ……。脱税なんか……。なあ、刑事さん、これから親父はどうなるんだよ?」

賢洙が寄って来て、情けなさそうに訊いた。

「さあてね、税務署のことは税務署にしかわからねえよ」

「刑務所に行くことになるのか?」

「それは脱税の額によるだろうな。それと、哲鉉の態度とな」

「くそ……、親父は、長年ずっとみんなのために働いて来たんだ……。こんなのは、何かの間違いに決まってる……。親父がいたからこそ、この集落だって成り立って来たんだぜ」

「おまえらは、ここを不法占拠してるんだぞ」

車谷の指摘に、賢洙は不服そうに舌を打ち鳴らした。

「生きていかなけりゃならねえんだから、しょうがねえだろ。他に暮らすとこがねえんだから、しょうがねえじゃねえか……」

「それは日本人だって同じことだ。だが、知ってるか? 他の川っぷちを不法占拠してた日本人は、行政に追い立てられてみんな立ち退いた。川っぷちだけじゃねえぞ。街中だって、戦後のどさくさで居坐ってた人間はひとりまたひとりと立ち退き、段々と整備されて来たんだ。それなのに、おまえらだけが議員を使って騒ぎ立て、生きて行く権利だとか言い立ててこうして居坐ってるんだぞ」

「ふん、そんな話は聞きたくもねえや。とにかく、みんな親父には感謝してるんだ。税務署がいくら嫌がらせをしたって、この信頼は揺らぐもんか……。集落にとっても、組合にとっても、親父は必要な人間なんだ」

2

とっぷりと日が暮れた土手沿いの道を走って来た安い国産車のヘッドライトが、集落への降り口に立つ車谷の姿を浮かび上がらせた。

車は速度を落とし、車谷の横に停止した。運転席には智勲の姿があった。後部ドアが開き、そこから降り立った朴哲鉉が、意外そうに車谷を見つめた。

「なんだ……。こんなところで何をしてる――?」

「決まってるだろ、あんたを待ってたんだ」

「今日は、さすがに疲れてるんだ――。またにしてくれねえか。あいつら、何度も同じことをしつっこく訊きやがって。証拠隠滅(いんめつ)の恐れがあるとか何とか言ってたが、何もかも段ボールに詰めて持って行っちまったんだぜ。あとは、空き家同然だ。ここだけじゃねえ、追分のマンシヨンのほうもな。俺に何ができるって言うんだ」

「ここで仲間たちと貧しい暮らしをしてる振りをしてたのに、外に姉の名義で高級マンションを持ち、そこにお宝を隠してたんだ。税務署よりも、怖いのは他の住人たちの怒りじゃねえのか？」

「そんなこたあ、別にあんたに心配して貰わなくたって大丈夫だよ。ま、みんなちょっとは怒るだろうが、心のどこかじゃわかってたはずさ。力を持ってるやつが、自分のために小銭を貯めるのは当然のことだとな。それで自分のことしかやらねえのならばリーダー失格だが、俺がいたからこそ、この集落からもたくさんの人間が製鉄所で働けたんだぜ。それだけじゃねえ、政治家を巻き込み、役人を使い、この集落に下水道を引いたり、電気を引いたりして住みやすくしたのだって、この俺だぜ。俺がいなけりゃ、みんな暮らしが成り立たなかったんだ。ここをまとめられるのは、この俺だけさ」

　車谷は、苦笑した。

「頼もしい言葉だな。これだけ堂々と不法占拠を肯定されると、むしろ小気味いいぜ」

「ふん、嫌味は聞きたくねえよ。帰れよ。行くぜ」

「待てよ、話は終わっちゃいねえぞ。デカってのは、マルサほどじゃあねえだろうが、モノに対してそれなりに目利きなのさ。上等な暮らしをしてるやつが、安い湯呑を使っていたら何かあったとわかるし、逆もしかりだ。川っぺりを不法占拠してバラック小屋で暮らしてるやつの居間に、一見地味だが高いカップや皿が並んでりゃ、あれっと思う。まして、あのときおまえの家を一緒に訪ねた丸さんはな、昔、三係で窃盗犯を専門に追ってたことがあって、俺以上の目利きなんだよ。ふたりでおまえの家を出たあと、こりゃあ変だなと、すぐに首をひねったんだ」

「だから、何だよ……？　自慢話など聞きたくねえぜ」

「追分のマンションの雨どいの中に、こんなものが張りつけてあったぞ。警察だって、税務署だって、あんな所はすぐに探すぜ。次は、もう少し違ったマシな場所に隠すことだ。形状からして、これはどっかの貸金庫の鍵だな」

車谷がポケットからつまみ出した鍵を凝視して固まっていた哲鉉は、やがて車谷を睨みつけた。

「それをどうするつもりだ？」

「ここで待ってたのは、あんたに会うためだと言ったろ。返すさ。ほら、受け取れ」

車谷が鍵を差し出したにもかかわらず、哲鉉は手を出そうとはしなかった。

「何が狙いだ？」

「狙いなどないさ。強いていえば、あんたと近づきになりたいってことだ。デカにゃ二種類いる。ホシをパクり、手柄を上げればそれでいいと考えるデカと、きちんと街の治安を守りつづけていくことを考えるデカだ。俺にゃ、手柄なんぞどうでもいい。善良な市民たちにとって、この川崎って街を、少しでも安全で住みやすい場所にすることが望みだ。そのためにゃ、ちゃんとおまんまが食えなくて犯罪に走ったり、虐げられて犯罪に走ったりする人間を減らさなけりゃならねえ。だからヤクザとも親しくつきあうし、時にゃ連中に便宜を図りもする。本当に街に迷惑をかけてるような悪い連中をパクるためには、ヤクザと親しくしてたほうがいいし、ヤクザと親しくするからこそ守れる治安だってあるからさ。それを汚れデカだと呼びたいやつらにゃ、そう呼ばせとけばいい。俺には俺の流儀があるんだ。あんたが組合の金をかすめ盗ろうが脱税をしようが、知ったこっちゃない。この集落の人間があんたを頼りにしている以上、あんたが要だ。俺もそれに一枚噛ませろ。これは貸しにしておく。あんたは、貸しを忘れない人間だろ。だから、いつか何かで俺が必要とするときに、一肌脱げ」

「何の裏もねえんだろうな――？」

「ないさ。あんたは俺を信じればいい。俺はあんたを信じるぜ」

「ふふん、確かに俺は借りを忘れない男さ。あんたの目は、間違っちゃねえよ。ただし、ひとつ言っておくが、ここの集落の人間が困るようなことはできねえぞ。何事も朝鮮人が優先だ。それで構わねえなら、手を結ぼう」

「無論、それで構わねえさ。俺は日本人が優先だ。つりあいが取れて、ちょうどいいや」

　哲鉉がふてぶてしく笑い、鍵を受け取った。

「それにしても、どうやって部屋に入ったんだ？」

「刑事ってのはな、大概の場所に入れるんだよ。管理人に協力を頼んだら、スペアキーを貸してくれた」

「くそ、高い管理費を払ってるのに、セキュリティーも何もあったもんじゃねえぜ」

朴哲鉉が集落に姿を消すと、車谷はたばこを口にくわえ、ガスライターで火をつけた。煙を吐きながら、そのガスライターの炎を二、三度顔の脇で振った。

離れたところに駐車して話が終わるのを待っていた沖修平が、その合図を受けて覆面パトカーで近づいて来た。

「哲鉉と何を話してたんですか？」

助手席に坐った車谷に訊いた。

「別に、ちょいとやつのものを返してやっただけさ」

車谷は、たばこを車の灰皿に押しつけて消した。

「おい、修平。おまえは、この川崎の街が好きか？」

「ええ、好きですよ」

「それなら、殺されたりするんじゃねえぞ。生き延びるデカが、いいデカだ」

「はい……」

「一升瓶は買ってあるな」

「言われた通り、二級酒ですが半ダース買いました。こんなにたくさん、どうするんですか？」

「今度の事件の功労者に、差し入れだよ。あのルンペンの爺さんが通報しなかったら、遺体が見つからなかったかもしれねえ。あの朝、干潮でたまたまあそこに遺体が取り残されただけで、満潮になったらまた沖に持って行かれてたかもしれねえんだ。あすこは宿無しがたくさん寝泊まりしてるエリアだ。半ダースぐらい、一晩でなくなっちまうだろうさ」

3

朝陽(あさひ)が顔に射(さ)して、老人は目覚めた。硬いコンクリートの上で寝ていたために、腰骨が痛かった。しかし、上手く体をずらし、体重がかかる場所を変えて様子を見ていると、痛みが和らいで起き上がれる状態になるのだ。

今朝もそうしながら、昨夜の宴会の様子を思い出し、老人はちょっと鼻が高かった。六本もの一升瓶が差し入れられたので、それぞれつまみになる品を持ち寄り、宴会になった。近くに暮らす顔馴染み同士で、どんちゃん騒ぎだ。誰もが老人に感謝していた。

しかし、一本はこっそりと塒(ねぐら)の奥に隠しておいたので、今晩からちびちびとひとりで楽しむつもりだった。

ゆっくりと体を起こした老人は、しつこくつきまとう腰の痛みをしばらくやり過ごしたのち、多摩川の川べりへと降りて小便をした。

すっかり白くなってしまった陰毛の間から小さな陰茎をつまみ、ちょろちょろと用を足しながら、老人はヘドロが溜まった川を見渡した。

またこのヘドロのどこかから、この間のように、人の体のどこか一部が突き出ていることを頭の片隅で期待した。あの日はすっかり驚いてあわててしまったが、今から思うと公衆電話へと急ぐ途中、言うに言われぬ高揚感があった。市民としての務めを果たすことによるすがすがしい気分が胸に満ちていた。オペレーターの女性と話すのも悪い気分じゃなかったし、それより何より、死体を見つければ、またこうして酒の差し入れを貰えるかもしれない。

しかし、今朝はただ潮が引き、老人の眼前には、あちこちでぷすぷすと臭いガスを噴き上げるヘドロが広がるばかりだった。

老人はいったん川べりを離れ、段ボールとブルーシートで造った我が家に引き揚げた。あまり暑くなる前に川に降り、いつものように干潟（ひがた）に両手両足を突っ込んで、アサリを獲（と）るつもりだった。

しかし、川風が気持ちよくて、もう一度寝床に身を横たえた。起き出さなけりゃな、と思うにもかかわらず、眠気が押し寄せて来て瞼（まぶた）が重たくなった。顔に当たる陽射（ひざ）しがちらちらと揺れ、瞼をくすぐるのが心地いい。アサリ獲りは、もうひと眠りしてからでいいだろう。

ヘドロに巣食う貝など食べたら、あっという間に健康が損なわれると忠告する者もあったが、無論のこと老人は気にしていなかった。もう何年も食べつづけているが、特に体に不調を感じたこともなかった。

明日死ぬかもしれないし、このままだ当分は生きているかもしれない。それは、この老人のみならず、誰も答えを知らないのだ。

本書は書下ろし作品です。

また、本作品はフィクションであり、実在の個人、団体とは一切関係がありません。

本文中、今日では好ましくないと思われる表現が出てきますが、作品に描かれた時代の背景を考慮し、偏見によるものではないことをお断りして、当時の言葉を使用させていただきました。

なにとぞご理解のほど、お願いいたします。

川崎警察　下流域

二〇二三年一月三一日　初刷

著者……香納諒一
発行人……小宮英行
発行所……株式会社　徳間書店
〒一四一―八二〇二　東京都品川区上大崎三―一―一
目黒セントラルスクエア
電話［編集］〇三―五四〇三―四三四九
［販売］〇四九―二九三―五五二一
振替……〇〇一四〇―〇―四四三九二
本文印刷……本郷印刷株式会社
付物印刷……真生印刷株式会社
製本所……ナショナル製本協同組合

ISBN 978-4-19-865592-1